Embrasse l'hiver et danse avec lui

De la même auteure
chez J'ai lu

LES BRUMES DE CENDRELUNE
1 – Le jardin des âmes
2 – La symphonie du temps
3 – Les ombres célestes

LES LARMES ROUGES
1 – Réminiscences
2 – Déliquescence
3 – Quintessence

Ce qui ne te tue pas
Ce qui nous consume

Nos chemins de travers
Nos vagues à l'âme

VICTORIAN FANTASY
Dentelles et nécromancie

Hors de portée
N° 11638

P.-S. : Joyeux Noël (Collectif)
Déconfinez-moi ! (Collectif)
Rendez-vous sous le gui (Collectif)

GEORGIA CALDERA

Embrasse l'hiver et danse avec lui

J'AI LU

1

Romy

Les bras chargés de quatre sacs de commissions particulièrement lourds, je poussai d'un coup d'épaule maladroit l'épaisse porte du « manoir » – surnom ironique que ma sœur et moi attribuions à la vaste demeure dont nous avions hérité au décès de notre mère, quelques années plus tôt.

En effet, si la bâtisse avait jadis eu son heure de gloire, elle n'était plus aujourd'hui que l'ombre d'elle-même, trop longtemps privée d'un entretien adapté, faute de moyens. Pourtant, malgré les nombreux encouragements de nos proches, ni Liora – de quatre ans ma cadette – ni moi ne pouvions nous résoudre à nous séparer de la propriété familiale. En fin de compte, elle était dorénavant la seule chose qui nous restait de nos parents...

À peine avais-je fait deux pas dans le hall d'entrée que je ressentais déjà cette inexplicable impression de douceur, comme si je venais de pénétrer dans un univers à part. Une bulle de chaleur sereine, cachée au reste du monde, à l'odeur persistante de feu de cheminée, de bois verni et de friandises d'autrefois...

J'inspirai profondément, m'imprégnant avec délectation de l'atmosphère de la maison et des souvenirs d'une enfance heureuse et insouciante qu'elle ne manquait jamais de m'évoquer. Ces quelques murs renfermaient à mes yeux bien plus qu'un simple foyer, ils constituaient un véritable pilier dans ma vie. Ils étaient les remparts derrière lesquels je pouvais à loisir me retrancher et respirer lorsque le quotidien m'étouffait... Et, en même temps, ils étaient la raison pour laquelle je me levais le matin et travaillais sans relâche, économisant le moindre centime afin d'être un jour en mesure de leur rendre leur lustre d'antan.

Ainsi, à trente-six ans bien tassés, j'employais toute mon énergie à faire prospérer l'école de danse que notre mère avait montée en catastrophe à la mort de notre père – lorsque Liora et moi n'étions encore que des adolescentes –, improvisant une salle de cours plus ou moins adaptée dans les communs de la propriété. Tous mes revenus, depuis que j'étais en âge et en capacité d'enseigner cet art à mon tour, étaient passés dans des travaux d'amélioration de cet humble institut, mais surtout dans la réfection des parties les plus délabrées du manoir.

Tout à coup, des cris perçants retentirent, m'arrachant à mes rêveries pour me ramener de force au présent. Zoé, sept ans, et Hugo, cinq ans, passèrent en courant dans le couloir, ignorant les appels désespérés de leur mère depuis le premier étage.

Il était vingt et une heures, et le mince espoir que ma sœur ait réussi à mettre au lit ses trois monstres – pardon, mes adorables neveu et nièces – afin que nous puissions pleinement profiter d'une soirée cocktails entre filles venait de s'envoler...

— Eh, les gnomes, il est temps de rejoindre votre tanière, maintenant ! m'époumonai-je en m'adressant au vide, les deux bambins ayant déjà filé.

Ils cavalaient si vite, à cet âge... Et il y avait tant de recoins et de formidables cachettes dans cette fichue baraque !

Heureusement, Camille, la petite dernière, n'avait que deux ans et – contrairement à son frère et à sa sœur aînés, dont le sport favori consistait à faire tourner leur mère en bourrique – était encore docile.

Je déposai en hâte les cabas regorgeant des provisions de la semaine sur la table de la cuisine, puis, sans même quitter mon manteau, je me précipitai à la recherche de mes démons de neveux, me laissant guider à travers le rez-de-chaussée par le bruit de leurs frénétiques cavalcades entrecoupées de rires étouffés.

Le calme tranquille qui berçait ordinairement le manoir s'était évaporé lorsque, deux mois plus tôt, Liora avait débarqué, une valise sous un bras, ses trois marmots sous l'autre. Après de trop longues années à supporter un mari exagérément autoritaire – enfin, plutôt un pauvre connard de pervers narcissique selon moi –, ma sœur avait décidé de tout plaquer : ce sale type et la vie de mère au foyer censément confortable qu'il lui avait offerte jusque-là, afin de se reconstruire et prendre un nouveau départ.

La meilleure décision de toute son existence, à mon humble avis...

Ayant vécu seule de nombreuses années dans l'immense bâtisse – que je n'avais en réalité jamais quittée –, mon quotidien s'était vu du jour au lendemain totalement bouleversé. L'ambiance sereine et silencieuse des lieux avait cédé la place à un chahut permanent, souvent ponctué de violentes turbulences. Quant à la solitude tranquille que j'affectionnais tant, elle s'était tout bonnement fait la malle, remplacée par une animation aussi débordante qu'épuisante.

La transition ne s'était certes pas faite sans heurts, mais je tâchais de m'adapter. Savoir ma sœur loin de cet homme qui la rendait malheureuse comme les pierres n'avait pas de prix. Et puis, en fin de compte, peut-être qu'un peu de vie, de rires et d'éclats au sein de cette demeure poussiéreuse n'était pas une si mauvaise chose...

Au fond du corridor à demi envahi par la pénombre – encore une saleté d'ampoule grillée que j'avais dû oublier de changer –, la porte de l'ancien cabinet de mon défunt père grinça en se refermant lentement tandis que le silence retombait peu à peu.

— Je serais vous, les mouflets, je ne resterais pas une seconde de plus dans cette pièce, lançai-je à dessein – je savais pertinemment pourquoi mes neveux tentaient de m'attirer là, aussi avais-je décidé, en bonne tante sans scrupules qui se respecte, de retourner leurs plans machiavéliques contre eux. C'est plein de fantômes, ici. Et vous savez que nous sommes précisément le moment de l'année où ils aiment se montrer... Si vous voyez quoi que ce soit bouger, surtout, sortez vite !

De nouveaux cris explosèrent, comme attendus. Zoé et Hugo surgirent hors du bureau pour se réfugier en hâte derrière moi. Ils m'attrapèrent chacun une jambe, leurs visages aux joues rebondies empreints d'une expression entre panique et amusement. Zoé arborait une robe de princesse bleue à l'effigie d'Elsa – personnage phare de *La Reine des neiges* – tandis que Hugo était déguisé en pirate-zombi.

J'avançai péniblement, un pied après l'autre, les chenapans toujours pendus à mes basques, et je jetai un bref coup d'œil dans la pièce aux meubles recouverts de draps blancs. Puis je tirai la porte dans un claquement sec.

— Voilà, j'ai enfermé tous les esprits de la maison, il n'y a plus rien à craindre, à présent. Mais n'oubliez pas qu'ils sont naturellement attirés par le bruit. Je vous conseille donc de baisser le volume, bande de garnements.

Hugo écarquilla les yeux et resserra sa prise sur mon genou alors que Zoé, nettement moins impressionnée, s'écartait pour me regarder.

— Tatie Romy, c'est pas juste ! se plaignit-elle en affichant une moue boudeuse. C'est Halloween, et on a même pas eu le droit d'aller chercher des bonbons chez les voisins...

— C'est parce que votre maman était trop occupée avec votre sœur, expliquai-je, sachant combien Liora se sentait dépassée en ce moment. L'année prochaine, quand Camille sera un peu plus âgée, nous irons tous ensemble récolter des friandises, d'accord ? En attendant, il faut aller dormir. Et si vous êtes sages, demain je vous donnerai tous les paquets de confiseries que je viens de rapporter du magasin.

Oui, j'étais l'une de ces tantes qui effraient les enfants pour mieux les mener à la baguette et les soudoient à l'occasion, prête à tout – ou presque – pour obtenir un semblant de tranquillité. Liora avait besoin d'une bonne soirée de détente entre adultes, et je comptais bien la lui offrir, peu importait le prix à payer...

La princesse et le pirate-zombi m'adressèrent un regard empli d'espoir, pétillant de gourmandise. Leur père n'avait jamais aimé les voir s'empiffrer de sucreries – estimant que cela avait tendance à les exciter encore davantage, comme si une telle chose était possible ! Aussi mes neveux avaient-ils d'ordinaire rarement l'opportunité d'en manger. À mon sens, il était urgent d'y remédier et de rattraper le temps perdu.

Après tout, que serait l'enfance sans quelques vilaines crises de foie ?

— Allez, on va se brosser les dents et on file se coucher ! conclus-je en poussant doucement – mais sûrement – les deux coquins en direction de l'escalier.

Une fois à l'étage, j'entraperçus Liora affairée à mettre Camille au lit dans la chambre que je lui avais préparée au bout du couloir, juste à côté de celle de sa mère. Je lançai un rapide clin d'œil à ma sœur, puis guidai Zoé et Hugo jusqu'à la salle de bains pour un brossage de dents en règle. J'aidai ensuite princesse et pirate à redevenir de simples enfants en pyjama et abandonnai sur un fauteuil les costumes qu'ils avaient tenu à enfiler pour ce modeste Halloween à la maison.

Mon chantage aux bonbons se révéla d'une redoutable efficacité car mes neveux se glissèrent sous leurs couettes respectives sans plus de protestations, tout à coup sages comme des images.

2

Romy

Je fermai le placard dans lequel je venais de ranger les dernières commissions lorsque Liora arriva, les doigts fourrés dans les poches exiguës de son jean de marque à la coupe étroite.

Aussi brune et grande que moi – quoique nettement plus mince, voire carrément maigre, ce qui avait tendance à souvent m'inquiéter –, ma cadette avait pour habitude de toujours soigner son apparence, quand bien même elle passait le plus clair de ses journées enfermée entre quatre murs à se consacrer à ses enfants.

Encore maintenant, après avoir quitté domicile et époux, au bout du rouleau, éreintée et déprimée, Liora était resplendissante. Tirée à quatre épingles, maquillée, coiffée et élégamment habillée, elle semblait sur le point de passer un entretien d'embauche dans l'un de ces stupides magazines de mode. Il n'y avait bien que sa grande sœur pour deviner qu'elle était en réalité au plus mal...

— Merci d'avoir encore couché les petits, marmonna-t-elle, la mine coupable. C'est de pire en pire, je ne m'en sortais vraiment pas, ce soir. Ils étaient infernaux, je ne savais plus quoi faire...

— Pas de souci, t'inquiète. C'est l'effet Halloween, ça les rend plus survoltés que jamais.

— Sans doute. Ça, et le fait de les avoir arrachés à leur foyer. Je crois qu'ils supportent de moins en moins la séparation d'avec leur père...

— Mais David était plutôt du genre absent de toute façon, non ? Et puisqu'on en parle, a-t-il demandé à les voir récemment ?

Je savais que je retournais le couteau dans la plaie en évoquant ainsi les failles béantes de son mariage et le peu de cas que faisait son ex-conjoint de leurs rejetons. Mais c'était un mal nécessaire. Liora avait besoin de piqûres de rappel régulières, et elle pouvait compter sur moi pour les lui administrer dès qu'une rechute se profilait à l'horizon.

Elle avait fait ce qu'il fallait, et la voir se ronger les sangs de cette manière, continuellement submergée par les doutes, me peinait terriblement...

— Tu as déjà terminé avec les courses ? s'enquit-elle en s'approchant, ignorant ma question pour tenter un habile changement de sujet.

— Je suis du genre rapide, répliquai-je avant de tendre un index en direction du salon. Va te reposer, tu l'as bien mérité. Je m'occupe du Mai Tai. Leslie ne devrait plus tarder, maintenant.

Leslie était ma meilleure amie depuis près de vingt ans. Et même si ma sœur et elle se connaissaient peu, j'étais certaine qu'elles accrocheraient facilement et que cette soirée serait excellente.

Liora fronça les sourcils de scepticisme.

— Tu as passé la matinée le nez dans la compta, donné des leçons tout l'après-midi, tu as fait les courses, tu t'es occupée de mes enfants, et c'est moi qui devrais me reposer ?

— Je me suis contentée de mettre tes deux aînés au lit, ça n'a rien d'un exploit. Et tu sais, même une dizaine d'heures de danse intensive ne m'épuiseraient pas autant que d'avoir à gérer ton trio de diablotins ne serait-ce qu'une journée.

Ma sœur secoua la tête et soupira.

— Tu as beau dire, tu es une héroïne, Romy… Vraiment, je ne sais pas comment tu fais pour tout mener de front toute seule. Moi, quelques semaines loin de mon mari, et ma vie est en bordel. Je suis pétrifiée à l'idée de me retrouver sans ressources, embourbée dans ces recherches d'emploi infructueuses. Je n'arrive plus à me projeter et je ne maîtrise absolument plus mes enfants. Bref, je ne suis plus bonne à rien. Juste une épave qui erre sans but…

— Mais une très belle épave alors, observai-je, espérant alléger un peu l'ambiance. Tu traverses simplement une mauvaise passe, la roue va tourner et les choses vont se décanter, fais-moi confiance. Puis, tu sais, on peut très bien s'épanouir sans un homme à ses côtés, je t'assure…

Il fallait absolument qu'elle le croie, le risque qu'elle retourne auprès de son connard d'époux était encore beaucoup trop élevé…

— Parfois, il m'arrive de te jalouser. Toi, tu n'as jamais eu peur d'être seule. J'aimerais ne pas être aussi terrifiée à la perspective de vivre sans mon mari.

J'aimerais posséder cet optimisme à toute épreuve qui te caractérise tant...

J'ignorais s'il s'agissait véritablement du trait le plus marquant de ma personnalité. Néanmoins, il fallait bien que je le sois pour deux en ce moment...

— Tu souhaites connaître mon secret ? Je ne porte jamais de fringues inconfortables, je m'empiffre de cochonneries dès que l'envie m'en prend et je picole régulièrement avec mes copines. Voilà ce qui te manque, si tu veux mon avis.

Afin d'illustrer de manière concrète mon propos, je sortis un paquet de chips du placard, en versai l'intégralité dans un saladier et en prélevai quelques-unes au passage pour les fourrer dans ma bouche. Puis, histoire d'être parfaitement claire, je répétai la manœuvre avec un sachet de Curly et un autre – énorme – de pop-corn.

— Hmm, je ne vois pas bien le rapport, rétorqua Liora, incapable de retenir une grimace écœurée à la vue de ces aliments particulièrement riches en calories. Et maman désapprouverait.

Oh ça, c'était certain... Notre mère n'aurait d'ailleurs pas manqué de me faire la morale si elle m'avait entendue, elle pour qui l'hygiène de vie était la première des priorités. Elle n'avait toutefois jamais été particulièrement sévère dans notre éducation et nous avait toujours laissées faire nos propres choix. Du reste, Liora et moi avions eu plus que notre lot de crises de foie durant l'enfance...

Enfin, à cette époque, notre père était encore de ce monde, et lui, en revanche, était du genre permissif à l'excès, nous passant tout continuellement...

— Puisque le bon Dieu t'a mise là, si tu apportais ça au salon au lieu de rester plantée ici à passer une fois de plus en revue tout ce qui ne va pas ?

Liora pinça les lèvres, puis s'exécuta sans autre commentaire.

— Allez, crois-en mon expérience, tu te sentiras nettement plus optimiste après quelques verres de mon cocktail maison, ajoutai-je – moyennement fière, tout à coup, de ce dernier conseil.

— Espèce d'ivrogne ! feignit de s'indigner ma sœur depuis l'autre bout de la pièce. Tu essaies de me faire plonger avec toi du côté obscur de la Force, c'est ça ?

Au moins, mes recommandations douteuses lui avaient soutiré un sourire. Du reste, il n'y avait pas le moindre risque que ma sœur vire alcoolique, elle qui avait en horreur ce genre de vice.

Des coups discrets, frappés à la porte, se firent alors entendre.

Ravie, je bondis en direction du hall pour me dépêcher d'aller ouvrir à Leslie. J'étais si impatiente de la revoir ! Depuis que Liora avait emménagé avec mes neveux au manoir, le temps m'avait manqué, et je n'avais pas revu mon amie. Cette dernière commençait donc à sérieusement me manquer...

— Eh, Patmol ! m'exclamai-je, usant d'un de ces surnoms farfelus – et issus d'anecdotes stupides – dont nous aimions nous affubler depuis des années.

— Salut, la Pelleteuse ! me retourna-t-elle, une grande boîte de chocolats entre les mains – soit exactement ce qui manquait à ce dîner hautement raffiné. Au fait, en me garant dans la cour, j'ai remarqué qu'il y avait de la lumière dans la salle de danse. C'est normal, à une heure aussi tardive un samedi soir ?

— Ah oui, j'ai oublié de t'en parler. Il s'agit d'un des cours du prof de Zumba que j'ai embauché cette année.

— Tu as encore lancé une nouvelle discipline ? s'étonna Leslie en entrant. L'école se développe de plus en plus, c'est cool !

Depuis que j'avais repris l'établissement créé par ma mère, je m'étais efforcée de diversifier au maximum les activités proposées, élargissant le catalogue des leçons à d'autres types de danses que celle classique – à commencer par la danse contemporaine que moi-même j'enseignais. C'était d'ailleurs un succès car notre petite académie n'avait jamais accueilli autant d'élèves...

3

Romy

Leslie étant une habituée des lieux, elle n'attendit pas que je l'y invite pour se débarrasser de son manteau de fausse fourrure rose sur la patère de l'entrée. Puis elle glissa la main dans ses cheveux blonds et ôta son couvre-chef du moment pour le déposer sur le guéridon juste à côté.

— Un béret de laine pailletée, voilà qui est audacieux, commentai-je en examinant l'accessoire. Ta fantaisie de la semaine, je présume ?

— Exactement, acquiesça-t-elle avant de rejoindre ma sœur au salon et de lui faire la bise avec sa chaleur coutumière.

— Ta « fantaisie de la semaine » ? répéta Liora, intriguée.

— Depuis qu'elle a franchi le cap des quarante ans, Leslie a pris la résolution de tenter constamment de nouvelles choses, expliquai-je.

— Toutes sortes de choses et d'expériences, tout ce qui me passe par la tête et qui me fait envie, que je n'osais pas essayer par le passé, précisa l'intéressée, pointant ensuite le pouce vers le portemanteau où elle venait d'abandonner ses affaires. Il y a un mois, c'était ce superbe vêtement que tu vois là. Jamais je n'aurais imaginé avoir le cran d'en porter un de ce genre un jour. Mais j'ai découvert que ça valait le coup, car j'ai vraiment la classe avec. Et si vous saviez comme c'est chaud et confortable !

— En revanche, les talons aiguilles Louboutin étaient une erreur, tempérai-je, un brin moqueuse.

— C'est pas faux ! Je me suis retrouvée avec une cheville foulée et une honte carabinée devant mes collègues, qui m'ont vue m'écraser de tout mon long dans l'open space, la jupe en l'air. Sans compter le fâcheux trou dans mon compte bancaire...

Nous éclatâmes de rire en chœur, l'atmosphère s'allégeant brusquement.

Si ma principale qualité était d'être à peu près toujours d'humeur égale, celle de Leslie était sans conteste de savoir dérider n'importe quel auditoire. Elle avait un don pour ça, qu'elle cultivait et maniait encore plus efficacement depuis qu'elle avait décidé de parler sans filtre.

— La mèche mauve était chouette, poursuivis-je, tâchant de me remémorer ses exploits les plus marquants. Dommage que la couleur se soit si vite estompée.

— Je me suis tapé un jeune de vingt-cinq ans, cette fois-là, se rappela Leslie en haussant les sourcils d'un air grivois.

— Ta fantaisie de Noël dernier, d'une certaine manière, complétai-je, amusée de voir ma sœur battre des paupières, à la fois embarrassée et stupéfaite – peut-être envieuse aussi ? À moins qu'il ne s'agisse juste de mon imagination...

— Mais... il me semblait... bredouilla Liora en regardant Leslie piocher une grosse poignée de pop-corn dans le saladier posé sur la table basse. Tu n'as pas déjà quelqu'un ?

— Oh, plus ou moins, ça dépend des moments. Enfin, c'est une longue histoire...

Mon amie grimaça à l'évocation de cette relation malsaine qui la faisait se languir depuis des années d'un homme marié – lequel lui promettait sans cesse de quitter sa femme sans jamais réussir à s'y résoudre, scénario tristement classique s'il en est.

— Mesdames, annonçai-je en me levant pour aller chercher l'un des pichets de Mai Tai que j'avais préparés, il est temps de passer aux choses sérieuses !

Après quoi, je fis le service, remplissant trois grands verres de ma fameuse boisson maison.

— Je ne suis pas sûre de pouvoir avaler tout ça, s'inquiéta Liora, hésitant à saisir celui que je lui tendais.

— Tu changeras vite d'avis quand tu auras goûté la spécialité de Romy, assura Leslie, ne se faisant quant à elle guère prier.

Liora esquissa une moue sceptique, mais se résolut malgré tout à trinquer avec nous.

— À Halloween et au célibat, bordel ! clama Leslie, parfaitement au courant de la situation de ma sœur. Parce que la vie est bien plus douce sans un de ces enfoirés de mecs pour nous la gâcher !

Liora pouffa d'un rire nerveux, visiblement partagée entre amusement et amertume. Elle trempa ensuite avec prudence les lèvres dans le Mai Tai, puis nous regarda.

— Mais c'est vrai, c'est super bon ! admit-elle avant d'en reprendre une gorgée, puis une autre, plus importante. C'est décidé, ce sera ma fantaisie pour cette semaine.

— En voilà, une bonne résolution ! dis-je en riant, avant d'ajouter en poussant le saladier de chips vers Liora : Par contre, il est impératif de ne jamais picoler l'estomac vide.

Ma sœur leva les yeux au ciel. Elle se résigna tout de même à m'écouter et piocha une petite poignée de ce qui n'était pour elle que des cochonneries sans intérêt nutritif, beaucoup trop grasses et salées – à raison, bien entendu...

— N'empêche, reprit Leslie d'un ton soudain plus grave, la « fantaisie » qui a totalement révolutionné mon quotidien, celle que jamais je ne regretterai, c'est d'avoir enfin osé m'offrir un Womanizer...

Elle ferma les paupières et hocha la tête pour appuyer son propos tandis que je regardai ma sœur, presque certaine de voir se peindre sur son visage une expression choquée. À la place, ce fut surtout de la confusion que j'y décelai.

— Euh... c'est quoi au juste ? se renseigna-t-elle, son regard passant alternativement de Leslie à moi.

— Sérieux, tu n'en as jamais entendu parler ? se récria mon amie.

— C'est un sex-toy, expliquai-je en ricanant bêtement. Particulièrement... efficace.

— Attends, tu veux dire que, toi aussi, tu en as un ? m'interrogea Liora en faisant battre ses longs cils épaissis par les nombreuses couches de mascara dont elle les enduisait.

Je me mordis la lèvre et haussai les épaules en guise de réponse.

Évoquer le sujet ne me gênait pas le moins du monde, mais je savais que c'était loin d'être le cas de Liora...

— Tu rigoles ? rétorqua Leslie, se resservant généreusement en Mai Tai. Ta sœur est la première à m'avoir avertie de l'existence de cette petite merveille.

— Puisque tu sembles également vouloir te lancer dans le projet « une semaine, une folie », tu devrais ajouter ça à ta liste, recommandai-je à ma sœur, récupérant d'autorité son verre presque vide pour le lui remplir à nouveau.

Liora se plaqua la main sur la bouche et pouffa de rire, se laissant lourdement tomber contre le dossier du canapé – manifestement déjà un peu éméchée.

— Vous êtes folles, ma parole...

— Il n'y a pas de raison, continuai-je. Les hommes n'éprouvent aucune honte à se donner du plaisir en solo. Je ne vois pas pourquoi les femmes, elles, le devraient. En plus, ce n'est pas comme si ces messieurs étaient, tous sans exception, particulièrement soucieux ou même capables de nous faire grimper aux rideaux. Alors quoi, il faudrait attendre leur bon vouloir ? Enfin trouver la perle rare, celui qui se sentira suffisamment concerné pour terminer le boulot ? À bas l'idée qu'un rapport n'est abouti que lorsque notre mâle de partenaire a atteint le nirvana !

— Amen ! approuva Leslie avant d'engouffrer une nouvelle poignée de pop-corn.

— C'est dingue, avec toi, tout prend toujours une tournure féministe, fit remarquer Liora, ne plaisantant plus qu'à moitié.

— Militantes et fières de l'être ! lança Leslie, ponctuant sa phrase en trinquant avec moi. Romy t'a raconté nos séances nocturnes de collage sauvage d'affiches avec l'asso ? La dernière fois, on s'est fait surprendre par une voiture de flics, et ta sœur a réussi à les convaincre de nous laisser continuer. Elle est extraordinaire, franchement !

— Oh, je ne le nie pas, répondit ma cadette avec un sourire un peu triste. Elle a toujours été mon héroïne. Je le lui répétais encore il y a moins d'une heure.

— Elle est également la mienne, renchérit Leslie. Je ne connais personne qui vit aussi bien son célibat. Romy est une super-héroïne du quotidien, toujours droite dans ses bottes, épanouie, forte, libre et tellement indépendante !

— Pas tout à fait, vous exagérez, démentis-je, de plus en plus gênée.

— Bah quoi ? insista Leslie. Tu crois que ça court les rues, les nanas qui encaisseraient avec autant de sérénité et de dignité une rupture comme celle que tu as vécue il y a tout juste six mois ? À ta place, j'aurais complètement pété les plombs si j'avais surpris mon fiancé à envoyer des sextos à une autre meuf seulement quelques semaines avant le mariage !

— Carrément, confirma Liora, secouant la tête avant de basculer la nuque en arrière pour avaler la dernière goutte de cocktail au fond de son verre.

Oui, cela m'était bel et bien arrivé... J'avais cependant refusé de me laisser abattre ou ronger par la colère et la rancœur. J'avais accepté et digéré cet échec en un temps record et j'étais directement passée à autre chose, reprenant le cours de mon existence telle qu'elle était avant Julien.

Certes, cela avait été un coup dur, mais il y avait pire dans la vie, non ?

— Avec le recul, c'était une bonne chose que ça se produise à ce moment précis, relativisai-je, tentant de leur faire comprendre mon point de vue. Je savais que je n'aurais pas dû accepter d'épouser Julien. Finalement, ça m'a libérée d'un poids. Je crois que l'engagement, ce n'est pas pour moi. Ni les mecs non plus, en fait. Le célibat, il n'y a que ça de vrai. Et puisque les hommes, eux, l'assument parfaitement bien, j'ai décidé d'en faire autant.

— Mais oui, ça aussi, c'est dégueulasse, commenta Liora – dont la diction devenait de plus en plus laborieuse. Pourquoi n'existe-t-il pas d'équivalent masculin à « vieille fille » ?

— Tu vois, encore une injustice faite aux femmes, conclus-je afin d'enfoncer le clou.

— Le célibat, d'accord, acquiesça Leslie, les paupières plissées. Mais en ce qui me concerne, pas sans aventures d'un soir...

— Ou d'une semaine, si tant est que le mâle en question soit vigoureux, corrigeai-je – faisant référence au jouvenceau de vingt-cinq ans que mon amie s'était envoyé entre Noël et la Saint-Sylvestre l'an dernier.

Nous nous mîmes toutes trois à rire comme des baleines, le Mai Tai n'y étant probablement pas complètement étranger...

4

Adriel

Comme depuis bientôt quatre ans, je rentrai le plus tard possible dans ce bel appartement parisien, idéalement situé – à deux pas de mon cabinet d'expertise comptable –, que je louais pour ma fille, ma mère et moi.

Comme depuis bientôt quatre ans, j'avais délibérément tardé à quitter le travail, redoutant plus que tout le week-end... Ce moment de la semaine où je n'avais plus ni les chiffres ni les dossiers pour m'occuper l'esprit et où je me retrouvais fatalement seul face à mes propres pensées, sans plus de barrières de sécurité pour les contenir.

Je fermai la porte d'entrée en soupirant, las par avance à la perspective de cet usant combat que je livrais sans cesse contre moi-même, parfaitement conscient de l'inéluctabilité de ma défaite. Je me forçai à prendre une grande inspiration et tâchai de tenir bon encore un peu, luttant pour repousser les féroces assauts de l'abattement et de la mélancolie.

Il le fallait. Pour Émilie.

Pour elle, pour ma fille – ce petit ange innocent de seulement huit ans avec qui la vie s'était déjà montrée si cruelle –, je me devais de rester à flot.

Ne pas sombrer…

Jamais.

— Princesse ? hasardai-je, m'adressant au vide et au silence. Maman ? Où êtes-vous ?

Je ne m'attendais pas à un accueil particulièrement chaleureux, étant donné l'heure indécente à laquelle j'arrivais, mais tout de même…

— Nous sommes dans la chambre d'Émilie, lança ma mère depuis l'autre bout du couloir. Inutile de nous rejoindre, nous venons dans un instant.

— Papa, s'il te plaît, j'aimerais… j'aimerais que tu m'aides…

La petite voix aiguë d'Émilie résonnait curieusement fort – elle qui s'adressait d'ordinaire si peu à moi et qui était toujours d'un calme presque effrayant pour une enfant.

— Non, ce n'est vraiment pas nécessaire ! décréta ma mère avant de m'intimer d'un ton inhabituellement péremptoire : Attends-nous au salon, Adriel. Nous n'en avons pas pour longtemps.

Des messes basses furent ensuite échangées, sans que je puisse en saisir la teneur.

Je quittai manteau et écharpe, abandonnant mon porte-documents au pied de la console de marbre gris de l'entrée. Intrigué – mais également un peu inquiet –, je me hâtai en direction de la chambre d'Émilie.

— Que se passe-t-il donc, ici ? demandai-je en toquant à la porte.

Prudemment, je poussai le panneau de bois. La scène que je surpris alors me laissa bouche bée... Puis la confusion céda la place à la douleur lorsque je compris ce que tentait d'entreprendre ma fille.

Émilie était assise sur le tapis, juste devant son lit. Elle avait revêtu l'une des longues robes noires de sa grand-mère et s'était servie d'un de ses châles de dentelle pour en faire un voile couvrant son visage. Devant elle étaient étalées plusieurs feuilles de papier scotchées ensemble afin de former une affiche sur laquelle ma fille avait inscrit les lettres de l'alphabet – de son écriture encore quelque peu maladroite. Et, sous sa petite main d'enfant, était posé un verre retourné...

Émilie leva vers moi un regard trop grave pour son âge – et néanmoins brillant d'espoir –, ses longues mèches si lisses et soyeuses, d'un magnifique blond vénitien, en partie masquées sous les plis de la mantille improvisée.

— J'essaie seulement de... de contacter maman, m'expliqua-t-elle avec un sérieux des plus désarmants.

Mon cœur se brisa tout à fait, les morceaux volèrent en éclats pour s'éparpiller à mes pieds.

Et aussitôt, je me dépêchai de tous les récupérer afin de les recoller. Puis je les tins tant bien que mal serrés les uns contre les autres pour qu'il n'y paraisse rien... Je ne devais montrer ni mon choc ni ma vive et cuisante souffrance.

Garder une expression neutre. Faire le vide. Le laisser m'envahir. *Devenir* le vide...

Je déglutis et bredouillai :

— Hmm, ah bon ?

— C'est stupide, enfin ! trancha ma mère, se relevant en hâte pour se placer entre Émilie et moi – comme si elle pouvait encore me cacher les jeux douteux auxquels s'adonnait ma fille. Mon ange, tu sais bien que c'est impossible...

— Mais j'ai vu ça à la télé, argua-t-elle de sa voix fluette et tremblante. Il paraît que... que le jour de Halloween les fantômes peuvent parler avec les vivants...

— Je ne sais pas comment elle a pu tomber sur ce genre de programme, je fais pourtant très attention à ce qu'elle regarde, m'assura ma mère avant de se tourner vers Émilie. Je te l'ai dit, ce ne sont que des sornettes. Alors range ce bazar et mets-toi en pyjama, comme je te l'ai demandé. Il est tard, tu vas finir par faire de la peine à ton papa avec tes bêtises.

Émilie hoqueta d'effroi, et ses immenses yeux bleus se mirent à sonder intensément les miens, craignant que sa grand-mère n'ait vu juste.

Je me détournai immédiatement, incapable de soutenir plus longtemps le regard de ma propre fille...

— Mais non, mentis-je, refusant qu'Émilie éprouve la moindre culpabilité à cette idée. Non, voyons, ce n'est pas grave.

Je fis un pas vers elle, puis un second. Là, je m'arrêtai, ne pouvant me résoudre à franchir le peu de distance nous séparant. J'avais tellement peur qu'elle n'entrevoie le gouffre obscur qui m'habitait si je m'approchais davantage...

Le mal dont j'étais atteint était aussi dévorant qu'incurable. Jamais je ne prendrais le risque de le transmettre à quiconque et encore moins à l'être qui m'était le plus précieux sur Terre...

Car oui, c'était là ma plus grande hantise : laisser ma morosité déteindre sur Émilie. La perspective de voir ces ombres croître en elle également, grignotant le peu de joie de vivre que sa condition d'enfant lui permettait encore de connaître en dépit des circonstances, me terrifiait.

Je m'éclaircis de nouveau la gorge et débitai, m'efforçant d'ignorer la boule qui me comprimait la trachée :

— Même si c'était vrai, même si ce genre de stratagème fonctionnait, ta maman n'est pas un fantôme. Les bonnes personnes vont au paradis, elles ne restent pas parmi nous, sous aucune forme que ce soit.

— Alors je ne peux pas lui parler, comprit Émilie en baissant les yeux sur l'espèce de Ouija qu'elle avait pris soin de fabriquer.

Le froid et l'amertume manquèrent étouffer mes mots. Malgré tout, je parvins à formuler une réponse brève, mais ferme :

— Non.

Émilie haussa mollement les épaules, puis fit glisser le foulard de dentelle de sa tête. Après quoi, elle prit les feuilles de papier et les froissa avec calme et résignation, avant de les jeter à la poubelle.

— Je vais passer mon pyjama et me coucher, annonça-t-elle d'un ton redevenu indifférent, dans lequel ne perçaient plus ni entrain ni espoir.

— C'est bien, ma puce, approuva ma mère, embrassant la chevelure d'Émilie – cette teinte couleur d'automne, très particulière, elle la tenait de sa mère. Tu es toujours si sage et raisonnable… Une petite fille parfaite. Ton papa et moi sommes très fiers de toi.

Je sortis de la chambre à contrecœur, conscient d'avoir encore raté quelque chose.

À l'évidence, Émilie souffrait toujours terriblement de l'absence de sa maman et je n'avais aucune idée de la manière dont j'aurais dû m'y prendre pour lui apporter un quelconque réconfort. Je n'arrivais déjà pas à me relever moi-même de cette effroyable perte, alors comment pourrais-je bien aider une enfant à s'en remettre ?

Une fois dans le salon, seul avec ma mère, je me laissai tomber dans un fauteuil et massai mes tempes brûlantes.

— Je suis vraiment navrée, marmonna-t-elle en replaçant l'une des pinces retenant ses cheveux – encore naturellement bruns – en chignon. Tu n'aurais pas dû assister à cela…

Depuis le décès de Florence, quatre ans plus tôt, ma mère tentait de me protéger de tout et n'importe quoi – même de ma propre enfant, apparemment. À sa décharge, je ne pouvais nier que je m'appuyais entièrement sur elle, lui ayant confié la totale responsabilité de mon foyer.

Je lui devais rien de moins que notre survie, à ma princesse et moi…

Du jour où j'étais devenu veuf et Émilie à demi-orpheline, ma mère avait tout abandonné pour se dévouer corps et âme à son fils et à sa petite-fille. Ainsi, elle était venue s'installer avec nous dès notre emménagement dans ce nouvel appartement – la perspective de rester plus longtemps dans l'ancien, où Florence s'était éteinte, m'étant insupportable. Ma mère passait ses journées à s'occuper d'Émilie, à nous préparer chaque jour à tous deux de bons repas sains et équilibrés, et veillait en permanence à notre bien-être.

C'était sans doute plutôt pathétique, pour un homme de trente-neuf ans, de vivre sous le même toit que sa mère et de la laisser tout gérer. Il n'empêche que j'aurais été bien incapable de continuer en d'autres circonstances...

Elle était mon pilier.

Celui d'Émilie également – même si elle ne saurait remplacer Florence, bien entendu. Jamais je ne pourrais rendre à ma mère ne serait-ce qu'une once de ce qu'elle nous avait donné. Ma dette était trop colossale. Toutefois, en contrepartie, je m'efforçais de rapporter autant d'argent que possible afin qu'elle et ma fille puissent profiter de tout le confort matériel qu'elles souhaitaient.

En conséquence, je consacrais l'intégralité de mon énergie à mon travail. Je tâchais, jour après jour, de faire prospérer le cabinet d'expertise comptable que j'avais monté peu avant la disparition de Florence.

Par ailleurs, je voulais vraiment voir une issue – aussi lointaine fût-elle – à cet obscur et pénible tunnel, et décharger un tant soit peu ma mère du lourd fardeau que j'étais devenu. C'était donc dans cette optique que j'avais récemment fait un premier pas vers une nouvelle indépendance – même si cette transition s'avérait désespérément compliquée...

Après un long moment d'un silence morne et pensif que ma mère n'osait rompre, un détail me revint subitement en mémoire.

— Tu ne devais pas emmener Émilie chercher des bonbons avec ses camarades de classe, aujourd'hui ?

Ma mère pinça les lèvres et tripota derechef son chignon, ses doigts s'agitant plus nerveusement dans ses cheveux.

— Elle... Finalement, Émilie n'a pas voulu s'y rendre.

— Pourquoi ça ?

Ma mère fit volte-face et se dirigea vers la cuisine. Manifestement à regret, elle lâcha, me tournant le dos :

— Elle n'a pas vraiment d'amis à l'école, tu sais.

— Hmm...

Je n'étais pas spécialement étonné. Les enfants étaient souvent très durs entre eux, et Émilie avait tendance à se distinguer par sa placidité et son manque d'intérêt pour les jeux de son âge.

Je me levai afin de rejoindre ma mère, préoccupé, sans savoir pour autant ce que j'aurais pu ajouter pour faire avancer les choses. Elle m'adressa un rapide coup d'œil et sortit du four un plat de lasagnes en partie entamé. Puis, me prenant de court, elle demanda :

— Tu penses vraiment ce que tu as dit tout à l'heure, à propos de Florence et du paradis ?

Elle déposa son chargement sur le plan de travail et, sans plus me regarder, sortit deux assiettes.

Ma mère, en bonne catholique, était terrifiée à l'idée que l'âme de Florence ait pu, du fait de son geste, atterrir au purgatoire. Pour ma part, j'avais depuis longtemps résolu la question...

— Bien sûr que non, tranchai-je d'un ton plus dur que je ne l'aurais voulu. Je ne crois à aucune de ces absurdités d'enfer et de paradis. Mais je n'allais tout de même pas expliquer à ma fille de huit ans que sa maman ne s'adressera plus jamais à elle parce qu'elle n'est désormais rien d'autre qu'un morceau de chairs inertes croupissant au fond d'une boîte.

Quant à lui apprendre un jour que la femme qui lui avait donné naissance avait sciemment décidé de nous abandonner – préférant en finir une bonne fois pour toutes, quitte à nous infliger à tous deux cet irréversible traumatisme –, c'était définitivement au-dessus de mes forces...

— Émilie n'est pas sotte. Elle sait quand tu lui mens. Et elle voit combien tu es en colère aussi.

— Je ne suis pas en colère.

Non...

Non, la colère était très éloignée de ce que je ressentais. J'étais furieux, en vérité. J'avais la rage contre Florence pour ce qu'elle avait fait. Mais également contre moi-même pour cette douleur insoutenable que me provoquait l'absence d'une femme à qui ni notre mariage ni un ange tel qu'Émilie n'avaient suffi...

— Je suis navré, je vais sauter le dîner ce soir, maugréai-je entre mes dents serrées. Je n'ai pas faim et j'ai rapporté beaucoup de travail.

Ce qui n'était qu'un demi-mensonge. Aucun des dossiers dans mon porte-documents n'était urgent. J'avais cependant veillé à prendre au bureau de quoi m'occuper l'esprit, dans le cas où mes pensées deviendraient trop sombres. C'était toujours mieux que les verres de whisky que j'avais un peu trop tendance à enchaîner le week-end...

Ma mère ne put retenir un soupir de déception. Mais comme à son habitude, elle accepta sans broncher que je me défile.

— Très bien, je mettrai ta part dans une assiette au frigidaire. Tu la mangeras lorsque tu recouvreras l'appétit. Mais je te préviens, mon grand : hors de question que tu te couches le ventre vide, c'est compris ?

J'acquiesçai d'un hochement de tête, aussi irrité que touché par cette attention et la petite leçon de morale qui l'accompagnait. Je savais que je pouvais toujours compter sur ma mère pour me rattraper quand je trébuchais et me tenir la tête hors de ces eaux obscures qui me guettaient sans cesse. J'aurais simplement voulu éviter de l'entraîner avec moi dans ce tourbillon qui m'avait fauché au décès de Florence. L'épargner comme je tentais d'épargner ma fille...

J'en étais toutefois incapable. Ma mère avait été contaminée. Le trou noir que j'étais devenu avait déjà absorbé toute sa lumière. Seulement elle luttait nettement mieux que jamais je n'aurais été en mesure de le faire...

5

Romy

Un grognement rauque et guttural – aussi peu féminin que distingué – s'échappa de mes lèvres tandis que je roulais mollement sur mon matelas. La bouche atrocement pâteuse, je dus me battre avec les draps pour porter les mains à mon front.

Une migraine abominable me vrillait les tempes, un étau immatériel me compressant de plus en plus vicieusement le crâne. Il faisait à peine jour, et mes paupières étaient encore lourdes. J'errai entre les brumes d'un sommeil désespérément superficiel et l'envie de courir à la salle de bains pour m'envoyer un tube entier d'aspirine.

Le besoin de me gaver de comprimés l'emporta, et je tendis un bras lourd pour allumer la lampe de chevet, incapable de retenir une nouvelle protestation lorsque la lumière électrique frappa ma rétine. Vaseuse, je me redressai maladroitement, agacée de n'avoir jamais appris à mieux tenir l'alcool.

Ce n'était pourtant pas l'entraînement qui m'avait manqué…

Encore un samedi soir passé à boire plus que de raison. Et encore une gueule de bois carabinée, me privant, comme à l'accoutumée, d'une journée dominicale paisible et agréable.

Malgré tout, aucun remords ne m'étouffait – j'avais pour principe de ne jamais me laisser aller à en éprouver.

Liora avait, l'espace de quelques heures du moins, retrouvé le sourire – un bienfait d'une valeur inestimable. Leslie, ma sœur et moi avions passé une soirée mémorable, emplie de rires, de blagues idiotes, de confidences trop arrosées et d'une douce insouciance pour un temps recouvrée.

Le bonheur était beaucoup trop fugace et rare pour ne pas le saisir au vol, peu importait où il pouvait se nicher.

J'hésitai à me mettre debout – j'ignorais ce que j'avais fait de mes chaussons et je savais le carrelage de la salle de bains détestablement glacial en cette saison – lorsqu'un détail me revint. Il me semblait avoir laissé en prévision une boîte de paracétamol quelque part non loin du lit, exactement pour ce genre de situation. Le problème était cependant que je n'arrivais plus à me souvenir de l'endroit précis où j'avais caché ces fichus comprimés...

Je fouillai un à un les différents compartiments des meubles de chevet, vite agacée de n'y trouver que des babioles sans intérêt. Grognant de frustration, j'enfonçai la main jusqu'au fond du dernier rangement, tâtonnant au hasard dans ce bric-à-brac inutile. Mes doigts rencontrèrent tout à coup une tige de métal froid, coincée entre un vieux tube de baume à lèvres – probablement desséché – et un paquet d'autocollants – destinés à orner ce fameux bullet journal que je n'avais jamais commencé.

Une clé… *La* clé.

Celle qui avait tout déclenché…

Soudain, mon passé m'éclata au visage, surgissant du fond du tiroir. Et je me figeai, prise au dépourvu.

J'inspirai longuement, m'efforçant de détendre les muscles de mon cou. Je devais passer outre, il le fallait. Après tout, il ne s'agissait que d'un vulgaire objet. Je me fichais comme d'une guigne de ce truc stupide. D'ailleurs, pourquoi diable l'avais-je gardé ?

La vue de cette chose d'apparence on ne peut plus anodine me fit toutefois l'effet d'une douche froide. Et je ne fus bientôt plus capable d'empêcher l'amertume – que j'avais pourtant si longtemps tenue loin de moi – de m'envahir et de me submerger. Sans doute l'affreuse migraine dont je souffrais embrouillait-elle mes pensées, me rendant vulnérable…

Cette clé n'était autre qu'un double que, six mois plus tôt, j'avais fait fabriquer en secret sur un coup de tête. Une idée certes tordue – et néanmoins particulièrement avisée – que j'avais eue quand, lors d'un banal ménage de printemps, j'étais tombée par hasard sur l'originale, dissimulée dans l'une des paires de chaussettes de Julien, au fond d'une commode.

Après deux ans de relation de couple – dont plus de la moitié de vie commune au manoir –, celui qui était à l'époque mon fiancé m'avait éhontément menti en affirmant s'être séparé de son appartement. Du moins, c'était ce que j'en avais déduit en découvrant cet objet qu'il voulait à l'évidence garder caché.

J'avais d'abord supposé qu'il était question d'un simple pied-à-terre. Que Julien avait conservé ce logement par sécurité, afin d'avoir de quoi se retourner au besoin, si jamais notre mariage ne fonctionnait pas comme prévu.

Par ailleurs, j'avais bien essayé de le questionner après cela, mais sans jamais mentionner ma trouvaille, désirant avant tout qu'il avoue la vérité plutôt que de devoir la lui arracher. Et puisque mes nombreuses tentatives étaient restées vaines, j'avais fini par faire réaliser un double dans l'optique d'aller directement sur place afin d'en avoir le cœur net.

Je voulais m'assurer que Julien ne planquait pas là-bas une quelconque maîtresse – ou même une famille. Et finalement, je n'avais guère eu besoin d'utiliser cette clé.

Un rapide coup d'œil dans son téléphone – une indiscrétion que je ne me serais jamais permise en temps ordinaire, mais que les circonstances, à mon sens, justifiaient – avait suffi à me convaincre que je me fourvoyais avec cet homme. La messagerie de celui que j'étais censée épouser quelques semaines plus tard regorgeait d'échanges graveleux entre lui et une certaine Sophia, sans équivoque possible quant à la nature de leur relation.

Soudain, le mensonge au sujet de l'appartement non vendu était passé au second plan, tout comme mes projets de m'y rendre. J'avais estimé le temps des questions hasardeuses et de la pêche aux informations révolu et j'avais mis Julien au pied du mur en le confrontant sans attendre aux SMS incriminants. Il n'avait guère cherché à se défendre – la chose étant impossible, de toute façon – et m'avait avoué entretenir une liaison depuis quelques mois avec cette femme pour qui il en était venu à éprouver des sentiments.

Julien avait eu des doutes au sujet de notre futur mariage – projet qu'il avait pourtant initié – et prétendait avoir cédé à la tentation sous l'effet de la panique. En vérité, peu m'importaient les raisons de son infidélité, les faits parlaient d'eux-mêmes...

J'avais cru mon choix mûrement réfléchi. J'avais d'ailleurs longtemps attendu avant de m'impliquer sérieusement dans une véritable histoire avec un homme. J'avais cherché, des années durant, celui qui correspondait en tout point à cette longue et rigoureuse liste de critères que j'avais établie.

Parce que j'avais toujours refusé les concessions, parce que je tenais à être totalement sûre de moi, guidée par la raison et non par quelques élans insensés, j'avais imaginé être arrivée au bout du chemin. Julien remplissant absolument toutes mes conditions, j'avais pensé qu'il était temps que je cesse de jouer les rebelles de pacotille et que j'arrête de me chercher des excuses pour ne pas me caser.

Et voilà ce que, au bout du compte, j'avais récolté...

Personne donc – pas même moi, avec toutes mes réticences, ma liste interminable d'exigences censée prévenir tout échec et ma prudence maladive quant à l'engagement – n'était à l'abri de se faire avoir.

Leslie avait dit vrai : j'avais réagi avec beaucoup de recul, de philosophie et de dignité. Je n'avais rien reproché à Julien, me contentant d'exiger qu'il quitte immédiatement le manoir et se charge d'annuler les réservations concernant notre mariage. Il n'y avait eu ni pleurs ni cris, seulement une froide indifférence. Julien lui-même avait été déstabilisé par mon absence d'émotions face à notre brutale séparation.

En réalité, j'ignorais si j'avais un jour vraiment été amoureuse de cet homme. Tout le temps qu'avait duré notre relation, j'avais apprécié sa bonne humeur coutumière, si semblable à la mienne, son humour et son entrain pour tout et n'importe quoi. Sans aller jusqu'à parler d'extase, j'avais aimé le sexe avec lui – même s'il n'était pas le plus dévoué des partenaires, il savait faire preuve de bonne volonté. J'avais admiré son physique d'athlète, lui qui était gérant d'une salle de sport, mais qui ne dédaignait pour autant jamais un bon repas et une soirée canapé-télé. Et, par-dessus tout, j'avais adoré la liberté et l'espace que, d'un commun accord, nous nous étions laissés – à tort, manifestement...

Pourtant, pendant un moment, j'avais sérieusement cru avoir des sentiments pour lui. Je lui avais ouvert les portes de chez moi, l'accueillant avec joie au sein de cette demeure qui représentait tant à mes yeux. Après seulement quelques mois de méfiance raisonnable, je lui avais offert ma confiance sur un plateau d'argent. Pour lui, j'avais même tenté de déverrouiller ce satané cadenas que j'avais posé sur mon cœur. Et cela avait bien failli réussir – une chance que ces événements soient survenus avant que je commette la grossière erreur de l'épouser...

Je refusais d'être amère et aigrie, cela n'avait jamais été mon genre. Aucun homme ne me changerait, pas même cet abruti. C'était hors de question.

Je vivais parfaitement bien cette rupture et l'inéluctable humiliation accompagnant la brusque annulation d'un mariage. Je gardais la tête haute et me moquais de ce que pouvaient penser les autres d'une femme de trente-six ans abandonnée quasiment au pied de l'autel. La pression sociale passait sur moi sans jamais m'atteindre.

Non, vraiment, tout allait pour le mieux...

Si je me le répétais suffisamment, avec assez d'énergie et de conviction, je finirais forcément par y croire, non ? Cela avait fonctionné jusqu'à maintenant. Il n'y avait aucune raison pour que ce ne soit plus le cas.

Malgré tout, à force de tripoter cette maudite clé entre mes mains moites, je pris conscience d'une espèce de gêne, comme un petit sachet de cailloux resté coincé en travers de ma gorge.

En vérité, il y avait certaines choses, certaines offenses, que jamais je ne pourrais digérer, la malhonnêteté et la trahison arrivant en tête...

J'avais jugé plus honorable – et, en un sens, plus *féministe* – d'éviter toute crise d'hystérie lors de notre séparation. Mais, et si, en définitive, je n'avais fait que faciliter la vie à cet odieux connard ? Ma fierté ne m'avait-elle pas desservie, me forçant à accepter bien docilement l'intolérable ?

Après tout, n'aurait-il pas été plus sain de hurler et, à tout le moins, lui jeter ses quatre vérités à la figure ? Cela ne m'aurait-il pas libérée d'un poids ? Pourquoi m'étais-je imposé cette absurde dignité si c'était pour en assumer seule toute la frustration ?

Cet enfoiré m'avait honteusement trompée et avait été trop lâche pour m'en avertir avant que nous commettions l'irréparable et nous engagions l'un envers l'autre. C'était moi qui avais dû jouer les détectives et lui tirer les vers du nez. Moi qui avais dû couper court à ce qui aurait été une véritable catastrophe pour l'un comme pour l'autre...

Et il s'en sortait sans heurt, tranquille et à l'aise dans ses bottes. Tandis que, de mon côté, j'avais ravalé ma colère pour me persuader que je n'en éprouvais aucune. Mais ce n'était qu'une illusion, rien de plus. Comme tout être humain, je ne pouvais ignorer la blessure d'un couteau planté dans le dos. Comme tout être humain, je ressentais la furieuse envie de répondre et rendre la monnaie de sa pièce à mon assaillant...

J'avais peut-être six mois de décalage, toutefois ne valait-il pas mieux tard que jamais ?

Un marteau-piqueur pétaradait en continu dans le fond de mon crâne, mais cela ne m'empêcha pas de me lever, guidée par la détermination. Ma hargne, trop longtemps étouffée, venait de faire surface et me conférait une force nouvelle, supplantant la migraine. J'allais faire goûter à Julien un certain plat qui se mangeait froid, même si je ne savais pas encore de quelle manière m'y prendre...

Me pointer à sept heures du matin sans prévenir dans son appartement – dont il ignorait que je possédais la clé – et exiger une discussion – à l'occasion de laquelle je pourrais placer quelques insultes bien senties – constituait déjà en soit un bon début, me semblait-il...

6

Romy

Je décidai de m'habiller en vitesse afin de profiter de cette énergie nouvelle avant que ma détermination retombe comme un soufflet. Dans ma tête, je m'imaginais cavaler d'une armoire à l'autre en un éclair, sélectionnant d'instinct les pièces les plus attrayantes de ma garde-robe pour ensuite passer en coup de vent devant le miroir et y croiser l'image d'une femme radieuse et résolue.

Je dus finalement composer avec ma gueule de bois, ma colère récemment émergée n'effaçant malheureusement pas par magie les effets des excès de la veille. En fait de quelques secondes, j'eus l'impression de mettre une éternité à enfiler le premier jogging élimé et le premier pull ample qui me tombaient sous la main, renonçant à paraître fraîche et pimpante – oh, et puis quoi encore, comme si je devais faire le moindre effort pour ce sale type !

Je n'omis cependant pas de faire un détour par la salle de bains – certes pour me brosser les dents, mais surtout dans le but d'y ingurgiter une bonne dose de Doliprane. Après quoi, je descendis au rez-de-chaussée et m'empressai d'attraper mes clés de voiture restées sur le comptoir de la cuisine – juste à côté de la coupelle supposée leur servir de rangement...

Une fois sur le pas de la porte, doudoune et grosse écharpe de laine en main, un détail m'arrêta néanmoins. Je levai les yeux au ciel.

Comment avais-je pu oublier cette exaspérante manie ?

Julien avait pour habitude de faire du footing tous les dimanches matin, se levant invariablement aux aurores, et ce même après des soirées copieusement arrosées avec ses amis. À tous les coups, je trouverais son appartement vide si je m'y rendais dès à présent...

Pour le voir, il me faudrait donc patienter au moins jusqu'à midi qu'il soit rentré de son périple et ait eu le temps de prendre une douche. D'ici là, ma raison et mon détachement lucide avaient largement le temps de reprendre le dessus. Car, en vérité, ni la mesquinerie ni les coups bas ne me ressemblaient, je le savais bien. Cet élan qui me poussait à la vindicte n'était qu'éphémère, il ne pouvait en être autrement.

Le hic était que je n'avais aucune envie de laisser sagesse et dignité me revenir et gagner la partie. Non, je voulais ma vengeance, et je la voulais maintenant !

J'enfilai ma doudoune en pestant, fourrant le double des clés de Julien dans une poche. J'ignorais ce que je ferais une fois dans son appartement si, comme tout portait à le croire, il n'y était pas. Mais au diable les spéculations et les interminables réflexions, je finirais bien par trouver un moyen d'avoir le dernier mot !

J'improviserais sur place, voilà tout.

Soudain, je songeai à mon film favori : *Le Fabuleux Destin d'Amélie Poulain.*

J'adorais son héroïne, si candide et pourtant tellement perspicace, maligne et créative. Ce personnage était comme un modèle pour moi. Sa façon de voir la vie, toujours à chercher le bonheur dans les petites choses les plus banales du quotidien, m'inspirait énormément.

Mais Amélie n'était pas que cela. Elle savait également endosser à merveille le rôle de vengeresse, et ses idées pour rendre sa propre justice étaient aussi recherchées et loufoques que géniales...

— Mais oui ! m'exclamai-je tout à coup, seule dans le hall d'entrée. Ça y est, j'y suis !

Je tenais mon projet de représailles. J'allais de nouveau prendre exemple sur Amélie, mais de façon nettement plus concrète, cette fois. Ma vendetta serait horripilante et mettrait à rude épreuve les nerfs de Julien, mais elle serait sans conséquence ni gravité pour autant. Avant tout, elle serait divertissante et drôle – enfin, de mon point de vue, bien entendu.

Un sourire sadique m'étira les lèvres lorsque le plan de mon premier méfait s'esquissa dans mon esprit.

Je revins sur mes pas pour aller dans la cuisine et ouvris le frigidaire. Dans la porte, je prélevai un vieux tube de sauce wasabi encore plein, qui attendait sagement d'être utilisé. Puis j'empochai le repousse-cuticules que Liora avait laissé traîner sur la table – mon idée nécessitant un petit ustensile de ce genre.

J'avais désormais tout ce qu'il me fallait. J'étais fin prête à faire connaître à Julien la saveur de ma vengeance – au propre comme au figuré.

Je franchis pour de bon la porte d'entrée et montai dans ma voiture, direction le 12e arrondissement de

Paris, à un peu moins d'une heure de route de là – à condition que la circulation soit fluide.

Et elle le fut – comme elle devait à peu près toujours l'être un dimanche entre six heures et sept heures du matin.

À ma grande surprise, j'arrivai sur les lieux plus décidée et excitée que jamais, mes envies de châtiment n'ayant rien perdu de leur vigueur, bien au contraire. En fait, durant le trajet, je m'étais même prise à imaginer toutes sortes d'autres coups foireux à réaliser, comme si cette tentative était la première d'une longue série...

Bon, c'était un peu audacieux de ma part de penser que je serais nécessairement douée pour cela et que tout allait fonctionner comme sur des roulettes dès le premier essai. Peut-être que, finalement, Julien ne serait pas allé courir et se trouverait chez lui, m'obligeant à revenir au plan initial et à m'en tenir à une simple engueulade ? Ou peut-être qu'une fois seule au milieu de cet appartement à la décoration épurée je paniquerais à l'idée d'avoir pénétré illégalement au domicile de mon ex et m'enfuirais à toutes jambes, me rendant subitement compte de ma folie et du ridicule de la situation ?

Quoi qu'il en soit, je n'eus aucune difficulté à taper le code d'entrée sur le clavier de l'interphone – ses chiffres m'ayant marquée puisqu'il s'agissait du mois et de l'année de naissance de ma mère. Je n'étais certes pas venue souvent chez Julien, ce dernier ne m'y ayant invitée que deux ou trois fois au début de notre histoire. Après quoi, je l'avais convaincu de venir plutôt me rendre visite au manoir...

J'avais toujours eu beaucoup de mal à délaisser cette maison que j'aimais tant, même pour quelques heures. À peine six mois d'une relation sans heurt plus tard – et puisque à l'époque Julien y passait de toute façon le plus clair de son temps –, je le conviai à s'installer avec moi, à Saint-Cloud, dans la demeure familiale. Ce qu'il s'était empressé d'accepter, prétendant de très loin préférer cette vieille bâtisse pleine de charme et le calme de la banlieue à son appartement parisien froid et son avenue bruyante.

Je secouai la tête pour chasser ces souvenirs, l'agacement me gagnant peu à peu. Julien avait dû mentir également sur ce point, étant donné qu'il ne s'était jamais séparé de ce logement – qu'il affirmait pourtant ne guère apprécier...

Peu importait. Je me fichais de savoir pourquoi il avait fait cela. À l'évidence, il devait me tromper depuis beaucoup plus longtemps que ce qu'il avait admis. Autrement, il n'aurait pas gardé ce qui, en fait de pied-à-terre, avait dû n'être qu'une répugnante garçonnière.

Je traversai le hall de l'immeuble d'un pas ferme et assuré, sentant mon sang bouillir de colère. Dans l'ascenseur, je croisai les bras face à mon reflet dans le miroir, me moquant bien de mes cheveux en pétard, rassemblés en un tas informe au sommet de ma tête, des cernes sombres qui me creusaient les yeux et de mon look de fille à peine sortie du lit.

Devant la porte, j'hésitai un bref instant. Focalisée sur ma dernière idée, je n'avais même pas réfléchi à ce que je dirais à Julien s'il était présent. Puis je songeai que, dans tous les cas, qu'il y ait confrontation avec l'intéressé ou que je parvienne en toute liberté à mettre mon plan diabolique à exécution, j'en serais soulagée. C'était tout ce que je désirais...

Transformer ces sentiments néfastes, cette tristesse et cette amertume que j'avais trop longtemps tenté d'ignorer, en autre chose, quoi que cela puisse être. Je devais m'en débarrasser, et vite. Avant que ces émotions indésirables me rongent davantage et étouffent les braises de cette joie de vivre que je m'employais continuellement à attiser.

Il était si facile et tentant de céder aux sirènes du dépit. Si facile d'abandonner et de laisser son esprit se ternir pour se remplir de pensées maussades et ne plus jamais pouvoir s'en libérer ensuite. J'avais vu ma mère baisser les bras, n'aspirant qu'une goulée d'air de temps à autre, juste pour ne pas couler tout à fait. La solitude l'avait consumée, réduisant en cendres la part la plus belle de sa personnalité...

J'avais su tirer les leçons des épreuves qu'elle avait traversées à la suite du décès de notre père et des trop nombreuses déceptions amoureuses qu'elle avait connues – en dépit des trésors d'efforts déployés pour satisfaire des amants ingrats et égocentrés. J'avais alors décidé que je serais différente. Une femme forte, qui ne craindrait pas de vivre sans homme et à qui sa propre compagnie suffirait.

Pourtant, la pression insidieusement exercée par une société obsédée par la norme et le mariage, conjuguée aux bras faussement rassurants de Julien, avait bien failli avoir raison de ma résolution...

Mais il n'y avait pas moyen. Plus jamais je n'oublierais ce serment que je m'étais autrefois fait à moi-même.

J'étais un roc. Les orages ne m'atteignaient pas. Les tempêtes me faisaient à peine frissonner – et au besoin, pour les plus sournoises d'entre elles, je leur éclatais la face à coup de sauce wasabi !

7

Romy

Je glissai mon double dans la serrure trois points – une sécurité nécessaire pour un appartement situé dans un si bel immeuble haussmannien. Elle se déverrouilla aussitôt, prouvant qu'aucune clé ne se trouvait de l'autre côté.

Comme prévu, j'étais donc seule et tranquille pour mettre en œuvre mon projet délirant.

Un pincement me serra l'estomac lorsque je franchis le seuil. Il faisait encore sombre, mais la sévérité de l'atmosphère était oppressante. Cet endroit m'était étranger, rien n'y reflétait le tempérament de Julien. Je me rappelai d'ailleurs m'être déjà fait cette réflexion par le passé, lors d'un de mes rares passages en ces lieux.

Les murs étaient uniformément peints en blanc, et les pièces paraissaient encore plus vides que dans mon souvenir. Dans le salon trônaient un canapé en cuir noir et un écran plat flambant neufs – sans doute plus au goût de la nouvelle idiote qu'avait embobinée Julien...

Avec le recul, je me demandais pourquoi je ne m'étais pas davantage méfiée d'un individu dont l'intérieur était aussi austère, dénué de style comme de chaleur. Enfin, n'étant pas là pour refaire la déco de cet abruti, je me dirigeai immédiatement vers la salle de bains.

Mes pas résonnèrent dans le silence du petit matin. Il n'y avait pas âme qui vive alentour. J'aurais pu tagguer tout l'appartement d'insultes si j'en avais eu envie...

Bon, prétendre que l'idée n'avait fait que m'effleurer sans réellement me tenter aurait été mentir. Mais tout de même, cela aurait été carrément extrême. Heureusement, je n'en étais pas à ce degré de rancœur. Mon besoin de revanche se satisferait amplement de la farce anodine que j'avais imaginée.

Comme partout ailleurs, la pièce était excessivement propre et ordonnée. Rien ne dépassait nulle part, et aucune trace – même la plus insignifiante – n'entachait la pureté immaculée des carreaux de faïence blanche s'étendant du sol au plafond. Une unique serviette bleu marine reposait, pliée au carré, sur les barreaux du chauffage prévu à cet effet. Sur la tablette de marbre noir surplombant le lavabo étaient disposés un verre – tellement éclatant qu'on pouvait raisonnablement se demander s'il avait jamais servi –, une brosse à dents électrique et un tube de Colgate.

Je saisis ce dernier objet, bien décidée à ne plus reculer, puis en dévissai le bouchon. Après quoi, j'ouvris mon sac à main et y récupérai la sauce wasabi ainsi que le repousse-cuticules de Liora.

Je jetai un ultime coup d'œil derrière mon épaule, m'assurant que j'étais toujours seule, puis je revins à ma tâche. À l'aide de l'ustensile, je prélevai une petite quantité du condiment japonais – célèbre pour son potentiel ultra-piquant – afin de l'introduire à l'intérieur du goulot du dentifrice. Avec précaution, je mélangeai la pâte bleutée avec le condiment vert clair, de sorte que le piège soit quasiment indétectable de prime abord.

Mon méfait accompli, je refermai le bouchon du tube de Colgate et remis la sauce dans mon sac. Pour finir, je pris soin de replacer chaque élément exactement comme il était avant mon passage.

Parfait, tout était en place.

Je restai un instant figée devant le miroir au-dessus du lavabo, observant la folle furieuse qui me faisait face. J'aurais voulu me raviser, réalisant subitement combien tout ce stratagème était idiot et vain. Mais non. Au contraire, je me frottai les mains, bien plus amusée que je ne l'aurais cru par une blague aussi stupide.

Je ne pouvais désormais qu'imaginer Julien fourrant sa brosse à dents dans sa bouche, croyant avoir appliqué son habituel dentifrice, et hoqueter de surprise, les papilles méchamment attaquées. Sans doute se mettrait-il à tousser et se précipiterait-il sur son robinet pour se rincer la bouche, le choc de l'explosion piquante sur sa langue rendant ses gestes fébriles.

Je lâchai un petit rire sournois, prenant un malin plaisir à me figurer la scène, encore et encore.

Oui, j'avais de nouveau sept ans et je me régalais par anticipation de cette farce ridicule, digne d'une cour de récré… Cela signifiait-il forcément que j'avais un problème, que je n'étais pas nette ?

J'adressai une moue désinvolte à mon propre reflet.

Et alors ? Franchement, quelle importance si cela me soulageait de mes ressentiments et me permettait de tourner pour de bon cette page de ma vie ? Ce type s'était payé ma tête, il méritait bien que je me paie la sienne en retour, non ?

Et encore, c'était à mon sens loin de couvrir tous les dommages et intérêts. Les compteurs ne seraient pas pour autant remis à zéro...

Après l'incident, Julien balancerait probablement aussi sec à la poubelle le tube de Colgate suspect et ne chercherait pas à comprendre ce qu'il lui était arrivé. Il supposerait que le dentifrice était gâté, sans se douter une seconde de la nature ni de l'auteur de la plaisanterie. Et c'en serait terminé.

Qu'est-ce qu'une dizaine de secondes de désagréments gustatifs face à une trahison prémariage ?

Je sortis de l'appartement satisfaite... et en même temps légèrement frustrée.

Je fermai précautionneusement la porte derrière moi, puis quittai l'immeuble en vitesse, sans croiser personne.

Voilà, j'avais réussi mon coup. Et je n'en étais pas peu fière !

Dans quelques heures, Julien rentrerait chez lui, se brosserait les dents et regretterait de s'être servi de son dentifrice. J'aurais tellement aimé être une petite souris pour me cacher dans un coin de sa salle de bains et contempler la scène...

Jouer les justicières en endossant le rôle d'Amélie Poulain était enivrant. Mais ne pas pouvoir assister aux résultats de son méfait restait malgré tout un peu décevant.

À moins que...

À moins que, finalement, je ne m'autorise à renouveler l'expérience au gré de mes inspirations. Pourquoi ne pas revenir dimanche prochain et tendre à Julien un nouveau piège du même acabit ? Rien de méchant, bien sûr. En tout cas, rien qui ne puisse être considéré comme du harcèlement.

Une perspective particulièrement séduisante, à laquelle je pressentais que je ne pourrais résister...

Mais la récidive n'était-elle pas une circonstance aggravante ? Cela ferait-il de moi une mauvaise personne, une fille aigrie et revancharde, prête à tout pour pourrir l'existence de son ex ?

Je montai dans ma voiture en décidant que non. Certainement pas.

Il n'était pas question de persécuter qui que ce soit. Ce n'était pas comme si je prévoyais de tourmenter Julien à grand renfort de courriers anonymes le menaçant de mort. Ce crétin pouvait tout de même bien supporter quelques blagues fumeuses de mon cru, après l'humiliation qu'il m'avait infligée.

Leslie avait raison : n'importe qui aurait pété un câble dans ma situation. En fin de compte, je ne faisais pas exception. Ma réaction venait seulement avec six mois de retard et prenait une forme des plus inhabituelles...

Et pourquoi pas ? Où était le problème, du moment que je cessais de refouler ma rancune et que je parvenais à l'exorciser une bonne fois pour toutes ?

Avant de rentrer au manoir, je fis un détour par une boulangerie afin d'y acheter quelques viennoiseries. Il me fallait absolument une excuse justifiant ma sortie matinale dans la mesure où, après réflexion, je préférais garder pour moi ma nouvelle lubie.

Je ne parlerais de cela ni à Leslie ni à ma sœur. Pas pour le moment, en tout cas.

Aucune d'elles ne m'aurait jugée, je le savais pertinemment. Sans compter que leur relater mon premier forfait et écouter leurs suggestions concernant ceux à venir aurait pu être une excellente source d'amusement. Mais, d'une certaine manière, cela aurait également été comme un aveu de faiblesse de ma part...

Je refusais qu'elles se figurent que je n'avais pas totalement digéré cette cuisante déception amoureuse. Je ne voulais pas qu'elles m'imaginent vulnérable ou déprimée. Ce n'était pas le cas – voilà qui aurait été accorder beaucoup trop d'importance à Julien et à sa traîtrise...

Je désirais que ma meilleure amie et ma sœur continuent à ne voir en moi que le roc, rien d'autre. Leur « héroïne », comme elles se plaisaient toutes deux à le répéter.

Liora en avait besoin, étant donné la situation dans laquelle elle se trouvait. Il lui fallait un repère stable, un exemple concret lui prouvant qu'une femme pouvait parfaitement s'épanouir sans homme. Et c'était la vérité, j'en étais persuadée. Mon craquage soudain ne changeait rien à l'affaire.

Malgré tout, je craignais qu'elle ne le considère de la sorte...

Quant à Leslie...

Leslie avait ses failles, elle aussi. Je me devais d'être à ses yeux le modèle féministe ultra-indépendant qui l'inspirait et l'aidait à aller de l'avant. Elle m'avait placée sur un tel piédestal que je n'avais pas le droit d'en bouger. J'avais bien trop peur qu'elle en déduise que j'avais trahi ne serait-ce que le plus insignifiant de ces principes qui étaient les nôtres...

8

Romy

Après m'être arrêtée dans une jardinerie pour acheter quelques nouvelles guirlandes de Noël – à ajouter à la grande collection de celles déjà stockées au grenier du manoir –, j'arrivai sur le seuil de la maison avec mon butin de décorations multicolores ainsi qu'un énorme sachet de boulangerie dans les bras – tenant entre mes mains mes précieux alibis. Dès que j'eus franchi la porte, deux gnomes en pyjama se jetèrent sur moi.

— Des croissants ! s'exclama Hugo en sautillant sur place, les yeux rivés sur le paquet. Des croissants ! Des croissants !

— Tu as pris des pains au chocolat ? demanda Zoé, optant pour la prudence avant de se réjouir tout à fait.

— Évidemment, quelle question ! Je suis la meilleure tatie du monde, après tout.

— Ouais, trop cool !

Je fendis la foule en délire – laquelle m'emboîta immédiatement le pas – pour me rendre à la cuisine, où Liora était installée.

Le coude appuyé sur la table et le front niché dans le creux de sa paume, un café à peine entamé et une boîte de paracétamol vide traînant devant elle, ma sœur avait tout l'air de quelqu'un qui peinait à se remettre d'une soirée un peu trop arrosée...

Je compatissais – même si, en ce qui me concernait, l'euphorie de ma folle escapade avait fini par l'emporter sur la migraine.

Camille était assise sur sa chaise haute et babillait tranquillement, une main plongée dans une coupelle de céréales et l'autre agitant un biberon de lait.

Liora leva mollement la tête et posa sur moi un regard vaseux aux paupières anormalement lourdes. Pour une fois, elle n'était ni coiffée ni maquillée – un jour à marquer d'une pierre blanche – et portait un de mes peignoirs en tissu-éponge.

Avais-je d'ailleurs déjà vu ma sœur sans ses peintures de guerre et son armure à base de fringues sexy et tendance depuis qu'elle avait quitté la demeure familiale pour s'installer avec son connard de mari ? Honnêtement, je n'en avais pas le souvenir.

— Où étais-tu passée ? croassa-t-elle, la voix affreusement enrouée. Je commençais à m'inquiéter...

Je déposai sur la table le sachet et répondis :

— Leçon numéro deux : ne pas se laisser abattre par la gueule de bois.

— Bon sang, Romy, grommela Liora entre ses dents serrées, désignant d'un geste Zoé et Hugo – lesquels se dépêchaient de s'installer à table avec nous. Pas devant les enfants !

Je haussai les épaules avec indifférence.

Comme si des bambins de cet âge avaient la moindre idée de ce que signifiait cette expression... Comme si, du reste, leur attention n'était pas tout entière absorbée par le trésor que je venais de rapporter...

Au grand soulagement de mes neveux, je décidai de me lancer dans la distribution de viennoiseries. Je n'omis évidemment pas de servir généreusement ma sœur – dont le froncement de nez s'évertuait pourtant à m'en dissuader –, ainsi que Camille.

— On aura quand même droit aux bonbons, hein, tatie ? se renseigna Hugo, avant de mordre avec une impressionnante voracité dans un croissant.

— Évidemment, mais seulement après le déjeuner. Et à condition qu'aucune terrible bêtise ne soit commise d'ici là, cela va sans dire.

— Quels bonbons ? s'inquiéta Liora, plissant les yeux de suspicion.

— Oh, rien, c'est entre moi et les monstres, t'inquiète.

Liora m'observa un instant, puis poussa un long soupir vaincu, ne tenant finalement pas à en savoir davantage. Elle se concentra ensuite sur le pain aux raisins que j'avais placé devant elle. Hésitante, elle en détacha un morceau ridiculement petit du bout des doigts et le glissa dans sa bouche. Là, elle ferma les paupières de plaisir, savourant malgré tout la pâtisserie.

C'était son péché mignon. Son seul point faible, je le savais bien.

— Alors comme ça, tu es sortie te promener aux aurores un dimanche matin ? s'étonna-t-elle après avoir englouti le reste de la viennoiserie et en avoir entamé une deuxième. Un 1er novembre, qui plus est...

Je comprenais sa surprise. D'ordinaire, j'étais plutôt du genre à ne jamais louper une grasse matinée le week-end et à éviter tout contact prolongé avec le monde extérieur lorsque les températures descendaient en dessous des cinq degrés.

— J'avais besoin de prendre l'air, prétextai-je sans vraiment mentir. J'ai décidé que, moi aussi, je devais expérimenter de nouvelles choses.

Comme l'intrusion illégale dans une propriété privée et les facéties d'une gamine de huit ans…

— Ben, à cette allure, pour ma part, c'est un nouveau tour de hanches que je vais devoir expérimenter, ironisa Liora en léchant goulûment ses doigts.

— Ma pauvre, après tant d'années de lutte acharnée, devoir renoncer au trente-quatre pour passer au trente-six, c'est une véritable épreuve qui s'annonce !

— Te moque pas, je n'ai pas les moyens de refaire ma garde-robe, en ce moment…

— Aucun souci, je te prêterai ce qu'il faut, ricanai-je.

Liora avait en horreur mes goûts vestimentaires – sans compter que mes vêtements resteraient toujours au moins trois tailles au-dessus de la sienne… Voire plus, j'aimais être à l'aise.

— Le cauchemar ! s'exclama-t-elle dans un gloussement. Je préférerais encore m'habiller à l'Armée du Salut plutôt que de t'emprunter quoi que ce soit.

— Tu es dure, feignis-je de m'indigner tout en piochant derechef dans le sachet de papier constellé de taches de gras pour y prélever une énième – j'avais arrêté les comptes passé la troisième – chouquette au sucre. Quel est le problème avec mon style ?

— Ton quoi ? Pardon, mais le souci c'est que tu n'en as aucun, Romy. Tu crois qu'un legging est un pantalon et que Décathlon est une boutique de fringues digne de ce nom !

— C'est pourtant le cas, me défendis-je spontanément.

— Tu vois, tu es irrécupérable.

— Et toi, tu prends un peu trop au pied de la lettre les commandements de Cristina Cordula.

— Romy, tu as juste dix ans de retard, se désespéra ma cadette, m'adressant un regard blasé. Même tes tentatives de vannes sur la mode sont périmées...

Le petit déjeuner se termina sous les rires et les soupirs repus. Il y eut quelques cris de protestation lorsqu'il fut question pour Hugo et Zoé de passer à la douche, mais globalement, l'humeur de ce dimanche matin fut assez légère.

Après des années de visites et d'invitations de plus en plus espacées et irrégulières, de conversations superficielles trop souvent interrompues par un conjoint impatient, je commençai enfin à retrouver ma sœur. J'avais l'intime conviction que, loin de l'emprise de cet homme, du poids de son jugement et du contrôle qu'il se plaisait à exercer en permanence sur elle, Liora avait une chance de redevenir la femme qu'elle était réellement.

Ce qui n'était franchement pas pour me déplaire...

La semaine suivante, je ne pus m'empêcher de programmer la sonnerie de mon téléphone afin de ne pas oublier de me lever au risque de manquer le laps de temps pendant lequel l'appartement de Julien était vide. Plusieurs jours durant, j'avais mûri une super stratégie, échelonnant mes différentes farces sur une période d'environ un mois.

Plus aurait été trop. Moins, pas assez satisfaisant.

J'avais décidé de jouer crescendo avec les nerfs de mon ex. Jusqu'à ce qu'il ne puisse plus avoir de doute quant à la nature de ces fameux *incidents*. Alors seulement, j'arrêterais et considérerais avoir obtenu ma vengeance…

Pour ma deuxième tentative – après m'être, comme pour la première, assurée de l'absence de Julien –, je me contentai simplement de changer la disposition des aliments dans son frigidaire. Un coup plutôt subtil, qu'il ne remarquerait peut-être même pas. Mais l'important était d'instiller de manière progressive le malaise en lui, qu'il en vienne peu à peu à se demander s'il ne perdait pas légèrement la boule.

À cette occasion, je ne pus m'empêcher de constater que Julien se permettait plus de largesses financières qu'à l'époque où nous vivions ensemble. Apparemment, il se ruinait en commandes de repas à emporter auprès des restaurateurs de la rue Sainte-Anne, les étagères de son frigo étant pleines de boîtes en carton à l'effigie d'enseignes japonaises. Peut-être que sa nouvelle conquête – probablement partie courir avec lui, partageant sa stupide passion pour le footing – avait des goûts de luxe et ne jurait que par les plats de maîtres sushis…

Le dimanche d'après, je retournai de nouveau sur les lieux du crime – même heure, mêmes intentions douteuses – et passai à l'étape suivante. Celle-ci consistait à faire de petits trous, à l'aide d'une simple aiguille à tricoter, dans la plupart de ses fringues. L'idée était que

Julien pense avoir des mites chez lui et se sente obligé de vider et de nettoyer de fond en comble tous ses placards. J'abîmai plus de pantalons et de vestes noirs et bleu marine que je ne l'aurais cru – mais là encore, Julien avait dû s'adapter aux exigences d'une maîtresse qui, manifestement, n'aimait que les costumes stricts et tristes à pleurer...

Pour ma quatrième expédition punitive, je m'amusai à laisser des traces de dentifrice dilué avec de l'eau un peu partout sur les carreaux de la salle de bains et sur la vitre de la cabine de douche – n'oubliant pas, au passage, le verre à dents à la pureté étincelante. Puis, pour faire bonne mesure – et prenant de plus en plus confiance –, je disséminai quelques poignées de graines pour oiseaux sur le rebord de chaque fenêtre de l'appartement.

Enfin, je terminai en apothéose lorsque, pour mon cinquième et dernier méfait, je beurrai quelques centimètres de parquet, juste sous le lit, d'une fine couche de maroilles à peine détectable à l'œil nu. L'odeur était épouvantable, et l'exercice particulièrement éprouvant, mais cela en valait la peine. Par ailleurs, j'éprouvai un agréable sentiment d'accomplissement quand je constatai les dégâts provoqués par d'indésirables volatiles, toutes les huisseries étant maculées de chiures de pigeons.

Plus le temps passait et plus je prenais plaisir à élaborer mes pitreries idiotes, me creusant la tête pour trouver le moyen le plus discret et improbable de faire tourner en bourrique ce pauvre Julien. Cela avait beau être le truc le plus immature et tordu que j'avais fait de ma vie, je n'arrivais pas à me résoudre à lâcher l'affaire.

Je savais que je devais m'en tenir à mon plan et cesser désormais de me rendre en douce chez lui. Mais je me délectais de mes propres blagues, imaginant Julien et sa copine s'accuser mutuellement et devenir chèvres...

Il me fallait encore une dose, la toute dernière – pour de vrai, cette fois. Ce serait le bouquet final. Quelque chose qui serait encore plus audacieux et mémorable que le coup du maroilles, afin de terminer avec panache...

Après cela, ma vendetta serait pleinement consommée, et alors j'arrêterais.

Promis.

Juré, je n'y reviendrais plus...

9

Romy

Le premier samedi de décembre, Liora dut se résoudre, la mort dans l'âme, à laisser Camille, Hugo et Zoé partir avec leur père pour le week-end. Ce dernier avait fini par en faire la demande et, même si les termes de leur séparation n'étaient pas encore clairement définis, Liora n'avait aucun droit de le lui refuser.

Après un déjeuner plutôt morose – et excessivement frugal concernant ma sœur –, j'attendis qu'elle ait quasiment terminé son café – et ravalé quelques larmes intempestives – pour proposer :

— Tu sais quoi ? On devrait profiter de l'occasion pour passer la soirée dehors. C'est vrai, depuis quand n'es-tu pas sortie – autrement qu'avec David et les enfants, j'entends ?

Liora inspira profondément, puis secoua la tête.

— Probablement des années… Mais je regrette, Romy, je n'ai vraiment pas le cœur à m'amuser aujourd'hui.

— Allez, ma puce, insistai-je malgré tout. Tu es beaucoup trop jeune pour rester enfermée à te morfondre devant la télé un samedi soir alors que, pour une fois, tu es entièrement libre. Deux jours de perme, sans ces trois petits monstres dévoreurs de temps et d'énergie qui réclament continuellement après toi, ce devrait être un cadeau, pas une épreuve.

— Tu ne comprends pas, me reprocha-t-elle d'une voix tremblante, prête à craquer de nouveau. Jamais encore je n'avais été séparée d'eux. Ils me manquent, d'accord ? Et je suis terrifiée à l'idée que ces deux jours avec leur père virent au désastre. David n'a pas l'habitude de les gérer et il peut se montrer tellement intransigeant et sévère parfois... Il se met en colère d'un rien, et eux, ils... Enfin, tu sais comment ils sont... Hugo n'avait pas du tout envie de partir, j'ai dû le forcer à monter dans la voiture de son père. C'était horrible...

Je me levai, fis le tour de la table et posai une main réconfortante sur la frêle épaule de ma sœur.

— Tout se passera bien, assurai-je d'un ton doux mais ferme. Il est grand temps que David apprenne à s'occuper de ses propres enfants, tu ne crois pas ? Pour eux aussi d'ailleurs, c'est important. Il est leur père, après tout. Tu ne pourras jamais changer cela, peu importe la situation entre vous et peu importe ce que tu penses de son comportement envers eux – du moment qu'il n'enfreint aucune loi, cela va sans dire...

Liora saisit mes doigts, puis, progressivement, se mit à les presser au creux de sa paume.

— Je sais. Tu as raison, comme toujours.

Un peu plus tard dans l'après-midi, je profitai de la fin de mes leçons pour m'entraîner avec mon nouveau partenaire dans l'une des deux salles de danse de l'école – si la première était l'œuvre de ma mère, c'était moi seule qui, après son décès, avais fait aménager la seconde.

Je virevoltais entre les bras musclés et luisants de sueur de Matteo, en plein milieu d'une chorégraphie, lorsque Liora apparut dans l'encadrement de la porte.

J'ignorais ce qu'elle voulait, mais je ne pouvais m'interrompre sans prévenir. Cela n'aurait pas été correct pour mon partenaire qui se donnait à fond dans l'exercice. Il nous restait encore plusieurs figures délicates à exécuter avant la fin du morceau. En outre, je sentais que Matteo et moi tenions enfin quelque chose...

Après une épuisante séance de travail, nous étions à présent sur la même longueur d'onde. En harmonie l'un avec l'autre et parfaitement en rythme avec la musique. Il s'agissait d'un de ces instants de grâce durant lesquels nous avions la sensation d'être en symbiose et ne faire qu'un avec les notes de piano qui résonnaient depuis les enceintes de la chaîne hi-fi.

La salle avait beau être équipée de l'instrument à queue – installé du temps de ma mère –, cela faisait des années que j'avais décidé de ne plus rémunérer de musicien pour venir en jouer pendant les cours et les entraînements.

Liora croisa nonchalamment les bras et s'appuya d'un coude contre le chambranle, nous contemplant d'un air songeur. Sous son regard, je redoublai d'efforts et donnai à mes gestes une intensité nouvelle, juste pour offrir à ma sœur le meilleur de moi-même. Matteo ajusta aussitôt ses mouvements et adopta une énergie similaire, infusant davantage d'émotions dans sa danse.

Je n'avais pas seulement envie d'impressionner Liora, je désirais profiter de ce rare moment pour lui rappeler ce qu'elle perdait. Tout ce à côté de quoi, en passionnée qu'elle avait pourtant été, elle passait...

À la suite de son mariage et de la naissance de Zoé, Liora avait, presque du jour au lendemain, complètement cessé de danser. Elle qui avait autrefois fait la fierté de notre mère en devenant l'un des plus jeunes petits rats de l'Opéra de Paris, elle qui avait frôlé les sommets de sa discipline à seulement vingt-trois ans, avait tout abandonné pour devenir épouse et mère de famille, reniant avec une étonnante véhémence l'amour qu'elle avait si longtemps voué à la danse classique.

C'était d'ailleurs la première fois qu'elle remettait les pieds à l'école depuis qu'elle avait raccroché les chaussons...

Bientôt, les ultimes notes s'esquissèrent dans l'air et la musique s'arrêta, nous laissant, Matteo et moi, sur une pose empreinte de gloire et de fierté, la dernière de notre chorégraphie.

— Ça va, je fais toujours l'affaire ? m'interrogea-t-il entre deux halètements.

À bout de souffle et en nage, moi aussi, je m'écartai d'un pas.

— Je crois que oui. Il me semble que notre duo fonctionne bien. Très bien, même. On va pouvoir faire cette représentation ensemble.

Matteo avait besoin de me l'entendre dire car c'était à moi qu'il revenait de valider le choix de mon partenaire pour une future prestation de danse contemporaine dans un petit théâtre parisien, prévue pour le trimestre prochain.

— Je confirme, c'était sublime, assura Liora, restée sur le seuil.

Matteo la remercia d'un signe de tête, puis se dirigea vers les vestiaires.

— Parfait dans ce cas, me lança-t-il tout en marchant. Bon, je file, j'ai un cours sur Paname dans moins d'une heure.

Jamais il n'arriverait à temps, mais je ne tenais pas à briser ses espoirs. Aussi me contentai-je de répondre :

— OK. À samedi prochain alors !

Matteo leva la main en guise de salut, passa devant Liora, l'obligeant à se décaler, puis disparut dans le couloir.

— Tu ne m'avais pas dit que tu avais un partenaire aussi sexy, murmura discrètement ma sœur en entrant dans la salle. On dirait le sosie de Chaning Tatum...

— Tu trouves ?

Matteo avait effectivement une musculature très prononcée pour un danseur – la danse contemporaine permettant un éventail de physiques bien plus large que la danse classique –, mais de là à le trouver séduisant... En plus, pour ma part, je n'étais pas franchement fan de l'acteur en question.

Après avoir vidé la quasi-intégralité d'une gourde d'eau fraîche, je me jetai sur ma serviette afin d'éponger l'humidité qui couvrait mon visage et mon cou.

— Je savais bien que venir ici risquait de me donner envie de reprendre la danse, avoua Liora d'un ton triste, les bras toujours croisés sur la poitrine.

Je retins un sourire, ravie que mes efforts aient porté leurs fruits.

— Ah oui ? Vraiment ? Tu sais que je rêve justement de faire remplacer la prof de classique ? Je ne supporte plus la manière dont elle traite les élèves et je ne compte plus ses incartades au règlement. Le poste serait parfait pour toi.

Liora battit des paupières, comme si elle n'avait jamais vraiment envisagé cette possibilité durant ses longues et décourageantes recherches d'emploi. Elle possédait pourtant le diplôme nécessaire ainsi que toutes les qualités requises...

— Oh, je... Je ne crois pas que... bafouilla-t-elle, soudain nerveuse. Je suis totalement rouillée. Je n'ai plus le niveau, désormais.

— N'importe quoi, tu n'as qu'à t'entraîner un peu. C'est comme la bicyclette, ces choses-là ne s'oublient pas !

— Je n'en suis pas si sûre, Romy. Cela fait tellement longtemps que je n'ai pas esquissé le moindre pas de danse, même juste pour me faire plaisir, seule chez moi...

À sa décharge, il y avait bientôt huit ans maintenant qu'elle n'avait plus été véritablement seule chez elle...

Tout à coup, une idée me vint.

— Et si nous allions en boîte ce soir ?

Bien que très disciplinée et rigoureuse, Liora avait été, pendant ses jeunes années, une inconditionnelle de ce genre d'établissements. Pas un samedi soir ne se passait sans qu'elle et sa bande d'amis de l'époque mettent le feu à une piste de danse parisienne.

En ce qui me concernait, je n'avais jamais partagé son goût pour les night-clubs bondés, remplis de soûlards, et la musique diffusée si puissamment qu'elle en faisait siffler les tympans. Mais pour elle, pour l'aider à surmonter un tant soit peu cette rude période qu'elle traversait, j'étais prête à me fendre de quelques sacrifices...

Liora haussa les sourcils de surprise. Puis elle les fronça, partagée.

— Je suis certaine que Leslie sera partante, ajoutai-je comme ultime argument.

— Ce serait… ce serait chouette, finit par admettre ma sœur. Oui, je crois qu'une nuit à se défouler entre filles sous les lumières d'un stroboscope est exactement ce dont j'ai besoin !

Quelques heures plus tard, je me retrouvai dans la chambre de Liora, assise face à la coiffeuse, victime d'une espèce de complot fomenté par ma sœur et ma meilleure amie.

— Ne lésine pas sur les paillettes, recommanda Leslie – cette traîtresse ! –, se délectant de me voir ainsi offerte en pâture aux pinceaux de Liora. Il faut que ça se voie, sinon ça ne sert à rien.

Je ne savais trop comment ma sœur avait réussi à me convaincre de la laisser me maquiller, me coiffer et décider de ma tenue pour notre soirée restau-boîte entre filles. Sans doute ses yeux de Chat Botté avaient-ils eu raison de mes habituelles réticences… Sans doute, également, l'idée de réussir à la distraire quelques heures avant notre départ m'avait-elle paru, sur l'instant, en valoir la peine.

Enfin, ça, c'était avant de me voir forcée de prendre racine devant un miroir pour regarder mon reflet se transformer peu à peu en une douteuse imitation de chanteuse pop.

— C'est malin, je brille comme une boule à facettes, maintenant, remarquai-je en faisant pivoter mon visage afin de l'observer sous plusieurs angles.

— T'inquiète, c'est tendance, objecta Leslie, pinçant les lèvres pour ne pas hurler de rire.

Elle et ma sœur jubilaient de pouvoir me farder comme une voiture volée, moi qui ne portais d'ordinaire jamais une once de maquillage...

— Tu es sublime, Romy, tenta de me rassurer Liora, se plaçant juste derrière moi afin de mieux examiner mon image dans la glace.

À vrai dire, je ne me trouvais pas répugnante pour autant. Ma peau paraissait si lisse et veloutée, grâce à la couche de poudre qui la couvrait, qu'on n'en distinguait plus les pores. Mes yeux semblaient s'éclaircir sous l'effet de l'ombre à paupières cendrée et le large trait d'eye-liner noir que m'avait appliqué Liora. Mes lèvres avaient quant à elles l'air nettement plus pulpeuses et rebondies que d'habitude, astucieusement mises en valeur par un rouge à lèvres carmin à la finition mat.

Liora rassembla mes épais cheveux bruns sur le côté, créant une cascade de mèches ondulées sur mon épaule. Après quoi, elle fixa méthodiquement le tout à l'aide d'une impressionnante quantité de pinces – à croire qu'elle se fichait comme d'une guigne d'emprisonner mon pauvre crâne dans cet étau de tiges métalliques...

Les efforts de ma sœur pour me rendre un peu plus semblable au modèle féminin valorisé dans les magazines et à la télé étaient payants. Il n'y avait pas à dire, elle savait y faire, ayant probablement des années d'entraînement derrière elle. Sûrement avait-elle d'ailleurs passé de très longues heures devant des tutos YouTube pour en arriver à un tel niveau de maîtrise.

Cela ne me procurait cependant pas la moindre satisfaction, le sentiment de bien-être promis étant loin d'être au rendez-vous. J'avais tout bonnement l'impression de ressembler à quelqu'un d'autre, de ne plus être moi-même...

C'était ce que je détestais avec le maquillage : il trompait, cachait et déformait, finissant par altérer la perception de soi. Il n'était qu'une illusion à laquelle, insidieusement, on en venait à s'habituer, l'intégrant comme faisant partie de nous. Mais une fois le masque de faux-semblant effacé, on se sentait nue et vulnérable, mal à l'aise avec ses propres traits.

— À l'avenir, ce serait bien que tu utilises une crème hydratante, préconisa Liora. Puis, sans vouloir être désagréable, il est peut-être temps que tu investisses dans un soin antirides. Cela pourrait également t'aider à garder un teint frais, tu sais.

Cette fois, Leslie ne put se retenir de pouffer.

— Le jour où tu verras ta sœur mettre le pied dans un Sephora en quête d'un quelconque produit de beauté n'est pas arrivé, tu peux me croire !

Leslie possédait les mêmes convictions que moi, quoique moins extrêmes. Car elle consentait à se plier régulièrement à la contrainte du maquillage, s'estimant obligée de passer par là pour – selon ses propres termes – éviter de « paraître négligée » – au travail notamment.

— Si ces onguents aux effets supposément miraculeux étaient véritablement efficaces, ça se saurait, arguai-je, tenant à étayer mon propos. Sinon, comment expliques-tu que la peau de ces chers messieurs – qui n'en utilisent pour ainsi dire jamais – ne vieillisse pas plus vite ou ne soit pas plus déshydratée et mal en point que celle des femmes ? Tout cela ne relève que de la croyance et d'arguments marketing. C'est une illusion que l'on te vend à prix d'or pour entretenir un business des plus juteux...

— Je n'y avais jamais songé, enfin pas de cette manière, admit Liora, ajoutant ensuite d'un geste expert une touche supplémentaire de poudre irisée sur l'arc de mes pommettes. Mais tout de même, c'est dommage que tu sois aussi réfractaire aux cosmétiques, tu es tellement belle comme ça. Un vrai canon, sans rire. C'est la première fois que je te vois autant à ton avantage.

— Merci, sœurette, c'est gentil, mais aussi très problématique, fis-je remarquer dans un froncement de nez. Le maquillage est intrinsèquement sexiste. La preuve, si l'on suit ton raisonnement – qui est le même que celui de la plupart des gens –, je ne suis apparemment vraiment séduisante qu'une fois la figure repeinte. Comme si aucune femme ne pouvait atteindre son plein potentiel de beauté sans recourir à ces fichus artifices, qui lui sont par ailleurs entièrement réservés. Comme si aucun membre de la gent féminine n'était assez bien au naturel pour plaire quand les hommes, eux, n'ont guère besoin de cacher leurs pseudo-défauts derrière quoi que ce soit. Ils s'affichent tels qu'ils sont sans avoir à passer des heures à retoucher leur apparence et sans jamais qu'il leur soit reproché de ne pas suffisamment prendre soin d'eux.

Ma sœur fit claquer sa langue, signe que mon petit discours commençait à lui taper sur les nerfs.

— Et si certaines femmes aiment vraiment cela ? objecta-t-elle, un sourcil levé. Si certaines d'entre nous prennent plaisir à se pomponner et à soigner leur apparence ? Dans ce cas, ton argumentaire ne tient plus la route...

— Eh bien, ça dépend, poursuivis-je, convaincue. Ces femmes en question arrivent-elles encore à sortir de chez elles et à se montrer à leur entourage proche et à leur cercle éloigné sans aucune trace de maquillage et sans complexes ? Ou en sont-elles finalement devenues dépendantes sans même s'en apercevoir ?

— Bon, pour ce soir, on va dire qu'on s'en fiche ! intervint gaiement Leslie. On a décidé de s'amuser, un point c'est tout. Alors, Romy, tu arrêtes de ronchonner et tu profites de ton super déguisement de bombasse, aussi éphémère et superficiel soit-il. Liora a raison : les mecs vont tomber comme des mouches sur ton passage. Tu n'auras que l'embarras du choix, la Pelleteuse !

— Merveilleux, commentai-je d'un ton volontairement aigre. Comme s'il y avait la moindre chance de rencontrer l'amour sur une piste de danse pleine à craquer, coincée entre deux frotteurs, à se débattre pour respirer à travers les relents d'alcool et les odeurs de dessous de bras ! Vous savez seulement quelle est la moyenne d'âge dans ce genre d'endroit ?

— Qui a parlé d'amour ? se récria ma meilleure amie. Il me semblait que tu avais fait une croix sur cette idée il y a six mois, quand tu as juré de ne plus jamais te laisser embarquer dans une quelconque histoire. Je me trompe ?

— J'ai fait une croix sur les hommes, rappelai-je. Je me moque bien de faire tomber vos mouches à la noix, je ne veux plus rien avoir affaire avec aucun d'entre eux !

— Si ça t'ennuie tant que ça, on abandonne, proposa Liora d'une petite voix, son enthousiasme douché par mes réflexions acerbes.

10

Romy

Et merde...

À force de me focaliser sur mon aversion pour les cosmétiques et les boîtes de nuit, j'avais fini par oublier pourquoi j'avais consenti à me prêter à ce jeu.

— Mais non, ma puce ! me hâtai-je de démentir. Je plaisantais, c'est tout. On va s'éclater, ce soir, je te le promets. Tu as fait un travail formidable avec tes pinceaux. C'est juste que je ne suis pas très à l'aise avec le maquillage. Allez, montre-moi quelle tenue tu veux que je porte.

Je me levai et me dirigeai vers la porte, pensant que Liora et Leslie me suivraient jusqu'à ma chambre, où se trouvait ma penderie. Au lieu de ça, ma sœur indiqua d'un geste sa propre armoire – comme s'il y avait le moindre espoir pour que je puisse me faxer dans l'un de ses vêtements...

Elle en sortit une robe fourreau de velours pourpre, au décolleté en V ultra-profond.

— Elle appartenait à notre mère, expliqua-t-elle en me tendant le cintre.

— Alors il y a peu de chance qu'elle soit à ma taille.

— Le tissu a l'air très extensible, contesta Leslie. Je suis sûre que ça t'ira comme un gant !

Ou comme une moufle...

— Bon, d'accord, je vais l'essayer, me résignai-je à contrecœur. On verra bien ce que ça donne.

Il fut décrété – par Liora et Leslie – que le vêtement me seyait – en dépit du peu de place qu'il accordait à mes larges hanches et à mon fessier généreux. Comme j'étais une sœur vraiment géniale et que cela semblait faire tellement plaisir à Liora, je décidai de m'accommoder de cette robe trop petite, comme du pot de peinture couvrant ma figure. J'allai même jusqu'à consentir à porter l'une des paires d'escarpins noirs vernis de Liora – mes baskets habituelles auraient clairement juré avec l'ensemble...

Étant donné le programme de la soirée, je savais que je devrais probablement renoncer à ma séance de vendetta hebdomadaire. Sans doute allions-nous rentrer aux aurores, me faisant louper l'unique créneau de la semaine pendant lequel je pouvais me permettre de rôder seule dans l'appartement de Julien pour lui pourrir gentiment la vie.

Il fallait donc que je me fasse une raison et oublie mon idée de finale en fanfare...

Ou bien que je le remette à plus tard, tout simplement ?

Nous nous apprêtions à monter en voiture pour nous rendre à Paris lorsque, poussée par cette espèce d'addiction incongrue que j'avais malgré moi développée, je m'arrêtai sur le perron. Sous le fallacieux prétexte d'un oubli quelconque, je retournai à l'intérieur pour récupérer le double des clés de Julien ainsi qu'une vieille bouteille de sirop à la violette, qui ne manquerait à personne, et fourrai le tout dans mon sac besace.

Juste au cas où…

Juste pour avoir le nécessaire sous la main si jamais se présentait l'occasion de faire un saut dans le 12e arrondissement au petit matin. Si cela devait d'ailleurs se produire, je savais déjà quelle excuse fournir à Liora pour justifier un tel arrêt. Les motifs potentiels ne manquaient pas : des papiers administratifs à faire signer, des affaires à récupérer… Je n'aurais que l'embarras du choix.

Un peu plus tard, après un copieux dîner dans une pizzeria, puis quelques verres dans un bar, Leslie, Liora et moi débarquâmes dans la boîte sélectionnée par ma sœur – l'une des rares encore ouvertes actuellement parmi celles qu'elle avait fréquentées autrefois…

Comme attendu, je me sentis mal à l'aise dès l'entrée. Liora m'avait peut-être attifée de façon à me fondre dans la masse, je ne me sentais pas pour autant à ma place dans cet endroit branché, où tout le monde semblait très jeune. Des années de représentations sur scène malgré un trac tenace m'avaient cependant appris à paraître sûre de moi en toutes circonstances. Aussi m'appliquai-je à ne rien montrer de mon embarras.

Nous fîmes d'abord un rapide tour de l'établissement – sous le regard outrageusement évaluateur de la clientèle masculine – afin de prendre nos marques. Puis, à mon grand soulagement, nous rejoignîmes, d'un commun accord, la piste pour nous mêler aux premiers danseurs.

Après quelques minutes de gesticulations empruntées, qui manquaient furieusement de naturel, sur des titres trop récents et électro pour que je les connaisse, l'euphorie finit néanmoins par nous gagner. Ainsi, il nous fallut moins d'une dizaine de morceaux pour nous mettre à bouger avec aisance... Jusqu'à reprendre en chœur la célèbre chorégraphie de *Pulp Fiction* – kitsch mais toujours fun –, ponctuant chaque nouveau mouvement de nos éclats de rire.

Liora n'eut tout à coup plus rien à voir avec la personne maussade et lasse qu'elle était devenue ces derniers temps. Sous nos yeux ébahis, ma petite sœur se transforma en véritable reine du dance-floor, attirant toute l'attention sur elle. Si l'envie et la convoitise se concentrèrent sur ma cadette, cette dernière semblait s'en moquer comme de sa dernière petite culotte...

À moins qu'elle n'en joue et ne se plaise à offrir le spectacle d'une femme épanouie, libre et assumant pleinement son sex-appeal – ce qui ne pouvait être de toute façon qu'une excellente chose.

Sur la piste, Leslie et moi nous écartâmes légèrement pour mieux admirer, nous aussi, cette déesse qui venait de naître. J'étais tellement heureuse de voir enfin ma sœur s'amuser et reprendre goût à la vie...

Au bout d'un moment, nous abandonnâmes Liora – qui semblait toujours absorbée dans son espèce de transe – pour aller au bar. Sur le chemin, je dissuadai d'un regard mauvais chacun des hommes en mal de conquêtes de nous approcher. J'accumulais les œillades menaçantes depuis le début de la soirée – ma technique favorite pour éloigner tout prédateur, mais aussi le seul moyen d'obtenir la paix dans un tel endroit.

Ce fut efficace jusqu'à un certain point... Jusqu'à ce que, dans mon dos, l'un de ces maudits rapaces se jette sur mon amie et lui propose une margarita. Ce qu'elle s'empressa d'accepter, ayant pour habitude de ne jamais refuser une boisson gratuite.

En un rien de temps, je me retrouvai assise à une table, à tenir la chandelle tandis que mon amie feignait de rire aux blagues vaseuses que Mister Cocktail lui hurlait à l'oreille, tentant de se faire entendre malgré la musique.

Un coup d'œil vers la piste m'apprit que Liora avait aussi trouvé une nouvelle occupation. Elle dansait à présent de manière très étroite avec un blondinet à la gueule d'ange et au corps d'Apollon. Celui-ci s'était positionné juste derrière elle, posant ses mains sur les hanches de ma sœur et frottant allégrement sa braguette contre son postérieur au prétexte d'un pseudo-duo improvisé.

Encore un séducteur de pacotille aux méthodes subtiles... Enfin, si cela pouvait divertir Liora, quel mal y avait-il ?

J'avalai les dernières gouttes de Coca Zéro au fond de mon verre – évitant désormais tout alcool, dans la mesure où j'étais censée reprendre le volant quelques heures plus tard –, puis me rencognai contre le dossier du canapé, blasée.

Mon humeur venait clairement de dégringoler. J'étais peut-être naïve, toutefois je n'avais pas imaginé un instant que la soirée se terminerait ainsi... J'avais certes renoncé aux hommes, mais ce n'était clairement pas le cas de Liora et encore moins de Leslie.

Enfin, après tout, ma sœur était encore jeune et c'était son droit de profiter de son récent célibat pour flirter avec le premier venu si ça lui chantait. Tout comme c'était le droit de Leslie de se taper l'abruti du bar si elle en éprouvait l'envie. Ce n'était pas parce que j'avais décidé de ne plus jamais laisser entrer quelque mâle que ce soit dans ma vie que les autres ne pouvaient pas s'amuser...

Ne tenant pas à plomber l'ambiance, j'abandonnai Leslie au dernier toy-boy qu'elle s'était déniché et rejoignis la piste de danse. Je restai néanmoins à bonne distance de Liora, toujours collée-serrée contre son blondinet. Quelques morceaux plus tard, Leslie délaissa Mister Cocktail pour venir s'épuiser en rythme avec moi.

— À ton avis, j'accepte de finir la soirée chez ce type ou non ? finit-elle par me glisser à l'oreille entre deux titres.

— Il a l'air bourré, fis-je remarquer pour tout argument.

— Je crois qu'il l'est, en effet.

Je grimaçai de dégoût, estimant que la conclusion s'imposait d'elle-même. Leslie haussa les épaules, encore en pleine hésitation.

Liora, en revanche, n'avait guère pris le temps de tergiverser davantage. Au milieu du dance-floor, elle et la pâle imitation de Ryan Gosling s'embrassaient maintenant sans pudeur parmi la foule des danseurs.

— Ta sœur a l'air de bien s'éclater, dis donc ! ricana Leslie, haussant les sourcils avec espièglerie.

Bientôt, Liora s'éclipsa en compagnie de son bellâtre. Une dizaine de minutes s'écoulèrent avant que je jette un coup d'œil à mon téléphone pour découvrir un bref SMS m'avertissant de son départ – dans lequel elle m'expliquait également que le type était en fait un ami de longue date qu'elle avait perdu de vue.

En fin de compte, Leslie décida de s'abstenir de retourner auprès de Mister Cocktail et demeura à mes côtés jusqu'à la fermeture de l'établissement. Après quoi, nous nous séparâmes pour rentrer chacune dans ses pénates, résolues à dormir une bonne partie de la journée.

Enfin, c'était ce que j'aurais fait si j'avais été raisonnable...

Comme j'étais seule et qu'absolument plus rien ne me retenait, je me rendis directement dans le 12e arrondissement, sans réfléchir davantage. Puis je me garai à quelques pas de l'immeuble de Julien.

Il était encore un peu tôt, le soleil se levant à peine, mais j'étais certaine qu'il était déjà parti courir.

— Cette fois, c'est vraiment la dernière, me promis-je à haute voix, rompant le silence éphémère de l'aube.

Désormais familière des lieux, je pris l'ascenseur jusqu'au deuxième étage et déverrouillai discrètement la serrure à l'aide de mon double. Il n'y avait toujours aucune clé de l'autre côté. Preuve que j'avais raison : personne ne se trouvait, pour l'heure, dans l'appartement.

Si je n'avais pas entièrement planifié dans les moindres détails cette escapade clôturant une soirée prolongée en boîte de nuit, j'avais en revanche mûrement réfléchi cet ultime coup, le voulant plus vicieux que les précédents.

Julien adorait ses cheveux, qu'il portait aux épaules. Aussi avais-je prévu un soin particulier destiné à nourrir en profondeur sa fibre capillaire…

Riant intérieurement de ma propre blague, je versai une bonne grosse dose de sirop à la violette dans son shampooing. Puis je rebouchai le flacon, le secouai quelques secondes, histoire de mélanger la mixture, et le remis en place sur le présentoir en faïence à l'intérieur de la cabine de douche.

J'allais partir quand une nouvelle idée – plus fourbe encore – me vint.

Julien vouait également un véritable culte à son stupide ordinateur portable – un Mac Book Pro totalement hors de prix. J'étais certaine qu'avec la pointe d'un simple stylo Bic je parviendrais à arracher une des touches du clavier. J'emporterais alors le petit objet avec moi. À la suite de quoi, Julien le chercherait des heures durant, sans pouvoir jamais remettre la main dessus ni comprendre comment il avait pu l'égarer.

À coup sûr, cela le rendrait dingue, et ce pour mon plus grand bonheur…

Si mes souvenirs étaient exacts, le bureau se situait à côté de la chambre, dans cette pièce à la porte close où je n'avais guère mis les pieds depuis le début de l'opération « Vengeance Sournoise ».

J'ouvris le battant, confiante et ravie de mon plan de dernière minute. Puis je restai comme deux ronds de flan sur le seuil, surprise de ne pas trouver devant moi l'imposant meuble dont j'avais pourtant un souvenir assez précis.

Au lieu de cela, un lit une place était installé contre le mur, le matelas encore neuf et sous plastique. Au bout de ce qui était à l'évidence une chambre, trônait une commode blanche aux poignées dorées sur laquelle était posé un unique cadre. Celui-ci avait cependant été retourné, de sorte qu'on ne pouvait voir l'image qu'il était censé mettre en valeur...

De plus en plus confuse, je traversai la pièce et attrapai d'un geste précipité l'objet, un affreux doute me saisissant.

Soudain, des bruits de pas nerveux se firent entendre, remontant le couloir à toute allure. Je sursautai et laissai échapper la photo de trois inconnus. Le verre se brisa dans un bruit retentissant tandis que la stupeur m'arrachait un cri aigu.

— Qui êtes-vous et que faites-vous ici, bon sang ?

11

Adriel

Je savais bien que je n'étais pas fou. Ces phénomènes étranges survenant depuis quelque temps dans mon appartement n'étaient pas le fruit du hasard.

Quelqu'un me harcelait…

Et cette fois, je tenais le coupable, pris la main dans le sac ! Ou plutôt *la* coupable, à mon grand étonnement…

L'intruse qui me faisait face n'avait absolument rien à voir avec les adolescents du troisième que durant des semaines j'avais soupçonnés. J'étais pourtant certain que les deux frères et leur jeune voisine de palier s'étaient alliés, se procurant les clés de mon domicile je ne sais comment, afin de s'y introduire en douce et de me tendre différents pièges – plus perfides et ridicules les uns que les autres. Tous trois étaient amateurs de cannabis et de longues discussions hilares – et surtout extrêmement bruyantes – dans la cage d'escalier de l'immeuble. Aussi le mobile me paraissait-il tout établi. J'avais cru à des représailles de leur part visant à me punir d'avoir osé me plaindre de leur nuisance auprès de leurs parents.

Force était de constater que, concernant l'identité de mes harceleurs, je m'étais trompé. Hormis ce point de détail, j'avais cependant vu juste : les mauvaises odeurs, les salissures et autres joyeusetés surgissant de nulle part n'existaient pas uniquement dans ma tête. J'étais bel et bien la victime de persécutions.

Il restait toutefois à en déterminer la raison...

Car, à défaut d'une bande d'adolescents en pleine rébellion, la responsable de mes tourments était en réalité une adulte. Une femme dans la trentaine, à première vue. Aussi belle et sophistiquée que l'une de ces actrices des grands classiques du cinéma, mais...

Mais totalement inconnue. Et, par conséquent, complètement givrée.

L'intruse affichait une expression horrifiée et m'observait, la bouche grande ouverte, statufiée sur place.

Conscient de m'adresser à une déséquilibrée, je baissai l'arme improvisée – dénichée à la hâte au fond d'un des tiroirs de la cuisine – que je tenais brandie devant moi – pour le cas où l'importun se serait révélé dangereux. Puis je répétai plus lentement, détachant chaque mot de manière à m'assurer d'être compris :

— Qui êtes-vous et que faites-vous ici ?

La femme battit des paupières, agitant ses longs cils noirs, puis referma la mâchoire. D'un coup, elle reprit contenance. Elle croisa les bras sur sa poitrine et leva le menton pour me toiser d'un regard nouveau, à la fois accusateur et défiant.

— *Vous*, que faites-vous ici ? me retourna-t-elle d'un ton outré, faisant preuve d'un culot monstre, parfaitement inouï. Où est passé Julien ? Êtes-vous un ami à lui ? Avez-vous seulement le droit d'être là ?

J'eus un léger mouvement de recul, scotché par l'aplomb de celle qui n'était autre qu'une criminelle.

— Je suis chez moi, au risque de vous surprendre, lançai-je entre mes mâchoires crispées, plus agacé à présent qu'inquiet pour la santé mentale de cette cinglée. Et je n'ai pas la moindre idée de qui est ce Julien dont vous parlez.

Cette femme m'avait nui pendant des semaines avec ses traquenards tordus, tentant insidieusement de me persuader que je perdais la raison. Quel genre de personne pouvait faire une chose pareille, franchement ?

Aussi atteinte qu'elle puisse être, elle ne méritait pas ma compassion. Pas après tout ce délire de brimades à répétition et encore moins après s'être montrée aussi grossière une fois prise sur le fait...

Elle fronça les sourcils avec suspicion, puis promena ses grands yeux de biche rapidement autour d'elle. Avant de les poser de nouveau sur moi.

— Vous vivez dans cet appartement ? m'interrogea-t-elle, le doute infléchissant sa voix.

— C'est ce que je me tue à vous expliquer...

— Depuis quand exactement ?

Cette fois, ce fut à mon tour de cligner les yeux, toujours plus atterré par l'audace de l'intruse.

— Vous louez ce logement à Julien, c'est ça ? me questionna-t-elle encore, exigeant davantage de précisions.

— Bon sang, et en plus vous êtes dure de la feuille ! m'emportai-je, cédant à la colère. Puisque je vous dis que je ne connais aucun Julien ! Je ne loue rien, je suis propriétaire des lieux. J'ai acheté cet appartement il y a bientôt trois mois et j'entends bien y vivre tranquille. Alors vous allez me remettre immédiatement les clés que vous possédez et débarrasser le plancher dans la foulée ! Vous êtes dans la chambre de ma fille, ici. Vous rendez-vous compte qu'elle aurait pu se trouver là, en train de dormir paisiblement dans ce lit, et vous surprendre à faire vos trucs de foldingue ?

— Non, mais oh ! s'indigna-t-elle, les mains sur les hanches. Je ne vous permets pas !

À nouveau, je fus stupéfié par le comportement de cette femme.

— C'est la meilleure... lâchai-je dans un grognement étranglé. Très bien. Vous l'aurez cherché, j'appelle la police !

Là-dessus, je dégainai mon smartphone – dont j'avais pensé à me munir avant d'aller confronter mon tourmenteur, en prévision d'éventuelles complications.

J'avais beaucoup réfléchi en amont à la façon de procéder, imaginant le moyen le plus efficace de prendre sur le fait mon bourreau – si bourreau il y avait...

Je m'étais longuement demandé si les traces dans la salle de bains n'étaient pas apparues par ma faute, sans que je m'en aperçoive. Si le dentifrice au goût explosif n'était pas simplement gâté. Si je n'avais pas moi-même changé la disposition des paquets dans mon frigidaire sans faire attention et si l'odeur répugnante flottant dans ma chambre n'était pas une simple vue de mon esprit...

Cela avait bien failli me rendre fou, m'obnubilant davantage de jour en jour.

Puis, à force d'y songer, je m'étais rendu compte que chacune de ces petites anomalies survenait systématiquement lorsque je rentrais de week-end, après m'être absenté pour passer un peu de temps auprès d'Émilie et de ma mère.

À la base, j'avais fait l'acquisition de cet appartement pour ma fille et moi, espérant être enfin apte à prendre un nouveau départ et prêt à regagner mon indépendance. J'avais cependant échoué en cours de route, ne pouvant me résoudre à m'y installer pour de bon avec elle.

J'avais beau le souhaiter de tout cœur, je n'arrivais pas à me convaincre qu'Émilie n'était pas mieux auprès de sa grand-mère, qui savait prendre soin d'elle, contrairement à moi – pauvre type paumé infoutu d'établir un véritable lien avec son propre enfant...

J'avais alors opté pour une transition en douceur – un entre-deux qui m'arrangeait au bout du compte, même si je refusais de me l'avouer. Je passais la semaine seul dans mon nouveau logement, et le vendredi soir, je rejoignais ma fille et ma mère dans l'appartement du 15e. Je voulais voir cela comme un progrès, comptant bien faire en sorte qu'Émilie finisse, peu à peu, étape après étape, par venir vivre ici avec son père, comme cela aurait dû être le cas depuis la mort de Florence...

Le problème était que je me trouvais bloqué à la phase une, incapable de passer à la deuxième. Les phénomènes étranges apparus ces derniers temps à mon domicile n'avaient en l'occurrence guère aidé, me troublant au point que j'en avais développé une véritable obsession.

C'était ainsi que j'en étais arrivé à établir un plan visant à coincer l'importun qui se payait ma tête. Avant tout afin de me prouver à moi-même que je n'étais pas simplement en train de dérailler – ce qui aurait définitivement réglé la question quant à mes aptitudes à m'occuper seul d'un enfant...

— Vous êtes sérieux ? s'étonna l'intruse, me prenant ouvertement de haut. Tout cela n'est rien de plus qu'un vulgaire malentendu. Vous n'allez quand même pas faire venir les flics pour une broutille pareille ? C'est ridicule...

— *Je* suis ridicule ? répétai-je, bouillant intérieurement.

À l'évidence, l'inconnue avait dû se tromper de cible. Sans doute les persécutions que j'avais subies durant des semaines étaient-elles en réalité destinées à ce fameux Julien – probablement l'ancien occupant des lieux, de ce que j'en déduisais. Peut-être même cette femme n'était-elle pas aussi timbrée que cela, après tout...

Elle se comportait néanmoins comme une vraie garce et méritait une leçon. La moindre des politesses, après une telle méprise, aurait été de s'excuser platement et de faire profil bas. Non d'invectiver de la sorte la victime collatérale de ses pitreries douteuses. Et puis, quoi qu'il en soit, il ne fallait pas être très net pour s'adonner à de telles activités, peu importe ce qui motivait ses agissements.

Elle haussa les sourcils et ouvrit les bras, me désignant d'un geste.

— Vous me menacez avec une pelle à tarte. Qu'est-ce qui pourrait être plus ridicule ?

— Je...

Je regardai l'objet dans ma main et crispai les doigts autour du manche de ce qui n'était définitivement pas un couteau, comme je l'avais cru.

Dans la pénombre et mon empressement, j'avais attrapé la première chose qui passait. À présent, je me rendais compte de mon erreur…

Bon sang, je ne savais même pas qu'il y avait ce genre d'article de cuisine dans mes tiroirs ! Ma mère avait dû le glisser dans les cartons que j'avais emportés, imaginant que je pourrais en avoir l'usage.

Je laissai mon bras retomber le long de mon corps et poussai un vif soupir, me sentant effectivement ridicule.

— Vous auriez tort de sous-estimer le potentiel d'un tel ustensile, fis-je malgré tout valoir, m'efforçant de ne pas perdre la face. On pourrait fort bien énucléer quelqu'un à l'aide de sa pointe…

L'intruse pencha la tête de côté et pinça les lèvres, hésitant visiblement entre conserver son air moqueur ou adopter une attitude plus méfiante. Puis elle répéta :

— Énucléer ?

Si je pouvais l'effrayer, je n'allais pas m'en priver…

Je plaquai sur mon visage mon expression la plus sinistre et, espérant lui clouer une bonne fois pour toutes le bec, expliquai d'un ton soigneusement détaché :

— Cela signifie procéder à l'extraction des globes oculaires d'un individu.

— Avec une pelle à tarte en porcelaine ?

Ses paupières s'agitèrent encore sous l'effet de l'incrédulité tandis que les coins de sa bouche s'étiraient lentement. Elle pouffa discrètement, tâchant tant bien que mal de se retenir.

Puis, au bout de quelques instants – pendant lesquels je m'employai à demeurer aussi stoïque que possible –, elle éclata franchement de rire.

Jusqu'à ce que des hoquets nerveux se mettent à secouer son corps et qu'elle doive se plaquer une main sur la bouche, incapable de refréner son hilarité.

Cela me sembla durer une éternité.

Si la situation amusait l'inconnue, pour ma part, c'était loin d'être le cas. Mon exaspération allait crescendo tandis qu'elle se marrait comme une baleine à mes dépens.

— Bon, ça commence à bien faire ! Fichez-moi le camp immédiatement ou je contacte vraiment la police.

12

Romy

C'était plus fort que moi...

Je ne pouvais plus enrayer les éclats de rire qui roulaient dans ma gorge, encore et encore, sous l'œil sans cesse plus courroucé de l'étranger.

Pourquoi étais-je la seule à trouver cela tellement drôle ? Pourquoi cet homme semblait-il incapable de saisir la dimension comique de la situation ?

Pourtant – même s'il était plutôt marrant avec sa pelle à tarte brandie comme un poignard –, c'était bien de ma propre stupidité que je riais...

Je m'étais crue si maligne avec mes petits coups fumeux. Pas un instant je n'avais imaginé qu'il soit possible que je me trompe de personne. Pas un instant je n'avais envisagé que Julien ait pu tout simplement déménager à la suite de notre séparation...

Non, mais quelle quiche je faisais ! C'était tout moi : je fonçais tête baissée et ne réfléchissais qu'après coup.

Bordel, ce que je pouvais être pathétique, parfois...

Une larme m'échappa tandis que je me tordais sur place, un bras contre mon ventre et une main pressée sur ma bouche, échouant à réprimer de bruyants hoquets d'hilarité.

L'homme face à moi fronça davantage les sourcils, les narines dilatées d'exaspération. À l'évidence, il n'avait pas vraiment goûté mes plaisanteries...

En même temps, pouvais-je le lui reprocher ?

Jamais de ma vie je n'avais vu ce type. On pouvait cependant facilement deviner à ses traits qu'il n'était pas du genre à rire tous les jours. Tant s'en fallait...

Il avait beau n'être vêtu que d'un bas de pyjama vert à carreaux et tenir ce grotesque ustensile de cuisine en porcelaine ornée de fleurs ultra-kitsch, il parvenait néanmoins à en imposer.

L'occupant des lieux – qui n'était donc définitivement pas Julien – possédait une stature des plus impressionnantes, culminant à un bon mètre quatre-vingt-dix, arborant de larges épaules parfaitement dessinées ainsi qu'un torse puissant, tout en reliefs secs et fermes. Ses cheveux étaient d'un noir corbeau, aux reflets naturellement bleutés. Sa peau trop pâle révélait un manque flagrant d'exposition au soleil. Tout en lui évoquait d'ailleurs le froid...

Le givre.

Ce n'était pas seulement son attitude inamicalement polaire, ni les ombres glacées flottant au fond de ses prunelles. Non, il émanait de lui une aura particulière, comme un nuage brumeux et enneigé, brouillant l'air qui l'entourait.

Un regard d'hiver... songeai-je en croisant inopinément ses yeux clairs et sans couleur.

Un regard réfrigérant, qui m'aurait pétrifiée de l'intérieur si je l'avais laissé faire. Si j'avais été plus vulnérable, plus sensible et moins farouchement réfractaire à toute forme d'autorité masculine.

J'avais conscience de me trouver en très mauvaise posture. Je mesurai toute l'ampleur du pétrin dans lequel je m'étais si bêtement fourrée : j'étais entrée illégalement chez un inconnu, que j'avais harcelé plusieurs semaines durant et ce sans raison.

J'aurais dû me confondre en excuses auprès de cet homme dès l'instant où j'avais compris mon erreur. Je savais tout cela...

Et cependant, ces mots ne venaient pas.

J'étais en tort, pourtant je ne pouvais m'empêcher de provoquer l'inconnu, de répondre à son dédain par de la raillerie ainsi que par une absurde défiance.

Je ne pouvais que rire de ma propre bêtise, comme si j'avais été extérieure à la situation, spectatrice de l'instant, et qu'aucune épée n'était suspendue au-dessus de ma tête.

Toujours de marbre, l'homme secoua la tête, au comble de l'agacement. Puis il appuya sur l'écran de son téléphone, lançant finalement l'appel à la police dont, depuis le début, il me menaçait.

Mon fou rire ne cessa pas pour autant, mais quelque chose se rompit malgré tout en moi. Mes hoquets incontrôlables passèrent peu à peu de l'amusement au dépit. Et de plus en plus de larmes inondèrent mes joues...

J'ignorais ce que je risquais si je me faisais arrêter pour ces délits insensés dont je m'étais rendue coupable. Contre toute logique, je me fichais bien des possibles conséquences pénales que j'encourrais. C'était idiot, mais je refusais de faire à l'inconnu le plaisir de montrer quelque peur que ce soit.

Quoique… En réalité, je me sentais craquer.

Mes nerfs cédèrent peu à peu tandis que j'imaginais ce que je dirais à Liora pour justifier une balade matinale au commissariat du coin. Rien que l'idée d'être contrainte d'expliquer à ma sœur que je n'avais pas aussi bien vécu ma rupture que je tentais de le laisser croire me donnait la nausée…

L'inconnu porta le téléphone à son oreille et répondit à son interlocuteur en me fixant de ses yeux aux nuances de givre.

— Bonjour, marmonna-t-il d'un ton grave – en total décalage avec l'arme farfelue qu'il tenait toujours. Je voudrais signaler une effrac…

Je levai une main, paume tournée vers l'extérieur, comme pour prouver que j'étais inoffensive. Et il s'interrompit aussitôt, me dévisageant avec encore plus d'intensité. Le froid de son regard finit par avoir raison de mes défenses, et je sentis la glace m'envahir tout entière.

Épouvantée, je pris conscience que les sons qui m'échappaient désormais tenaient largement plus des sanglots que des éclats de rire, et mes joues étaient couvertes d'un voile humide – maculé de mascara, à n'en pas douter…

— Je… je vais… m'en aller… bégayai-je entre quintes de toux et hoquets chaotiques.

Je baissai le nez, renonçant à ma fierté. L'humiliation – contre laquelle j'avais pourtant si vaillamment lutté – me saisit brutalement, en même temps qu'une nouvelle vague de frissons glacés.

Voilà, maintenant j'étais vraiment pathétique. Au fond du trou, même…

La chute m'avait paru déraisonnablement longue, si bien que je m'étais prise à espérer en réchapper. Mais le désespoir n'épargnait jamais personne, et il me fallait admettre qu'il m'avait eue, cette fois, moi aussi...

Comment avais-je pu en être réduite à de telles extrémités, obligée de revenir continuellement rôder chez mon ex en quête d'un quelconque réconfort dans la vengeance ? Soudain, je me rendis compte de l'irrationalité de mes actes, du cercle vicieux et terriblement malsain dans lequel j'avais plongé tête la première.

— Allô ? Monsieur ? Monsieur... appela d'une petite voix aiguë et métallique la femme à l'autre bout du fil.

— Je... suis navrée, balbutiai-je à la hâte dans un reniflement très peu gracieux, m'essuyant tant bien que mal le visage.

J'offrais certainement un spectacle bien pitoyable entre les bruits rauques qui passaient entre mes lèvres, sans que je puisse les contenir, et ma figure de panda, barbouillée de larmes noires et poisseuses. L'homme avait déjà dû tirer ses propres conclusions quant à la situation et déduire que j'étais une de ces femmes hystériques et revanchardes, pathologiquement obsédées par celui qui l'avait éconduite.

Et comment aurais-je pu lui donner tort, à cet instant ?

Jamais les choses n'auraient dû à ce point déraper et prendre un tel tour...

Je détestai ce que, en un éclair, j'étais devenue sous le regard dur et implacable de cet homme. Je ne connaissais rien de lui et, en mon for intérieur, je savais pertinemment qu'il n'était pas responsable, que j'étais la seule fautive dans cette affaire. Mais me voir ainsi transformée en pauvre fille éplorée, dépouillée de dignité ainsi que de toute pudeur, me révoltait au plus haut point.

Cela n'avait rien de logique, cependant je me surpris à vouer une véritable haine à ce type – pourtant l'unique victime dans cette histoire.

J'avançai d'un pas maladroit, faisant mine de vouloir partir. Mais il demeura planté sur le seuil de la porte, à m'étudier froidement comme si j'étais une bête de foire.

— Monsieur ! s'égosilla de nouveau la femme dans le combiné, l'inconnu restant mutique.

Je pouvais encore m'en sortir sans avoir à faire un tour dans une voiture de flics. Il ne tenait qu'à moi de m'aplatir suffisamment pour que l'homme me prenne en pitié. Cette perspective me débectait, mais je n'avais plus vraiment le choix. Puis, j'étais déjà si bien lancée sur cette voie...

D'un geste tremblant, je sortis une carte de visite de mon sac et la lui tendis. Elle n'était pas exactement à mon nom, mais à celui de l'école de danse. Néanmoins, il y figurait toutes mes coordonnées.

L'inconnu la saisit et l'observa avec curiosité. Après quoi, il se décida à répondre à son interlocutrice, replaçant son smartphone contre son oreille :

— Écoutez, je suis vraiment désolé, mais il ne s'agit finalement que d'un malentendu. Veuillez m'excuser pour le dérangement.

Là-dessus, il raccrocha, sans fournir davantage d'explications.

D'une voix affreusement éraillée, je bredouillai en guise de remerciements :

— Je ne sais pas ce que je peux faire pour vous dédommager des préjudices que j'ai causés. Je suis professeure de danse contemporaine. Si votre fille souhaite prendre des cours, je les lui offrirai pour l'année. Les leçons réservées aux jeunes enfants ont lieu toutes les semaines, le samedi à quatorze heures…

Il releva un sourcil aussi circonspect que méprisant et répondit sèchement :

— Je ne vais certainement pas confier ma fille à quelqu'un comme vous.

C'était de bonne guerre. Pour lui, je ne devais être qu'une désaxée, bonne pour l'asile…

Je hochai la tête, le goût âcre de l'avanie et de la mortification se déployant sur ma langue.

— En tout cas, je ne recommencerai plus, je vous le promets, ajoutai-je comme il se décalait enfin sur le côté pour me laisser le passage libre.

— Vous auriez de graves ennuis cette fois, mademoiselle Debussier, vous pouvez me croire.

Une boule de rage se forma dans ma gorge à la suite de cette menace stupide visant à me rabaisser davantage. Mais je la ravalai aussi sec, consciente qu'il était temps que je cesse de jouer avec le feu.

Dès que j'eus franchi le seuil de la chambre, je ne demandai pas mon reste et filai d'un pas rapide en direction de la sortie, sans me retourner. Je quittai l'appartement, puis courus jusqu'à ma voiture.

Où je me réfugiai en catastrophe, mes larmes redoublant d'intensité…

13

Romy

La rue était déserte, et le soleil peinait à se lever sous la lourdeur de plomb grisâtre du ciel. Seule dans l'habitacle de la voiture, je signai ma totale reddition face au cafard. D'un coup, je cessai de lutter contre les sanglots qui s'accumulaient au fond de ma gorge douloureuse pour les laisser un à un me fendre librement la poitrine.

J'avais pourtant tout fait pour me convaincre que j'allais bien, que ni la trahison de Julien ni cette désastreuse rupture n'avaient eu de prise sur moi. En vain. Il me fallait désormais reconnaître qu'il s'agissait d'un échec.

Je n'étais pas un roc, j'étais une fontaine…

Je n'étais pas différente des autres femmes, comme je me plaisais à le croire, et encore moins invulnérable. J'étais seulement restée sourde à mes propres émotions. Rigide en surface mais si friable à l'intérieur que la première bourrasque venue m'avait cueillie et emportée tout entière dans sa tourmente.

Je savais que c'était irrationnel – voire carrément injuste –, cependant je ne pouvais m'empêcher de penser que tout était la faute de cet homme…

L'inconnu à la pelle à tarte.

Sans lui, sans son regard de givre et son dédain glaçant, sans la honte terrible qu'il m'avait forcée à éprouver, jamais je ne me serais ainsi écroulée. Pas devant témoin, en tout cas...

Il était le déclencheur. Il était donc le responsable. C'était bien plus facile d'envisager les choses sous cet angle – même si cela revenait à se voiler la face, mais peu m'importait.

D'accord, je n'aurais clairement pas dû me lancer dans cette quête idiote de revanche et tous ces petits coups bas flirtant avec l'illégalité – d'autant plus que je m'étais complètement plantée... Mais l'inconnu aurait tout de même pu, quant à lui, faire preuve d'un peu plus de souplesse et surtout de sens de l'humour, plutôt que de se montrer aussi odieux et méprisant à mon égard.

Je lui en voulais de m'avoir fait me sentir tellement misérable. D'avoir réagi comme s'il avait eu affaire à la reine des demeurées en personne, une femme grotesque et limite dangereuse. Mais pas uniquement...

Je lui en voulais bien plus encore pour le trouble que ses yeux d'hiver avaient fait émerger en moi, perturbant et insupportable. Parce que, au fond, je possédais les mêmes remparts de glace – même si je le cachais mieux. Ce reflet que j'avais décelé dans ses prunelles était si proche de celui que je devinais dans mon propre regard...

Une profonde, cuisante et indéfectible solitude, voilà ce qu'il traduisait. Un signe quasi imperceptible, comme une marque indélébile qui se révélait uniquement aux véritables initiés. Ceux qui avaient accepté leur sort et qui refusaient d'ouvrir leurs portes à la plus infime des étincelles d'espoir, retranchés à jamais derrière de hautes et indestructibles murailles...

Je secouai la tête pour tenter de chasser ces idées bizarres, tâchant de me convaincre qu'elles étaient aussi saugrenues qu'infondées. Mon imagination me jouait forcément des tours. Ce type et moi n'avions absolument rien en commun, c'était évident.

À sa place, je me serais amusée de la situation. J'aurais ri de bon cœur avec la cruche qui s'était trompée d'homme et d'appartement. Je n'aurais pas pris la mouche, comme lui l'avait fait. Et jamais – au grand jamais – je n'aurais songé à appeler les flics pour de simples plaisanteries – si bêtes puissent-elles être !

Je venais de passer une nuit blanche à danser presque sans interruption sur de la musique trop forte. J'étais épuisée, et mon cerveau embrumé partait dans tous les sens. La fatigue était la seule raison de cet effondrement, il ne fallait pas chercher plus loin.

Je devais rentrer chez moi au plus vite et dormir. Ensuite, j'y verrais plus clair.

Mes larmes finirent par se tarir et, à l'aide d'un mouchoir en papier, j'essuyai à la hâte mon visage trempé et dégoûtant de mascara. Puis je tournai la clé dans le contact, le bruit du moteur rompant soudain le silence du petit jour.

Je m'abstins de déplier le pare-soleil pour y vérifier mon reflet. Je savais déjà à quoi je devais ressembler, pas besoin de m'infliger en prime l'humiliation du constat. Je me sentais suffisamment stupide comme ça, entre mon énorme bévue et cette crise de sanglots insensée. Inutile d'en rajouter, vraiment...

Je connectai mon téléphone à l'autoradio et lançai une de mes playlists préférées, consacrée aux classiques du punk rock. Un son rythmé et des chants rageurs m'aideraient à dissiper les ombres qui s'étaient logées sous mon crâne tout en m'empêchant de réfléchir comme de tomber de sommeil au volant.

Les enceintes réglées au volume maximum, je me décidai enfin à prendre le chemin du retour, m'obligeant à chanter à tue-tête durant le trajet.

Toutefois, même si la musique eut bel et bien l'effet escompté, elle n'allégea pas pour autant le poids terrible qui m'écrasait la poitrine. Il semblait m'être tombé dessus d'un coup, au moment où j'avais pris conscience de mon erreur, dans l'appartement du type à la pelle à tarte. Pourtant, je savais que la présence de cette espèce d'étau comprimant ma cage thoracique ne datait pas d'hier, tant s'en fallait. J'avais si longtemps nié son existence...

N'était-il pas déjà là avant même que je découvre les tromperies de Julien ?

J'arrivai au manoir encore hagarde et sous le choc, me remettant décidément très mal d'avoir connu la honte de ma vie.

En fouillant mon sac à main à la recherche de mes clés de maison, je tombai sur le double de l'ancien appartement de Julien.

— Et merde... soufflai-je, dépitée.

Dans la panique, j'avais complètement oublié de le remettre à son véritable propriétaire. Tant pis, de toute façon, je n'en aurais plus l'usage désormais. Il fallait seulement espérer que l'homme au regard d'hiver ne cherche pas à me contacter pour les récupérer...

Je trouvai la bâtisse vide, Liora n'étant heureusement pas encore rentrée.

Dans la salle de bains, après m'être enfin correctement nettoyé le visage, j'hésitai l'espace de quelques secondes à me traîner jusqu'à mon lit, comme initialement prévu. J'étais exténuée, et mes paupières semblaient se fermer toutes seules.

Mais un besoin soudain s'imposa : il fallait que je danse. Tout de suite...

C'était la seule manière que je connaissais d'évacuer anxiété et tristesse. La seule chose susceptible de me faire un tant soit peu oublier ce fichu poids sur ma poitrine.

Alors je fis demi-tour, refermai la porte à clé et fonçai jusqu'à l'école. Je traversai la centaine de mètres séparant les deux bâtiments dans un brouillard étrange, pressée de dépenser le peu d'énergie qu'il me restait encore. Et impatiente, surtout, de transformer mes sombres pensées en mouvements harmonieux.

C'était ce que ma mère m'avait appris de plus précieux : exprimer mes émotions en gestes, leur infuser mes joies comme mes peines, afin de m'affranchir du trop-plein.

Je me rendis dans la plus grande des deux salles, augmentai de quelques degrés le chauffage et me dévêtis mécaniquement, ne gardant sur moi que ma lingerie.

Puis, après un échauffement succinct, j'allumai la chaîne hi-fi et lançai un titre pour lequel j'avais eu un gros coup de cœur récemment, particulièrement adapté à mon humeur du moment : *Living in the Shadows* de Matthew Perryman Jones.

Là, je me plaçai au sol et laissai la mélancolie et l'amertume me gagner tout entière, jusqu'à presque me submerger. Au son de la voix du chanteur, j'ouvris peu à peu les bras, improvisant de gracieuses esquisses dans le vide. Puis, dès le refrain, je jetai mon corps vers le haut avec puissance. Alors, je traduisis mes sentiments en arabesques folles, en sauts et en tours fébriles, frôlant de plus en plus dangereusement le déséquilibre pour mieux le vaincre au dernier instant. Une danse unique et intense, empreinte d'une noirceur qui, une fois extériorisée, me quitta pour de bon.

J'avais réglé la chaîne pour qu'elle répète la musique en continu, aussi renouvelai-je l'exercice, encore et encore, jusqu'à l'obtention d'une véritable chorégraphie, alternant passages soignés et chaotiques, mélancoliques et rageurs. Quand je fus totalement libérée, l'esprit vide et le corps douloureux expurgé de toute tension, je me laissai choir sur le parquet, hors d'haleine et en sueur. J'arrêtai la chaîne puis attendis de retrouver mon souffle.

Je m'éveillai quelques heures plus tard, la joue appuyée sur mon coude, des fourmis dans tout le bras, frissonnante et toujours à moitié nue. Les membres engourdis, je dus me faire violence pour me relever, me rhabiller et rentrer au manoir.

Après avoir pris une douche et passé une tenue plus confortable que l'ancienne robe de soirée de ma mère, je me pelotonnai sur le canapé avec un plaid devant la télé et m'assoupis de nouveau.

Ce fut Liora qui, en milieu d'après-midi, me tira du sommeil lorsqu'elle ouvrit la porte d'entrée. Vaseuse et fourbue, je me redressai à demi et me frottai les yeux, un peu étonnée de la voir rentrer si tardivement.

— Coucou, miss, bredouillai-je en apercevant sa silhouette se faufiler dans le couloir.

— Je ne voulais pas te réveiller, s'excusa-t-elle, ses escarpins à la main.

Sans surprise, elle portait la même tenue que la veille et son maquillage avait clairement connu des jours meilleurs.

— Pas de souci, je ne comptais pas dormir toute la journée, de toute façon.

Liora me rejoignit au salon et se laissa tomber dans le fauteuil le plus proche, l'air harassé de fatigue, elle aussi, mais heureuse. Un sourire flottait sur ses lèvres, et une lueur nouvelle faisait luire ses prunelles sombres.

— C'est décidé, je vais reprendre la danse, m'annonça-t-elle tout à trac, m'obligeant à me redresser davantage pour mieux la dévisager. Tu as raison, il faut que je me reconnecte à celle que j'étais autrefois, avant de rencontrer David et de changer complètement pour me conformer à ses attentes. J'ai voulu me glisser dans un moule, avoir la vie que lui souhaitait que l'on ait. Je dois me retrouver, à présent.

J'acquiesçai d'un hochement de tête pensif et inspirai profondément, le cœur allégé, ravi d'entendre ma sœur prononcer enfin ces mots.

— Et cela fonctionne ? Tu t'es bien *reconnectée au passé*, la nuit dernière ?

Liora fronça les sourcils avant de pouffer.

— Oh, tu n'as pas idée ! Les connexions ont d'ailleurs été particulièrement nombreuses, cinq si mes souvenirs sont exacts ! Et le *passé* a pris grand soin de ne pas me laisser sur le carreau, si tu vois ce que je veux dire...

Nous éclatâmes de rire de concert et, en un éclair, j'oubliai tout ce qui s'était passé au matin.

14

Adriel

— Grand-mère, est-ce que je... je peux sortir de table ? demanda Émilie d'un ton faible. J'aimerais terminer le dessin que j'ai commencé avant d'aller me coucher.

Elle plaça le pot du yaourt qu'elle venait de finir au centre de son assiette, puis releva prudemment les yeux.

Ma mère ne répondit pas immédiatement. Elle s'essuya d'abord la bouche avec sa serviette et la déposa ensuite sur ses genoux. Après quoi, elle se racla la gorge, l'air d'étudier soigneusement la question, et conclut :

— Eh bien, si ton père n'y voit pas d'inconvénient, je suis d'accord.

Émilie m'adressa un regard interrogateur, mais aussi empreint d'une certaine timidité.

Ma propre enfant était mal à l'aise en ma présence – tout comme je l'étais d'ailleurs moi-même. J'ignorais comment cette distance gênée et anxieuse s'était installée entre nous, mais elle ne faisait que grandir. Bientôt, je serais un étranger pour ma fille, à force de ne lui montrer de moi que cette ombre terne que j'étais devenu...

— Bien sûr, princesse, acquiesçai-je, me détournant d'elle pour saisir le pichet d'eau et remplir mon verre – pourtant déjà à demi plein.

— Merci, papa, marmonna-t-elle avant de quitter la table.

Sa petite silhouette disparut au fond du couloir, et le goût acide de l'amertume et du chagrin confondus se diffusa sur ma langue. Dans moins d'une heure, je partirais pour me rendre dans l'appartement du 12e afin d'y passer la semaine, l'abandonnant encore.

Rester seul, loin d'elle et de ce gouffre qui nous séparait, simplement en tête à tête avec ma mélancolie latente, était tellement plus facile...

Parviendrais-je seulement un jour à franchir le pas et à convier Émilie à me rejoindre pour ce nouveau départ auquel j'aspirais tant ?

À présent que le voile était levé sur le mystère de ces stupides persécutions dont j'avais fait l'objet, je n'avais plus aucune excuse. Pourtant, je n'arrivais pas à m'y résoudre. J'avais bien trop peur que la lumière d'Émilie finisse par s'éteindre, elle aussi, à force de vouloir l'exposer d'aussi près à mes ténèbres...

— Tu sembles plus préoccupé que d'ordinaire, remarqua ma mère, m'arrachant à mes pensées. Tout va bien ?

Soudain, le souvenir de l'inconnue en robe de soirée au beau milieu de mon appartement surgit dans mon esprit.

— Non, je... je me demandais juste pourquoi tu as tenu à mettre cette vieille pelle à tarte dans les cartons de vaisselle que j'ai emportés.

— Pardon ?

Elle haussa les sourcils, prise au dépourvu.

— Oublie cela, ça n'a pas d'importance.

Je me levai et rassemblai les assiettes vides pour en faire une pile, tentant de chasser ce souvenir idiot de moi brandissant mon arme improvisée.

— J'ai dû penser que tu en aurais l'usage, déclara-t-elle en m'imitant aussitôt, se mettant debout à son tour. Ce doit être celle du service de ta grand-mère. Tu n'auras qu'à me la rendre si tu préfères t'en acheter une plus moderne.

Étant donné mon régime alimentaire lorsque je me trouvais seul à l'appartement – composé essentiellement de commandes aux délicieux traiteurs asiatiques du quartier Sainte-Anne –, il y avait peu de chance que j'aie un jour besoin d'un tel ustensile, moderne ou non…

Je ne savais pour quelle raison je n'avais pas parlé de ma mésaventure du matin à ma mère. En vérité, cela me paraissait déplacé. Comme s'il s'agissait d'un secret que je devais garder, ne serait-ce que pour préserver l'inconnue de l'embarras.

Non, pas une inconnue. Elle s'appelle Romy Debussier, me corrigeai-je intérieurement.

Mais le simple fait qu'elle m'ait donné son nom, son adresse ainsi que son métier devait-il automatiquement lui conférer un autre statut que celui de parfaite étrangère à mes yeux ? Cet échange improbable que nous avions eu, elle et moi, ne revêtait-il pas une dimension quelque peu intime ?

Après tout, j'avais vu cette femme pleurer. Sa hardiesse et son impertinence insupportables s'étaient d'un coup transformées en sanglots incoercibles, tel l'aveu d'un profond mal-être, trop longtemps refoulé. Pire, je l'avais épiée de la fenêtre tandis qu'elle se précipitait dans sa voiture où, une fois toutes portes closes, ses pleurs s'étaient encore intensifiés...

Elle m'avait harcelé des semaines durant sur un stupide malentendu. Elle m'avait tenu tête après que je l'avais surprise en plein délit, son erreur lui éclatant brusquement en plein visage. Et cependant, j'éprouvais comme de la peine pour elle.

C'était plus fort que moi. Malgré l'exaspération que je ressentais à l'évocation des brimades qu'elle m'avait à tort fait subir, j'étais intrigué par ce qui avait pu pousser une femme comme elle, aussi belle et a priori sûre d'elle, à se comporter de la sorte. Sa cible initiale – probablement ce fameux Julien dont elle avait si souvent fait mention – devait sans doute être un ancien amant. J'ignorais si ce pauvre type avait mérité ce que j'avais dû endurer à sa place, mais mon instinct me disait que oui...

Un léger pincement me tirailla l'estomac lorsque l'image de la jeune femme en larmes, seule dans son véhicule, me revint.

J'étais malheureusement de ces hommes que certaines fragilités avaient tendance à attirer... De ces imbéciles qui s'imaginaient capables de sauver une femme d'une dépression chronique. Un abruti suffisamment inconscient pour aller jusqu'à avoir un enfant avec une personne malade, qu'à l'évidence rien – pas même la plus solide des épaules – n'aurait pu aider...

À présent, je savais combien ce penchant était malsain. Il nous avait conduits au désastre, Émilie et moi.

Jamais je ne pourrais pardonner à Florence son geste. Mais jamais non plus je ne pourrais me pardonner d'avoir imposé à une petite fille innocente une mère aussi instable, et ce, en toute connaissance de cause...

Voilà, parfait. La colère était revenue, pulsant sourdement dans mes veines, comme à l'accoutumée. Elle chassait avec une efficacité et une rapidité redoutables l'espèce de curiosité insensée que j'avais vaguement pu nourrir à l'égard de l'inconnue.

Il y avait trop longtemps que je n'avais eu l'occasion de parler à une jolie femme. Assurément était-ce pour cela que celle-ci accaparait à présent mes pensées. Cet intérêt absurde ne saurait être qu'éphémère...

Je déposai un peu plus brutalement que voulu la pile d'assiettes sales dans l'évier, puis passai mécaniquement les doigts dans mes cheveux. Un geste bref, mais qu'immédiatement je regrettai...

Sur mon crâne, plusieurs mèches étaient encore collées entre elles, cartonneuses, voire un peu poisseuses. Après s'en être prise à mon dentifrice quelques semaines plus tôt, l'intruse avait dû ce matin trafiquer mon shampooing – ce dont elle avait oublié de m'avertir avant son départ...

Je voulais bien la croire quand elle affirmait que plus jamais elle ne recommencerait. Cet ultime affront ne manqua cependant pas d'aiguiser mon irritation.

À la réflexion, il fallait être tout de même un peu cinglé pour s'adonner à de pareilles activités...

— Quelque chose ne va pas, déclara ma mère, l'air plus inquiet encore que d'habitude. Inutile de me reparler de la pelle à tarte, je vois bien qu'il ne s'agit pas de cela.

— Tu te trompes, m'empressai-je de la contredire. Il n'y a rien de spécial. Je suis seulement un peu fatigué. J'ai mal dormi la nuit dernière...

Ma mère s'interrompit dans son élan, cessant de ranger les couverts dans le lave-vaisselle pour m'observer plus attentivement. Elle s'appuya au plan de travail et croisa les bras. Puis elle soupira pour souligner l'évidence de son constat :

— Tu travailles beaucoup trop, je te l'ai déjà dit. Tu as besoin de souffler, d'avoir des moments pour te reposer. Depuis combien de temps n'as-tu pas pris de vacances ?

Quelle question... Comme si je pouvais me le permettre...

Ma mère savait pertinemment que je n'avais posé aucun congé depuis la mort de Florence. Je redoutais de me trouver complètement désœuvré, sans plus rien pour occuper et encadrer mes pensées, les laissant à la merci de ce vide obscur s'épanouissant au centre de ma poitrine.

— Maman, s'il te plaît, ne recommence pas avec ça, protestai-je d'un ton las. Nous en avons déjà suffisamment parlé. Il s'agit de *mon* cabinet. Tu sais que je ne peux pas m'absenter comme je le souhaite.

Elle leva les yeux au ciel, agacée que je lui resserve constamment cette excuse. Elle n'était pas dupe, elle connaissait les raisons pour lesquelles je refusais de m'éloigner un tant soit peu de mon travail.

Un silence contrarié s'installa entre nous tandis qu'elle se retournait pour continuer à remplir le lave-vaisselle.

— Tu devrais rentrer, à présent, allégua-t-elle après plusieurs longues minutes de mutisme. Quoi qu'il en soit, te coucher tôt ce soir te fera le plus grand bien.

— Sans doute. Je vais dire au revoir à Émilie. Je...

La gorge soudain serrée, je déglutis avant de reprendre :

— Je pense que d'ici quelques semaines elle pourra me rejoindre dans le nouvel appartement.

Les épaules de ma mère s'affaissèrent et, peu à peu, l'atmosphère entre nous se radoucit.

— Prends tout le temps dont tu as besoin, mon grand. Tu sais que, en attendant que tu sois prêt, je suis là. Je veille sur elle, ne t'inquiète pas.

Je la remerciai de son dévouement d'un simple hochement de tête, puis me hâtai de changer de sujet :

— D'ailleurs, qu'est-elle en train de dessiner ?

Ma mère pinça les lèvres, comme pour retenir ses mots. Finalement, le coin de sa bouche s'étira et elle répondit :

— Elle est dans une période *chevaux*. Elle en esquisse partout, ses carnets en sont remplis.

Je l'ignorais... Comme j'ignorais tant d'autres choses à propos de ma fille...

— Il me semblait que les poneys l'effrayaient, qu'elle avait refusé de prendre une deuxième leçon d'équitation après le fiasco de la première.

— Certes, mais ce n'est pas pour ça qu'elle ne les aime pas.

Je pris note de cette précieuse information, puis me rendis dans l'entrée, où je récupérai mon sac de voyage et mon manteau. Une fois prêt, je remontai le corridor pour toquer à la porte de la chambre d'Émilie.

Ma fille était sagement installée à son bureau, occupée à dessiner, la pointe de sa langue dépassant d'entre ses lèvres sous l'effet de la concentration. Devant elle était placé, bien en évidence, le petit sapin qu'elle avait demandé afin de décorer elle-même la pièce.

— Une petite seconde… murmura-t-elle sans se détourner de sa feuille.

— Émilie, voyons, la réprimanda ma mère. Hâte-toi, il est tard, et ton papa doit s'en aller.

Il était peut-être l'heure pour une enfant de huit ans d'aller au lit, mais en revanche, rien ne m'obligeait à partir, en vérité…

— Voilà, j'ai terminé, décréta-t-elle en levant son crayon et en s'écartant pour mieux examiner son travail.

Un sourire un peu trop flou et incertain fit naître de discrètes fossettes sur ses joues lorsqu'elle pivota vers moi. Puis elle me tendit son œuvre, ses grands yeux bleus se rivant aux miens.

— C'est pour toi, papa.

Je saisis le papier et pris quelques secondes pour admirer la délicatesse du croquis. Il me semblait que le trait était particulièrement subtil et soigné pour une enfant de son âge.

— Merci, princesse, c'est… c'est joli, bredouillai-je, infoutu de soutenir son regard plus longtemps comme d'articuler de meilleurs compliments.

Encore raté. Encore une occasion qui me file entre les doigts…

Ma fille faisait un pas vers moi, et moi, je reculais.

Un sentiment de panique m'envahit. Je passais à côté de son enfance, j'en avais conscience. Il fallait que je me ressaisisse. Que j'agisse avant qu'il soit trop tard. Même si je n'avais pas la moindre idée de ce que je devais faire...

— Tu n'as pas aimé l'équitation mais... mais peut-être aimerais-tu faire de la danse ? hasardai-je à la hâte, sans savoir comment j'avais pu en arriver là. Je connais une école très bien. Je pourrais t'y conduire samedi prochain pour une séance d'essai. Qu'en dis-tu ?

Émilie battit des paupières, décontenancée.

— Euh, je...

— Je trouve que c'est une excellente idée, approuva ma mère avec un enthousiasme inattendu. Tu verrais d'autres camarades que ceux de ton école, tu pourrais te faire de nouveaux amis. En tout cas, ça ne coûte rien de tenter une première leçon.

Émilie haussa les épaules, puis ses fossettes réapparurent, plus nettes et franches.

— D'accord, je veux bien essayer.

J'embrassai la joue de ma fille en tâchant de ne pas montrer ma confusion.

Bon sang ! Mais qu'est-ce qui m'avait pris ? Venais-je vraiment d'envisager de laisser ma fille le temps d'un cours de danse à cette femme bizarre, qui avait surgi comme par magie ce matin même dans mon appartement ?

15

Romy

— Et sept et huit ! m'exclamai-je, marquant les derniers temps de la séquence de pas enseignée au groupe de mes élèves les plus avancés. Bravo, je n'ai vu aucune erreur, cette fois.

Ces derniers se redressèrent dans un concert de halètements, en nage après une intense séance de danse contemporaine.

— Dis, Romy, tu ne voudrais pas nous montrer la chorégraphie dans son intégralité ? réclama Anaëlle, l'une des jeunes filles les plus prometteuses de tout l'établissement. S'il te plaît...

Elle joignit les mains dans un geste de supplication, prenant une expression triste – à peine exagérée. Et tous les autres l'imitèrent.

— On a vraiment envie de voir ce que l'ensemble va donner, renchérit Maxens, un adolescent de quinze ans, très doué, lui aussi. Le début est tellement beau. Et la musique est si prenante...

J'avais décidé d'apprendre à ce groupe l'enchaînement que j'avais composé une semaine plus tôt – après cette crise de larmes intempestive qui m'avait prise dans ma voiture.

— Je suis d'accord avec eux, renchérit Liora, venue passer la journée à la salle pour y suivre un maximum de cours afin de se remettre à niveau. Ce serait chouette de voir la suite de la choré.

Pour la première fois depuis qu'elle s'était réinstallée au manoir, Liora avait accepté que Cindy, une de mes élèves les plus avancées de danse contemporaine, qui suivait mes cours à l'école depuis des années et en qui j'avais une entière confiance, garde ses enfants durant quelques heures. Camille et Hugo étaient donc restés à la maison avec leur nouvelle nounou, tandis que Zoé avait décidé d'accompagner sa maman, curieuse de la voir pratiquer cet art qu'elle avait si longtemps délaissé.

J'étais d'ailleurs assez étonnée : depuis le matin, la petite fille se tenait dans un coin de la salle et ne pipait mot, complètement absorbée par les danseurs évoluant devant elle.

— Bon, très bien, finis-je par accepter.

À ces mots, ravis d'avoir obtenu gain de cause, les élèves s'écartèrent pour se placer sur les côtés, laissant libre le centre de la pièce. Je donnai la télécommande de la chaîne hi-fi à ma sœur, puis m'installai au sol, entourée de mon public improvisé.

Living in the Shadows se lança alors, et j'esquissai les premiers mouvements de cette chorégraphie créée dans un moment de souffrance intense et que, pourtant, j'adorais.

Mais, soudain, tout me revint… Toutes les émotions ressenties ce jour-là affluèrent brusquement à la surface.

En un éclair, je me retrouvai plongée dans la part la plus sombre de ma personnalité, celle que, jusqu'à présent, j'avais toujours refusé de considérer. L'événement de la semaine passée l'avait fait resurgir, m'obligeant à la regarder en face, mais il y avait bien longtemps, en vérité, que cela couvait. Une flaque visqueuse nichée dans les tréfonds de mon être, comme une tache d'encre noire sur un grand drap blanc, impossible à nettoyer.

Une faille immense, sans cesse croissante, me rongeait, j'en avais conscience maintenant. Il me fallait la danser si j'espérais un tant soit peu l'exorciser. L'art était la seule façon pour moi d'affronter ce mal-être. Je choisis donc de le laisser me cueillir et teinter l'ensemble de mes gestes, incapable de ne pas me montrer sincère dans mes mouvements. Ils exprimaient mieux que n'importe quoi d'autre cette douleur, et les exécuter devant un auditoire ne pouvait qu'être salutaire.

J'arrivai à la fin de la chorégraphie lorsque les yeux couleur d'hiver de l'inconnu occupant désormais l'ancien appartement de Julien me revinrent subitement en mémoire…

J'avais tout fait pour ne pas penser à cet homme froid et impitoyable. Mais la danse levait toutes les barrières, même celles que je m'acharnais à maintenir en place.

En esprit, je vis ces iris pâles au reflet triste, presque éteint par l'asphyxie de la solitude… Un reflet qui m'était bien trop familier, que j'avais la désagréable impression de déjà connaître.

Et tout à coup, ils furent là, à seulement quelques pas de moi... Des yeux d'un bleu délavé si froid qu'ils me glacèrent immédiatement.

Stupéfaite et à bout de souffle, je m'arrêtai en plein milieu d'une figure, oubliant que j'étais professeure en pleine démonstration devant des élèves. Désorientée et fébrile, j'examinai le public, certaine d'avoir été victime d'une illusion.

Puis je l'aperçus...

L'homme se tenait derrière le mur vitré qui séparait les salles de cours du couloir menant aux vestiaires. Il m'observait avec attention, plusieurs autres parents et enfants à ses côtés. Mais je ne voyais plus que lui...

Il portait cette fois un long manteau noir et une écharpe rouge foncé, mais son regard évoquait toujours le givre, me tirant un long frisson d'effroi.

L'espace d'une seconde, je crus y voir naître un éclat nouveau, comme une espèce d'étincelle de surprise, tandis que, sans un mot, nous nous dévisagions. Puis il battit des paupières, rompant l'instant, et, autour de moi, les élèves se mirent à applaudir en chœur.

Je me détournai pour me forcer à revenir au cours, contrariée de m'être laissé distraire de manière aussi fâcheuse.

— Cette chorégraphie est sublime, me complimenta Anaëlle.

— Oui, c'est tellement... approuva Liora, marquant une pause, à la recherche de ses mots. Tellement rempli d'émotions...

Elle fronça les sourcils, et je fus prise de panique à la simple idée qu'elle ait pu comprendre. Qu'elle ait deviné à mes gestes l'ampleur de la détresse qui m'animait, trop longtemps muselée…

— Merci, bredouillai-je en hâte, préférant abréger la conversation. Mais avec tout ça, nous avons dépassé l'horaire. Allez, on se remet vite en place pour les étirements de fin de séance !

Dans ma tête, mille pensées se bousculaient tandis que je luttais pour reprendre le dessus. Je tâchai de me composer une expression neutre, tenant à demeurer digne malgré tout. J'avançai jusqu'au large miroir qui occupait presque tout le mur du fond. Heureusement, les élèves eurent l'amabilité de revenir promptement s'installer en ligne derrière moi.

Un bref coup d'œil en direction de la paroi vitrée me confirma une bonne fois pour toutes que je n'avais pas rêvé.

L'inconnu était toujours là, une brume glaciale – que j'étais la seule capable de deviner – semblant flotter dans son sillage. Il contemplait la salle, son regard s'étant enfin détourné de moi. Aussi en profitai-je pour l'examiner plus en détail tout en continuant à m'étirer mécaniquement, indiquant au groupe les mouvements à suivre – sans cependant réussir à y mettre quelque conviction que ce soit.

Comme la dernière fois, il affichait une expression fermée, presque menaçante – à moins que ce ne soit qu'un effet de mon imagination… Son visage était aussi austère que ses traits étaient harmonieux. Nul doute que cet homme aurait pu passer pour séduisant s'il n'avait pas possédé cet air invariablement renfrogné, comme si le monde entier lui devait réparation.

Je baissai les yeux et me rendis alors compte qu'il n'était pas venu seul...

L'homme était accompagné d'une fillette emmitouflée dans une doudoune bleu marine à capuche doublée de fausse fourrure. Elle serrait contre elle un sac de sport d'apparence neuf. Impressionnée par les gens s'amassant dans le corridor, elle était presque collée à son père, mais sans qu'il y ait de réel contact entre eux.

L'image à l'intérieur du cadre que j'avais cassé me revint en mémoire, et je reconnus la petite rouquine qui figurait, souriant entre ses deux parents, sur la photo. Elle devait être âgée de quatre ou cinq années de plus à présent, mais il s'agissait bien d'elle...

Évidemment, cela n'avait rien d'un hasard. Monsieur Pelle à Tarte n'avait pas atterri ici juste au moment où je pensais à lui comme par magie. Ainsi, il s'était finalement résolu à accepter mon offre de dédommagement...

J'avais cru pouvoir ranger dans un coin de ma tête les événements de la semaine passée, les enfouir le plus loin possible afin de ne plus y songer. J'avais cru également que jamais ma route ne recroiserait celle de cet homme horrible, le premier – et le dernier, assurément – à m'avoir vue craquer et fondre en lamentables sanglots... Mais, bien entendu, je m'étais trompée. Décidément, tout me ramenait à cette épouvantable matinée.

Une fois la série d'étirements terminée, je me tournai face aux élèves pour les saluer. Ils battirent des mains en chœur afin d'applaudir nos efforts, marquant ainsi la fin de la leçon, comme c'était la coutume. Après quoi, ils se dirigèrent d'un même élan vers la porte pour rejoindre les vestiaires.

Mon cœur se mit tout à coup à battre plus fort contre mes côtes.

Je n'avais pas le choix, je devais aller à la rencontre de l'inconnu et honorer ma promesse. Je pris une grande inspiration et suivis le mouvement, me forçant à marcher avec une nonchalance que je savais mal feinte, m'acharnant à combattre ce stress stupide qui ne cessait de gagner du terrain.

Je ne pouvais néanmoins m'empêcher d'être intriguée par la présence de cet homme étrange. Il avait pourtant juré, une semaine plus tôt, que jamais il ne confierait son enfant à une personne comme moi. Comprenant parfaitement son point de vue – étant donné les délits totalement tordus dont je m'étais rendue coupable –, je n'avais guère jugé utile d'insister…

Avait-il, contre toute attente, changé d'avis sur mon compte ? Et si oui, pour quelle raison ? Avait-il entretemps réalisé que la personne dont je lui avais parlé n'était autre que celle qui lui avait vendu l'appartement ?

Bon sang, avait-il eu l'occasion de discuter avec Julien ?

Pitié, non…

— Y a-t-il un souci ? me chuchota Liora à l'oreille, me faisant tressaillir de surprise.

Ma sœur se tenait à mes côtés et me scrutait avec curiosité.

— Tu connais ce type ? demanda-t-elle en indiquant d'un signe discret l'homme en noir au milieu de l'attroupement.

— Non, jamais de la vie ! me récriai-je stupidement, sur la défensive malgré moi.

Liora plissa les paupières, dubitative, et me talonna jusqu'à l'entrée. Là, je pris quelques secondes afin d'accueillir les autres parents venus déposer leurs rejetons à l'école de danse. J'invitai ensuite les enfants déjà en tenue à entrer dans la salle, où ils s'assirent sagement au sol, formant un grand cercle, comme je leur avais appris à le faire à chaque début de cours.

Puis, lorsque je n'eus plus aucune échappatoire, je pivotai vers l'inconnu.

16

Romy

Contrairement à la dernière fois, je ne portais ni maquillage ni vêtements empruntés. Aucun déguisement ne pouvait voler à mon secours et m'aider à me sentir protégée...

Mon front était encore luisant de sueur du fait de ma précédente démonstration. Mes cheveux étaient attachés en un chignon informe sur le sommet de ma tête, sa masse dégoulinant en mèches éparses dans ma nuque et mon dos. Et, pour enfoncer le clou, mon crop-top affichait de répugnantes auréoles au niveau du col et des aisselles...

— Mademoiselle Debussier, marmonna l'homme en m'adressant un bref hochement de menton – guindé ou méprisant, je ne savais pas trop.

— Je... Hem, donc vous êtes venu, bafouillai-je sans parvenir à lever le nez vers lui – incapable d'affronter son regard tout comme les souvenirs mortifiants qu'irrémédiablement il m'évoquait.

Mes yeux trouvèrent alors ceux, d'un bleu turquoise peu commun, de la petite fille près de lui.

— Bonjour, ma belle, lançai-je en me penchant vers elle, ravie de pouvoir m'adresser à quelqu'un d'autre. Tu es venue pour le cours d'essai, c'est ça ?

Elle acquiesça d'un signe, les lèvres serrées, visiblement très intimidée.

— As-tu déjà pris des leçons de danse auparavant ? me renseignai-je d'un ton plus doux, soucieuse de la mettre à l'aise.

Elle secoua quasi imperceptiblement la tête, l'air de plus en plus gênée.

— C'est la première fois pour Émilie, reprit l'homme, se chargeant de répondre pour elle. Cela pose-t-il un problème ?

— Non, pas du tout, répondis-je en demeurant concentrée sur la petite fille. Il s'agit d'un cours d'initiation consacré aux enfants débutants. Les autres membres du groupe ont commencé à la rentrée de septembre, ils auront donc une légère avance. Mais ça ne devrait pas faire de réelle différence. Nous n'en sommes encore qu'aux bases, après tout.

Émilie semblait anormalement anxieuse. Toutefois, depuis le temps que j'enseignais, je savais que certains élèves avaient besoin de plus de temps pour s'adapter.

— Dans ce cas, ce n'est peut-être... peut-être guère idéal, soupira l'inconnu d'une voix bizarre, à la fois grave et feutrée, dans laquelle sourdait un profond dépit. Princesse, tiens-tu tout de même à essayer ou préfères-tu t'abstenir ?

Étonnée de ce revirement, je ne pus me retenir de lever la tête pour observer ce père qui paraissait tout à coup désemparé.

La petite fille haussa les épaules pour exprimer son hésitation, ses grands yeux brillant de façon inquiétante. Était-ce une vue de mon esprit ou Émilie était-elle sur le point de pleurer ?

Une idée me vint alors.

Ma nièce se trouvait non loin, patientant sagement sur le seuil de la salle de cours tandis que Liora se chargeait de faire entrer les derniers enfants.

— Dis, Zoé, tu n'aimerais pas faire une leçon d'essai, toi aussi ? hasardai-je tout à trac.

Le visage de cette dernière s'éclaira d'un large sourire.

— Ce serait super ! Tu es d'accord, maman ?

Le regard de Liora passa alternativement de l'homme à moi, avant de revenir se poser sur sa progéniture.

— Évidemment, approuva-t-elle. Si tu en as envie, ma puce, je ne vois pas ce qui t'en empêcherait.

— Parfait, comme ça, vous commencerez ensemble aujourd'hui, déclarai-je en tendant une main vers ma nièce et l'autre vers Émilie.

Zoé accourut aussitôt dans ma direction tandis qu'Émilie mit quelques secondes avant d'accepter de s'éloigner de son père pour finalement saisir avec maladresse mes doigts.

— Zoé, je compte sur toi pour montrer les vestiaires à Émilie, dis-je en guidant les deux fillettes jusqu'à l'entrée de la pièce. Dès que vous serez prêtes, vous irez rejoindre le groupe dans la salle, OK ?

Ma nièce acquiesça, puis, avec l'enthousiasme qui la caractérisait, prit à son tour la main d'Émilie pour l'attirer à l'intérieur. Je revins ensuite sur mes pas.

L'homme contemplait en silence la porte derrière laquelle sa fille venait de disparaître, le front plissé d'une inquiétude bien trop vive compte tenu de la situation. Rien ne semblait tout à fait normal dans son attitude...

— Vous pouvez assister au cours si vous le souhaitez, tentai-je de le rassurer. Il y a des bancs prévus à cet effet.

Il jeta un bref coup d'œil en direction des quelques parents déjà installés dans la salle afin d'admirer leurs rejetons durant la leçon. Ses yeux aux tons délavés m'effleurèrent brièvement, avant de se perdre dans le vide.

— Merci, mais je pense qu'il ne vaut mieux pas. J'attendrai dans ma voiture, sur le parking, en cas de problème. Je reviendrai chercher Émilie dans une heure, à la fin de la séance.

Soudain, son regard vint se planter fermement dans le mien. Un vent polaire souffla alors de nouveau dans ma poitrine.

Le père sensible et préoccupé avait brusquement disparu. Il ne restait désormais plus que l'homme qui m'avait surprise à m'adonner à de sombres et misérables activités dans son appartement. Celui-là même qui m'avait si impitoyablement jugée, prise de haut et fusillée de son mépris.

Il se racla la gorge et reprit d'un ton nettement plus abrupt :

— J'espère bien que vous pourrez m'accorder quelques minutes de votre temps. Je dois absolument m'entretenir avec vous de certaines choses qui, je suis sûr que vous en conviendrez, ne peuvent être évoquées qu'en privé.

Une bouffée de honte et de colère mêlées me serra la gorge.

Je refusai de me sentir encore en faute. Il avait accepté ma proposition. J'allais offrir gracieusement une année de cours de danse à sa fille. Je ne lui devais donc plus rien, ni excuse ni quoi que ce soit.

De mon point de vue, tout avait été dit et était dorénavant réglé, aussi m'obligeai-je à redresser le menton, le toisant avec un dédain calqué sur le sien.

— Je ne vois pas de quoi vous parlez, monsieur…

Je haussai les sourcils et laissai volontairement ma phrase en suspens. Cette fois, c'était à lui de se trouver en défaut. L'inconnu venait de me confier sa fille, et pourtant, à aucun moment il n'avait cru bon de se présenter…

— Adriel Wagner, compléta-t-il aussi sec, sans pour autant se départir de son air hautain. J'oubliai que vous n'êtes pas du genre à vérifier les étiquettes affichées sur les portes, mais passons. Je suis persuadé que vous savez parfaitement de quoi il est question. Si je ne m'abuse, vous avez toujours en votre possession un objet qui m'appartient et que je souhaite de toute urgence récupérer.

Merde, la clé !

J'avais promis de la lui rendre, le jour de notre malencontreuse rencontre. Après quoi, je m'étais mise à rire à gorge déployée… Puis à pleurer comme une madeleine.

Bref, au final, cela m'était totalement sorti de la tête. Le double devait d'ailleurs toujours se trouver au fond de mon sac à main, puisque je n'y avais pas touché depuis.

— Nous… Hem, oui, eh bien… bafouillai-je, confuse, les joues brûlantes tout à coup, l'humiliation reprenant le dessus. Nous verrons les détails de l'inscription d'Émilie, ainsi que tout le reste après le cours. Maintenant, si vous voulez bien m'excuser, je suis attendue, comme vous pouvez le constater...

D'un geste agacé, je désignai mes petits élèves de l'autre côté de la paroi vitrée, de plus en plus impatients malgré les efforts de Liora pour les garder immobiles et calmes.

— Bien sûr, fit-il sèchement. Je ne vous retiendrai pas davantage. Je voulais seulement ajouter que c'était très aimable de votre part de m'avoir prévenu au sujet du shampooing. D'autres, après avoir compris leur méprise, auraient songé à... Non, oubliez cela, personne de ma connaissance n'aurait jamais pu faire de telles choses, en réalité.

Il haussa les épaules avec condescendance, puis s'éclipsa sans même me laisser la possibilité de me défendre.

— Alors lui, il n'est vraiment pas net ! lança Liora, les yeux écarquillés de stupéfaction et le pouce tourné vers la porte de l'école – laquelle venait de se refermer sur l'homme au manteau noir.

Merveilleux...

Apparemment, d'où elle se trouvait, ma sœur avait pu entendre toute la conversation.

L'angoisse me noua l'estomac à l'idée d'être obligée de lui avouer les raisons de l'animosité d'Adriel – autant le désigner par son prénom, puisque désormais je le connaissais.

— Ouais, trop chelou, le mec, plaisantai-je – enfin, à moitié –, tentant de noyer le poisson.

— Non, sans rire, malgré le balai qu'il a manifestement de coincé dans les fesses, il ne s'en est pas moins montré limite agressif, s'indigna ma cadette, secouant la tête d'incrédulité. Sérieusement, c'est quoi son problème, à ce type ?

Des mouvements derrière moi attirèrent subitement mon attention. Un coup d'œil dans mon dos m'apprit que Zoé et Émilie avaient quitté les vestiaires et se tenaient à présent à mes côtés.

— Oups, souffla Liora dans une grimace embarrassée tandis que la petite fille aux longs cheveux roux l'observait.

Figée, le regard tristement grave, Émilie semblait avoir compris que ma sœur et moi parlions de son père.

J'hésitai entre faire semblant que rien ne s'était produit et lui présenter mes excuses lorsqu'elle ouvrit finalement pour la première fois la bouche :

— Grand-mère dit que c'est parce que ça fait trop longtemps qu'il n'a pas eu d'amoureuse.

Un silence confus s'installa alors dans le couloir comme, dans la salle de danse, le brouhaha ne cessait d'enfler.

Liora battit des paupières, se retenant péniblement de rire. À sa décharge, le naturel avec lequel la fillette évoquait les réflexions de sa grand-mère à propos du célibat de son père était vraiment désopilant...

Ces aveux auraient dû m'amuser également. Après tout, je détestais cet homme, et on pouvait dire qu'il me le rendait bien. Cela n'avait cependant rien d'une révélation pour moi. Je savais qu'Adriel était seul depuis longtemps. J'avais reconnu cette lueur dans ses yeux...

— Assez bavardé, mesdemoiselles. En piste maintenant ! m'exclamai-je en indiquant la porte de la salle aux deux fillettes. Il est temps de danser !

Zoé attrapa d'autorité la main d'Émilie et l'entraîna à l'intérieur en souriant de toutes ses dents, ravie de s'être fait une nouvelle amie.

Cette dernière paraissait quant à elle toujours aussi mal à l'aise, mais l'entrain de ma nièce semblait malgré tout avoir quelques effets bénéfiques sur elle. Émilie avait accepté de se joindre au groupe et n'avait plus l'air au bord des larmes, ce qui était à mon sens un sensible progrès.

Les autres enfants s'écartèrent à leur arrivée pour leur ménager une place parmi eux, et je les rejoignis tandis que Liora s'installait sur l'un des bancs avec les parents présents.

Enfin, le cours put commencer. Enfin, je pus chasser de mon esprit ce regard froid et obsédant pour me concentrer sur mon travail.

Je savais qu'une fois l'heure écoulée j'aurais à l'affronter de nouveau. Mais je me plaisais à imaginer qu'alors je serais mieux armée. Qu'une fois la surprise de le revoir passée, je serais plus à même de me confronter à son dédain flagrant.

Je lui rendrais sa fichue clé et c'en serait terminé.

Oui, après cela, je pourrais laisser une bonne fois pour toutes cet épisode catastrophique de ma vie derrière moi.

Enfin, à moins qu'Émilie n'apprécie le cours de danse et veuille revenir – ce que, paradoxalement, je souhaitais. Dans ce cas, je me verrais dans l'obligation de croiser chaque semaine ces yeux quasiment dépourvus de couleur qui me perturbaient tant...

17

Romy

La leçon se déroula sans accroc. Émilie resta sur la réserve durant toute l'heure. Presque anormalement silencieuse et sage, elle observait les autres enfants de loin, sans se mêler véritablement à eux. Néanmoins, la petite fille montra d'excellentes capacités d'attention. Malgré une gêne évidente, elle s'appliqua à reproduire tous les mouvements que j'indiquais avec autant d'exactitude que possible – contrairement à beaucoup d'élèves du groupe qui aimaient, de temps à autre, faire les pitres et improviser leur propre chorégraphie, plus particulièrement à la fin du cours...

Zoé demeura à ses côtés tout au long de la séance. Et, même si Émilie ne lui répondait que par de discrets hochements de tête – jusqu'à lui adresser parfois quelques timides sourires –, ma nièce ne cessa de lui parler, bavardant continuellement en dépit de mes remontrances.

Une fois la leçon achevée, les enfants applaudirent de concert, félicitant leur professeure ainsi qu'eux-mêmes, à l'image de leurs homologues plus âgés du cours précédent. Après quoi, comme chaque semaine, tous se jetèrent vers la sortie d'un même élan, pressés de passer à leur prochaine activité du week-end.

— Celui que je surprends à pousser les autres devra venir refaire une série d'étirements ! m'écriai-je, calmant aussitôt l'assistance.

Cette menace, que je n'hésitais jamais à mettre à exécution lorsque ça s'avérait nécessaire, était toujours aussi efficace.

Je profitai de cette brève pause pour vider une bouteille d'eau et récupérer le trousseau de clés de l'école – que je laissais toujours dans un placard au fond de la salle durant les cours. Dans quelques minutes, j'allais devoir m'enfermer seule dans mon bureau avec cet homme devant lequel je me sentais si minable...

Je saluai les parents venus chercher leur progéniture en feignant la décontraction, tâchant d'ignorer le nœud qui s'était formé dans mon estomac. Qu'Adriel tienne à ce que je lui rende le double des clés de son appartement était une chose, mais la perspective d'avoir à reparler de l'incident avec lui m'était insupportable...

— C'était trop trop cool ! s'exclama ma nièce, restée au centre de la salle. Toi aussi, tu as aimé, Émilie ?

— Euh... oui, beaucoup, marmonna la petite fille.

Je me tournai dans leur direction, tenant à m'assurer qu'Émilie ne disait pas cela uniquement par politesse.

— C'est vrai, la leçon t'a plu ? lui demandai-je en m'accroupissant devant elle pour lui faire face. As-tu envie de continuer ?

Bien sûr, cela m'aurait arrangée qu'elle réponde non. Mais le bien-être d'un enfant, quel qu'il puisse être, demeurait tout de même plus important que mon propre confort.

Elle hocha la tête, ses grands yeux brillant de ravissement.

Je ne pus m'empêcher de sourire, heureuse que cette fillette qui semblait si peu à l'aise parmi les autres ait aimé la danse au point de vouloir poursuivre les leçons avec moi.

Émilie avisa ensuite un point derrière mon épaule, et je sus qu'il était là...

Un frisson glacé me remonta brusquement l'échine.

Ne sois pas idiote, c'est un type comme un autre. Hors de question de se laisser impressionner par un homme !

Je me redressai lentement, prenant le temps de me composer une expression détachée. Puis, une fois mon assurance retrouvée – en partie, du moins –, je fis volte-face.

Comme attendu, Adriel se tenait dans l'entrée, devant la porte de la salle de cours. Son expression restait inchangée, sombre et rogue.

Inaccessible...

Toutefois, quelque chose parut s'animer dans son regard lorsqu'il aperçut sa fille.

— Tu reviendras alors ? s'enquit Zoé d'un ton inquiet, saisissant avec exaltation les mains d'Émilie.

— Si mon papa est d'accord, je viendrai chaque semaine, acquiesça Émilie, de jolies fossettes creusant ses joues. Mais il faut d'abord que je le lui demande...

— Ne t'en fais pas pour ça, tout est déjà quasiment réglé avec ton père, garantis-je – dans la mesure où il était déjà acté que je lui offrais gracieusement l'abonnement à l'année.

Là-dessus, je me dirigeai vers le couloir où Adriel patientait, Émilie et Zoé sur les talons.

— Tout s'est bien passé ? grommela-t-il dans un froncement de sourcils irrité comme derrière lui parents et enfants allaient et venaient dans un joyeux bazar.

Dans la deuxième salle avait lieu un cours d'initiation au modern jazz tandis que, dans la première, un autre d'éveil corporel, destiné aux tout-petits, se tiendrait d'ici quelques minutes avec un professeur spécialisé. Aussi ce moment de la semaine était-il toujours celui où l'école connaissait le plus d'effervescence et d'agitation...

La question était adressée à Émilie me semblait-il. Mais puisqu'elle ne répondait pas, je le fis à sa place :

— Absolument. Votre fille est une élève très consciencieuse. Elle aura tôt fait de rattraper les autres, je ne me fais aucun souci.

— Je suppose que c'est plutôt bon signe, lâcha Adriel, une moue incurvant ses lèvres.

Tout à coup, à la surprise générale, Émilie intervint :

— Merci beaucoup, papa. Tu as eu une excellente idée en me proposant d'essayer la danse. J'ai adoré cette première leçon. J'aimerais vraiment continuer et venir ici le plus souvent possible.

Adriel cilla, semblant, l'espace d'un bref instant, totalement décontenancé. Il se ressaisit cependant bien vite et, dans un raclement de gorge, répondit :

— Parfait, dans ce cas, je vais voir de ce pas les modalités d'inscription avec ta professeure.

Zoé poussa une exclamation de joie en réaction et se mit à sautiller sur place, les mains d'Émilie toujours serrées au creux des siennes. Puis les deux fillettes pouffèrent – Zoé avec bien moins de discrétion que sa nouvelle amie – devant un père médusé.

— Je crois que le courant est bien passé entre ma nièce et Émilie, fis-je remarquer, une étrange satisfaction s'épanouissant en moi – remplaçant peu à peu ce stupide stress qui avait manqué me submerger de nouveau.

— En effet, marmonna Adriel, les sourcils froncés de perplexité.

— Eh, tatie Romy ! m'interpella Zoé, s'imposant, du haut de ses sept ans, sans aucune gêne dans la conversation. Tu serais d'accord pour qu'Émilie et moi prenions des leçons particulières avec toi pendant la semaine, en plus de celles du samedi ? Ce serait génial, non ? On rattraperait encore plus vite notre retard sur les autres ! Qu'en dis-tu, Émilie ?

Liora s'empressa de temporiser, posant une main sur l'épaule de sa fille pour essayer de la contenir :

— Calme-toi un peu, ma puce. Ce n'est pas très poli de faire des plans sur la comète sans savoir d'abord ce qu'en pensent les intéressés. Tu ne connais ni les disponibilités d'Émilie ni celles de tatie Romy.

Un peu prise au dépourvu, mais avant tout désireuse de me montrer arrangeante, je proposai :

— Je pourrais m'organiser. Ce serait possible, le mardi et le jeudi soir, si Émilie le souhaite aussi.

J'étais prête à offrir toutes les heures de cours que la petite fille voulait si cela pouvait m'aider à me débarrasser de cette puissante honte qui me saisissait dès lors que je croisais le regard d'Adriel...

Émilie se mordit la lèvre d'embarras avant de lever un regard hésitant vers son père et de bredouiller :

— Euh, je... Oui, ce serait... ce serait vraiment génial, mais... Mais ce n'est pas mon père qui s'occupe de moi durant la semaine alors... alors il faudrait d'abord que j'en discute avec ma...

— Inutile, coupa abruptement Adriel. Je me débrouillerai pour pouvoir te conduire, princesse. Si la danse te plaît tant que cela, tu auras toutes les leçons que tu veux. Ce n'est pas un problème.

Je fus partagée entre l'agacement – Monsieur Pelle à Tarte estimait-il que ma dette à son égard était infinie, équivalant à autant d'heures de mon temps qu'il le désirait ? – et un léger trouble, assez étrange, à vrai dire...

Adriel était un père aimant et attentionné, cela me sautait aux yeux désormais. Mais il était aussi très secret... Était-ce moi ou avait-il interrompu sa fille avant qu'elle puisse évoquer sa maman ?

À l'évidence, les parents d'Émilie avaient dû divorcer, comme tant d'autres couples après l'arrivée de leur premier enfant. La fillette devait vivre chez sa mère la semaine et aller chez son père certains week-ends, comme très souvent dans les familles séparées. Une situation si courante qu'elle en était presque devenue une norme dans notre société...

Mais dans ce cas, pourquoi Adriel faisait-il autant de mystères autour de son ex-femme ? Et, bon sang, pourquoi cette chambre dans laquelle il m'avait surprise une semaine plus tôt – sans aucun doute destinée à

Émilie – était-elle seulement à demi meublée, et le matelas encore sous emballage ? Pour quelle raison également s'absentait-il aussi régulièrement le dimanche matin, laissant son appartement vide ? Où se trouvait-il donc alors ? N'était-il pas censé accueillir sa fille chez lui ?

Je secouai la tête pour m'obliger à revenir au présent, contrariée du tour ridicule qu'avaient pris mes pensées. Ces questionnements étaient totalement absurdes et ne valaient pas la peine que je m'en préoccupe. Après tout, la vie de cet homme ne m'intéressait pas le moins du monde…

— Allons à mon bureau, lançai-je à Adriel, pressée d'en finir pour de bon avec cette histoire. Nous ne devrions pas en avoir pour plus de quelques minutes. Le temps qu'Émilie et Zoé passent aux vestiaires. Liora, tu veux bien garder un œil sur elles ?

— Oui, pas de souci, accepta aussitôt ma sœur.

Adriel acquiesça, puis remonta le couloir à ma suite.

18

Romy

Une fois devant la porte, j'hésitai un instant, me remémorant soudain le bazar que j'avais laissé dans la pièce à la suite d'une de ces si pénibles séances de comptabilité.

En général, je prenais garde à tenir mon bureau à peu près rangé en début d'année scolaire, durant la période des inscriptions. Après cela, dans la mesure où je n'y recevais que très exceptionnellement les élèves et leurs parents, l'ordre ne faisait plus vraiment partie de mes priorités...

Je déverrouillai la serrure avec un petit pincement, sachant d'avance que l'état de mon bureau ne risquait guère de plaider en ma faveur et d'améliorer l'opinion qu'Adriel avait de moi.

Et alors ? Tu te contrefiches de ce que peut penser ce type, de toute façon !

— Je vous en prie, l'invitai-je, maintenant poliment le battant ouvert devant lui.

Il pénétra prudemment à l'intérieur, fronçant les sourcils devant les montagnes de paperasse s'étalant un peu partout dans la pièce, recouvrant presque entièrement les meubles – ainsi que les divers cartons pleins à craquer de décorations de Noël qui jonchaient le sol…

L'impression de capharnaüm était accentuée par les trois énormes cartons que j'avais rapportés de la maison et qui traînaient au milieu de la salle. À moitié ouverts, ils débordaient de guirlandes et autres articles de Noël. Cela faisait déjà plusieurs jours que j'aurais dû m'occuper de décorer l'école. Malheureusement, je n'en avais pas encore trouvé le temps.

— Je vous en prie, asseyez… soufflai-je, avant de m'interrompre pour débarrasser la chaise placée devant mon bureau des dossiers qui l'encombraient – tout en m'efforçant de ne pas paraître gênée car je refusais de lui faire ce plaisir. Accordez-moi juste une minute…

— Ne vous embêtez pas, trancha-t-il froidement, le ton de sa voix me confirmant l'inéluctabilité de son jugement. Je ne compte guère m'attarder. Comme vous l'avez dit, nous n'en avons pas pour longtemps.

Je ne demandai qu'à être libérée de son oppressante présence, aussi préférai-je ne pas insister.

— OK.

Je replaçai les chemises sur le haut de la pile, puis me mis en quête de mon sac à main. Après quelques secondes d'intenses recherches, je le trouvai caché sous le fauteuil, abandonné à même le parquet.

— Alors comme ça, vous êtes venu sans arme aujourd'hui ? plaisantai-je dans l'espoir de détendre l'atmosphère tout en farfouillant dans mes affaires. Rassurez-moi, aucune pelle à tarte n'est dissimulée dans l'une de vos poches ?

Mentalement, je me frappai le front. Pourquoi ne pouvais-je pas plutôt la fermer, tout simplement ? Il fallait croire que j'aimais remuer le couteau dans la plaie – *ma* plaie –, de toute évidence...

Il y eut un long silence tendu. J'agitai les doigts de plus en plus nerveusement, raclant maintenant le fond du sac. Puis, enfin, je sentis le métal de l'objet désiré contre ma paume. Un soupir de soulagement très peu distingué m'échappa.

Je me redressai avec une indolence feinte et tendis sa fichue clé à Adriel, heureuse de me débarrasser de cette chose – comme si cela allait effacer ce chapitre peu glorieux de mon histoire...

Il récupéra le double de ses clés avec la même moue maussade dont il ne se départait jamais et répondit :

— J'ai bien songé, l'espace d'un instant, à venir muni d'une louche, mais je me suis ravisé au dernier moment. Cela aurait clairement manqué de discrétion...

Je battis des paupières, incrédule.

L'expression froide et hautaine plaquée – en permanence, visiblement – sur le visage d'Adriel n'avait pas changé. Son regard demeurait toujours de givre, m'étudiant avec la dureté de la glace. Pourtant, il venait de rebondir sur mon trait d'humour. Mais dans quel but ? Cherchait-il réellement à me taquiner ? À moins que je n'aie rêvé ?

Ce devait être ça : une hallucination. Ou alors je n'avais pas compris. Impossible que ce type puisse s'amuser de quoi que ce soit, je le savais d'expérience.

Médusée, les lèvres entrouvertes, je l'observai tandis qu'il sortait un carnet de chèques de la poche intérieure de son manteau.

— Je tiens à payer pour les leçons d'Émilie, expliqua-t-il laconiquement.

Décidément, ce type était insaisissable. Son comportement n'avait aucun sens à mes yeux...

Était-ce une manière pour lui de m'insulter à nouveau ? Refusait-il mon offre de leçons gratuites afin de mieux m'humilier pour ce que j'avais fait ?

— Mais... je...

Je me passai les mains dans les cheveux, rabattant quelques mèches folles vers l'arrière. Je devais absolument me ressaisir. De toute urgence !

Depuis qu'il avait mis les pieds ici, je ne faisais que me montrer faible et vulnérable. Tout à fait à l'image de la pathétique fontaine en laquelle je m'étais déjà transformée devant lui... Il fallait que cela cesse immédiatement !

— Ce n'est pas du tout ce qui était convenu, protestai-je finalement.

— Nous n'étions convenus de rien. J'ignorais à quoi m'attendre, en vérité. Vous avez un bel établissement, et Émilie semble particulièrement apprécier vos cours. Je n'avais pas imaginé qu'elle aimerait la danse au point de demander à venir aussi régulièrement. Je pense donc qu'il est préférable de régler ses leçons comme pour n'importe lequel de vos élèves. Je ne voudrais surtout pas que ma fille soit traitée différemment.

— Je traite tous les enfants de la même façon ! Jamais il ne me viendrait à l'idée de me montrer plus dure ou moins aimable avec Émilie au prétexte que mes rapports avec son père sont… *compliqués.*

Adriel hocha la tête, comme pour approuver mes propos – ou montrer qu'il se contrebalançait de ce que je pouvais dire, au choix…

— Bien entendu, concéda-t-il. Je tiens néanmoins à payer ce que je vous dois. Il n'y a pas à discuter.

La seconde option, donc…

Alors c'était ainsi que Monsieur Pelle à Tarte mettait un terme à un débat ? Il estimait le sujet clos et point barre, il n'y avait plus rien à ajouter ?

Typique des hommes se rengorgeant de posséder ne serait-ce qu'une once de pouvoir. Probablement était-il patron et se plaisait-il à exercer sa – toute relative – ascendance sur ses employés…

J'aurais dû me douter qu'il était de cette espèce.

Son comportement me parut nettement plus clair, tout à coup. Adriel était dans la vie comme au travail : il donnait des ordres et ne concevait pas que quiconque ose y contrevenir.

Ou bien je me faisais encore un film et me perdais en conjectures absurdes…

— Et moi, je tiens à régler cette fichue dette que j'ai à présent envers vous, arguai-je, les mains sur les hanches. J'ai dit que les leçons seraient à ma charge à titre de dédommagement, et elles le seront.

Adriel se contenta de m'ignorer, tout bonnement. Puis il piocha dans le paquet de dépliants exposés sur le bureau et en ouvrit un exemplaire à la page de la grille tarifaire de l'école. Après quoi, il s'appuya sur l'un des rares endroits dégagés du sous-main et se mit à remplir un chèque, sans même avoir effectué le moindre calcul.

Soit il n'était pas aussi à cheval sur la précision du montant qu'il le prétendait, soit il avait omis de compter les cours particuliers évoqués un peu plus tôt en présence de sa fille...

— J'ai tablé sur la base de deux leçons privées par semaine en plus de celles du samedi, et ce jusqu'à la fin de la période scolaire, expliqua-t-il, comme s'il avait pu faire ce compte aussi rapidement. Cela vous convient-il ?

Je pinçai les lèvres, songeant subitement que mon excès de fierté était peut-être légèrement déplacé compte tenu de mon actuel besoin d'argent.

La peinture de la première salle de danse ainsi que celle des vestiaires s'écaillait déjà depuis un moment, et les travaux de réfection nécessaires à l'entretien du manoir frôlaient désormais la demi-douzaine...

Irritée, je pris le chèque que ce sale type me tendait et m'empressai de le ranger dans un tiroir du bureau – mieux valait éviter de laisser traîner ça, j'aurais tôt fait de le perdre avec le capharnaüm qui régnait ici.

— Et comment suis-je censée m'amender, maintenant ? l'interrogeai-je, plus pour la forme qu'autre chose.

Je voulais l'entendre reconnaître à haute et intelligible voix que l'erreur était humaine, que ces petits tours idiots que je lui avais joués par méprise n'étaient en définitive pas bien méchants – et encore moins d'une quelconque gravité. Bref, qu'il dise ce que toute personne normalement constituée aurait dit dans une telle situation, à défaut d'en rire.

Au lieu de cela, il m'examina impassiblement durant quelques secondes, les mains dans les poches de son long manteau noir. À la suite de quoi, il déclara :

— J'ai fini par comprendre ce qui s'était passé sur les fenêtres de mon appartement. Il y a quelques jours, j'ai trouvé des graines pour oiseaux, restées coincées dans l'une des jointures du rebord. Je n'ai pas encore eu le temps de nettoyer les ravages provoqués par les pigeons. J'estime que vous pourriez commencer par vous en occuper. Après tout, ce serait la moindre des choses, puisque vous êtes l'unique responsable de ces dégâts.

Sur le moment, j'eus l'impression que ma mâchoire allait se décrocher.

— Vous... vous me demandez de *faire le ménage* chez vous ?

— À mon sens, il s'agit surtout de réparer les dommages causés, mais voyez cela comme vous voulez, repartit-il avant d'adopter un ton plus tranchant – à la limite de l'exaspération : Et sachez qu'il n'est pas question d'une requête. Vous n'êtes pas exactement en position de vous sentir libre d'accepter ou de refuser. J'imagine que vous en avez conscience, n'est-ce pas ?

Alors celle-ci, je ne m'y étais pas attendue !

— Sérieusement, vous croyez vraiment que je vais jouer les boniches pour vous ? Non mais vous déraillez complètement, ma parole !

OK, Monsieur Pelle à Tarte aimait donner des ordres *et* les ménagères soumises. C'était d'une originalité !

— Je vous attendrai à l'appartement demain matin à dix heures. Ce qui ne décalera que peu l'horaire de vos trajets hebdomadaires habituels, finalement...

Était-il réellement premier degré ou tentait-il de me rabaisser encore davantage ? Ou bien avait-il une espèce de délire tordu avec les bonnes à tout faire ?

— Dois-je me procurer un costume de soubrette auparavant ? m'esclaffai-je, aussi moqueuse qu'incrédule.

Il ferma les yeux et poussa un soupir irrité.

— Décidément, vous avez des idées d'une extrême étrangeté, mademoiselle Debussier. Je vous en prie, ne me faites pas déjà regretter d'avoir accepté de vous confier mon enfant.

Ma pique tombait à plat, me faisant passer pour une espèce de perverse aux idées mal placées. Je venais de me ridiculiser auprès de ce type pour la énième fois... J'aurais pourtant dû me douter que Monsieur Pelle à Tarte était bien trop coincé pour avoir ce genre de penchant.

Là-dessus, il se tourna et se dirigea vers la porte sans rien ajouter, oubliant jusqu'à la politesse la plus élémentaire.

— Vous pourrez toujours m'attendre, je ne viendrai pas ! m'écriai-je, m'adressant à son dos.

Il haussa les épaules avec une indifférence suintant la condescendance et quitta le bureau, me laissant rouge de colère et d'indignation.

Non, mais pour qui se prenait ce type ? Pensait-il véritablement que j'allais laver ses bordures de fenêtres, comme une vulgaire employée à son service se voyant assigner la corvée qu'il avait choisie pour elle ?

D'un autre côté, il n'avait pas entièrement tort... C'était un fait, j'étais la seule à blâmer pour les saletés laissées par les pigeons chez lui.

Mais tout de même, de là à exiger que je revienne à son appartement retirer moi-même les chiures d'oiseaux s'amoncelant depuis plusieurs semaines, comme si c'était une chose que je lui devais... Comme s'il s'agissait d'une obligation que j'avais envers lui... Une sorte de dette, de réparation dont il fallait que je m'affranchisse...

Et puis merde !

Il avait raison : je n'étais pas en position de refuser...

19

Adriel

Seul dans la voiture avec Émilie, je m'échinai à trouver un moyen d'entamer la conversation.

J'aurais aimé pouvoir me comporter comme n'importe quel parent et être capable d'avoir un échange agréable avec ma fille après son premier cours de danse. Mais j'étais en réalité infoutu de lancer une simple discussion avec elle...

Comment cette femme, ou plutôt Romy – j'avais parfaitement intégré son prénom, il fallait que j'arrête de feindre que ce n'était pas le cas –, faisait-elle pour avoir un si bon contact avec les enfants ? Cela paraissait tellement facile, tellement naturel pour elle...

Une heure seulement en compagnie de sa nouvelle professeure de danse et Émilie avait paru transformée. Elle était sortie de la salle en souriant, avait exprimé clairement son goût pour la discipline enseignée dans cette humble école de Saint-Cloud et affirmé son souhait de prendre davantage de leçons que prévu. J'avais même cru voir, l'espace d'un court instant, de véritables étincelles de joie pétiller au fond de ses grands yeux.

Et moi, j'étais comme figé dans le silence oppressant qui régnait dans l'habitacle. Je ne parvenais même pas à adresser une banale question à ma propre fille...

Mais quel genre de père étais-je donc ?

Tout était bloqué en moi depuis le décès de Florence. Quelque chose s'était enrayé et, malgré ma lutte acharnée, demeurait à l'arrêt, impossible à redémarrer. J'avais la sensation que plus jamais je ne pourrais être normal, que j'avais été corrompu par la douleur et la cruauté de cette épreuve jusqu'à altérer et flétrir mes relations avec ma propre enfant.

Mon cœur se serra lorsque je jetai un coup d'œil dans le rétroviseur central et l'aperçus, le visage tourné vers la vitre. Son regard à l'éclat bien trop terne pour une fillette de son âge se perdait dans la contemplation des immeubles défilant sur le côté.

— Émilie...

Ma voix résonna étrangement, rauque et éraillée.

— Oui, papa ?

Elle se détourna enfin pour m'observer à travers le miroir.

— Est-ce que...

Je m'arrêtai, les mots mourant les uns après les autres dans ma gorge. Puis je déglutis et me forçai à réessayer :

— La professeure ne t'a pas paru bizarre ? S'est-elle au moins montrée gentille avec toi ?

Je me mordis la langue, regrettant aussitôt. Je ne voulais pas que ma fille pense que j'insinuais par là qu'il y avait la moindre raison pour qu'un enseignant soit désagréable envers elle en particulier.

Les adorables fossettes d'Émilie creusèrent soudain ses joues, me rassurant immédiatement.

— Bien sûr ! Elle est vraiment géniale. Et super sympa ! Ce serait chouette si les maîtresses de l'école étaient un peu plus comme elle...

Je poussai un léger soupir, soulagé.

J'ignorais ce qui m'avait pris de proposer ces cours de danse à ma fille. Sans doute l'idée de l'inscrire à une quelconque activité avait-elle fait son chemin dans ma tête entre le moment où Romy avait offert ses services et celui où j'avais fini par le proposer à l'intéressée. Cela m'avait paru judicieux sur l'instant – même s'il aurait été clairement plus sain d'amener Émilie dans un autre établissement. Une académie plus prestigieuse, plus près de chez nous et où la professeure n'aurait pas été une femme instable, ivre de vengeance et prête à tout pour mettre ses plans fantasques à exécution.

Force était cependant de constater que même une telle personne était plus douée que moi pour donner le sourire à Émilie...

— Quelque chose ne va pas avec ta maîtresse actuelle ? m'inquiétai-je subitement.

Émilie haussa les épaules et regarda ses doigts.

— Non, c'est juste que je m'ennuie en classe. Pendant les récréations aussi, d'ailleurs.

— Ah... soufflai-je, pris au dépourvu par ces confidences – jamais d'ordinaire elle ne me parlait de ce qui se passait à l'école. Mais aujourd'hui, tu ne t'es pas ennuyée, n'est-ce pas ? Il semble même que tu te sois fait une amie, je me trompe ?

La nièce de Romy, si j'avais bien compris, qui avait accepté de démarrer les leçons en même temps qu'Émilie. La jeune femme avait usé de ce stratagème afin de mettre ma fille plus à l'aise et – bien que j'aie encore quelques difficultés à le croire – cela avait fonctionné.

— Zoé a un an de moins que moi, mais je m'amuse beaucoup avec elle, reconnut Émilie. J'ai vraiment hâte de retourner à la danse. Je ne me suis pas ennuyée une seconde. Cette première séance est passée si vite ! J'espère que la prochaine sera aussi bien.

Qui aurait pu imaginer que confier mon enfant à la femme qui s'était introduite chez moi et avait trafiqué mon dentifrice et mon shampooing – entre autres faits d'armes – se serait avéré aussi pertinent et constructif ?

Je ne savais peut-être toujours pas comment j'en étais arrivé à faire une chose aussi insensée et saugrenue mais, pour une fois, mon instinct ne m'avait pas trompé.

Je doutais en revanche que ce qui m'avait poussé à enjoindre à Romy de venir récurer mes bordures de fenêtres sales soit du même ordre…

Était-ce réellement parce que j'estimais cela juste ou était-ce plutôt une façon détournée – et d'une tragique maladresse – d'essayer de la revoir ?

Enfin, peu importait. Elle avait refusé, non sans une certaine véhémence, du reste.

Je serrai les dents, exaspéré au souvenir de cet échange stupide que nous avions eu dans le dépotoir qu'elle appelait son bureau. À la réflexion, il m'apparaissait désormais évident qu'il ne s'agissait pas de chercher à provoquer de nouvelles rencontres entre nous. Romy était beaucoup trop arrogante et irrévérencieuse pour éveiller chez moi un quelconque début d'intérêt.

Personne ne l'avait pu, jusqu'à présent. Ce n'était donc certainement pas une femme au sens moral plus que discutable, probablement encore obsédée par son ex et à l'humeur versatile, capable de passer du rire aux larmes en un éclair, qui y serait parvenue.

Par ailleurs, j'avais encore bien du mal à digérer la manière dont elle s'était comportée durant la dispute inepte que nous avions eue. N'avait-elle donc aucun remords ? Aucune conscience des conséquences de ses actes ? J'étais pourtant parfaitement en droit d'exiger qu'elle s'amende compte tenu des préjudices subis. Pour quelle raison avait-elle été autant scandalisée à la simple idée de réparer des dégâts causés par elle seule – et à tort, qui plus est ?

Non, vraiment, je n'avais pas la moindre envie de revoir cette foldingue !

Sauf que si je l'avais réellement crue déséquilibrée, jamais je ne lui aurais laissé Émilie le temps d'une quelconque leçon. Sauf que je me mentais à moi-même. C'était un fait, j'avais déjà sciemment provoqué cette seconde rencontre…

Parce que je l'avais vue pleurer – et plus encore depuis que je l'avais vue danser –, j'avais l'impression de connaître une partie de ses secrets les plus profondément enfouis. Comme si quelque chose – d'infime et tout à fait intangible – nous liait dorénavant.

Cette chorégraphie qu'elle était en train d'exécuter devant ses élèves au moment de mon arrivée m'avait vraiment troublé. J'avais eu l'impression que les paroles de la chanson parlaient de moi. Que les tourments contenus dans les gestes si gracieux et bouleversants de sincérité de Romy étaient en tous points identiques aux miens. Comme une sorte d'écho à mes propres maux, résonnant entre nous...

Ce n'était bien entendu qu'une vue de mon esprit, je le savais pertinemment. Rien de plus qu'un genre de fantasme, probablement dû à l'obscure et vertigineuse solitude que je ressentais en permanence.

Toujours. À chaque instant du jour et de la nuit...

À force, cela m'était monté à la tête. Comment s'en étonner après quatre années sans jamais avoir la moindre relation autre que professionnelle ou familiale ?

Je devais me reprendre, et d'urgence, sans quoi cela risquait de se transformer en une espèce de fixette malsaine dont je ne saurais que faire. J'avais déjà suffisamment de problèmes comme cela, inutile de m'en rajouter davantage avec de pareilles inepties.

En réalité, Romy me détestait. Elle me l'avait d'ailleurs fait clairement comprendre à plusieurs reprises. De plus, je n'avais pas arrangé les choses en exigeant le nettoyage des salissures laissées par les pigeons chez moi...

Pourtant, il me paraissait nettement plus légitime – raisonnable même, voire honnête – d'attendre un peu de ménage de sa part plutôt que de lui soutirer des heures et des heures de cours gratuits.

Le bâtiment où elle avait installé son école paraissait aussi ancien que coûteux d'entretien, à l'instar de l'immense demeure qui le jouxtait. Il semblait évident, étant donné la taille et l'état du domaine, que le moindre centime dûment gagné avait son importance dans le budget de la propriétaire des lieux.

Je m'arrêtai au feu près de l'immeuble où ma mère vivait avec Émilie, fâché d'avoir passé la majeure partie du trajet à songer à cette professeure de danse tellement douée, moitié folle et moitié experte avec les enfants malheureux. Je venais de perdre une occasion d'avoir une véritable conversation avec Émilie. J'y étais presque pourtant...

Je me frottai le front, exaspéré.

Ressaisis-toi tout de suite ! Chasse cette femme de tes pensées une bonne fois pour toutes et concentre-toi sur ta fille.

Émilie avait besoin de son père. Je devais faire plus d'efforts pour aller vers elle. Il fallait que j'essaie...

Que j'essaie *vraiment*.

Les cours de danse auxquels je la conduirais à raison de trois fois par semaine seraient un excellent moyen de renforcer ces liens si fragiles entre nous. Grâce à ces insolites péripéties avec Romy, j'avais trouvé quelque chose qui plaisait à Émilie. Et ce n'était pas rien, tant s'en fallait.

Peut-être était-ce le signe d'un nouveau départ, pour elle comme pour notre relation ?

20

Adriel

Après un petit déjeuner plutôt copieux – ainsi que ma mère avait l'habitude de les préparer chaque dimanche matin –, je lui faussai compagnie, ainsi qu'à Émilie, pour me rendre à mon nouvel appartement. J'avais dû inventer une excuse à base de documents oubliés, absolument nécessaires à ma tâche du jour, pour pouvoir y faire un saut sans avoir à expliquer les véritables raisons de cette escapade.

Un trajet parfaitement inutile dans la mesure où Romy avait affirmé – haut et fort – qu'elle ne se présenterait pas au rendez-vous. Malgré tout, dans le doute, je préférai être sur place. Juste au cas où...

En fait, j'espérais qu'elle viendrait en dépit de son refus. C'était absurde, mais je n'avais cessé, depuis la veille, de penser à cette femme...

Le mystère qu'elle représentait attisait en moi une espèce de curiosité étrange, aussi déroutante que malvenue. Je ne cessais de me demander comment une personne comme elle, tellement sûre d'elle et dotée d'une telle force de caractère, avait pu s'abaisser au point de vouloir harceler ce fameux Julien – son ex-petit ami, j'en étais désormais quasiment certain.

Elle était un véritable paradoxe à mes yeux, bourrée de contradictions... Elle semblait intelligente, indépendante et forte et n'avait clairement pas la langue dans sa poche. Et cependant, elle était capable de fondre en larmes devant un parfait inconnu – qu'elle s'était d'abord appliquée à faire tourner en bourrique.

Elle avait également cette chose en elle que je lui jalousais. Ce pouvoir incroyable qui lui permettait, en quelques mots, de rendre le sourire à une enfant triste...

Je tournai en rond, seul dans l'appartement, ne cessant de guetter les chiffres défilant sur l'écran de mon téléphone.

Dix heures cinquante-trois. À l'évidence, elle ne viendrait pas.

Je m'y attendais, et pourtant, je ressentais comme une vague sensation de déception. Un goût amer se diffusait peu à peu sur ma langue, familier et en même temps chargé d'une saveur inédite, légère, mais de plus en plus présente.

À onze heures et quart, je m'apprêtais à repartir lorsque tout à coup la sonnerie de l'interphone retentit, tranchant le silence morne qui régnait chez moi. Et mon cœur se mit à battre plus fort...

Comme ça. Sans raison.

Je décrochai le combiné avec un empressement frôlant le ridicule, craignant qu'il ne s'agisse d'un quelconque démarcheur ou d'un voisin ayant égaré ses clés.

— Oui, j'ai changé d'avis, et oui, il me reste encore certains principes, lança la voix voluptueuse de Romy à travers l'appareil. Et en plus, cette fois, je sonne. Vous êtes content ?

Assez, étonnamment…

— Je vous ouvre, me contentai-je de répondre.

J'étais incapable, au ton sarcastique qu'elle avait employé, de savoir si elle était mieux disposée à mon égard que la veille ou si, malgré son revirement, elle demeurait campée sur ses positions.

Quelques secondes plus tard, elle frappait à la porte.

Je compris qu'elle n'était pas forcément de très bonne humeur lorsque j'ouvris le battant et que ses yeux sombres, aux iris oscillant entre le vert et le marron, ourlés de longs cils noirs, me fusillèrent.

Les bras chargés d'un panier en plastique rempli d'articles de ménage, elle me menaça :

— Je suis peut-être venue dans l'intention de réparer mes conneries, mais je vous préviens : si j'entends la moindre remarque de votre part sur l'horaire ou quoi que ce soit d'autre, je me tire.

Après quoi, elle entra d'un pas pressé, sans attendre que je l'y aie invitée.

Il s'agissait donc de la deuxième solution : rien ne s'était arrangé entre nous depuis la veille…

— Loin de moi cette idée, mentis-je, le retard étant à mon sens un signe évident d'irrespect…

Je décidai de passer outre. Après tout, Romy n'était ni mon employée ni même l'une de mes amies – je n'en avais plus, de toute façon. Je n'avais rien à attendre d'elle, si ce n'était qu'elle se charge d'effacer les derniers vestiges des dégâts qu'elle avait provoqués.

Je ne savais pas ce qui s'était passé dans sa tête depuis notre dispute dans son bureau, ce qui l'avait poussée à finalement se présenter au rendez-vous que je lui avais, d'une certaine manière, imposé, mais elle semblait encore passablement sur les nerfs, comme si elle n'avait toujours pas digéré ma demande.

L'atmosphère était électrique, et je sentais qu'un rien suffirait à tout faire basculer, nous précipitant dans un nouvel accrochage. Et malgré cela, je ne pus m'empêcher de la détailler...

La femme fatale surprise la semaine passée à piéger mon appartement avait disparu, laissant place à une autre, très différente, qui préférait ne s'embarrasser d'aucun artifice.

Romy portait un bas de jogging gris usé jusqu'à la trame, beaucoup trop large pour elle, ainsi qu'un sweat à capuche bordeaux, très ample, lui aussi, et troué par endroits. Une tenue tout sauf flatteuse, loin de rendre justice aux courbes pleines de son corps, à la fois musclé et plantureux. Des formes d'une étonnante harmonie, que je n'avais pu qu'entrapercevoir la veille, durant sa démonstration de danse, mais qui m'avaient néanmoins marqué...

Elle retira sa parka et la déposa sur le canapé comme si elle était chez elle, se contrefichant du portemanteau que je lui avais indiqué lors de son passage éclair par le vestibule. Puis elle se tourna vers moi, la mine sombre.

— Par où suis-je censée commencer ?

Ses longs cheveux étaient lâchement attachés sur sa nuque, des mèches brunes ondulées tombant en désordre autour de son visage. Comme la veille, elle ne portait aucun maquillage ni le moindre bijou. Rien qui puisse attirer l'œil ou la mettre en valeur. Pas cette fois.

Et pourtant, de toutes nos entrevues, jamais je ne l'avais trouvée plus belle qu'en cette terne matinée de décembre, vêtue de ces vieux habits élimés et informes, proches de la guenille...

Le froid de l'extérieur – ou la colère peut-être – avait coloré ses joues d'un rose subtil, offrant un contraste captivant avec son teint de pêche. Sa chevelure châtain foncé luisait sous la lumière de l'éclairage électrique, de larges boucles cascadant souplement dans son cou. Il émanait de cette femme une aura de grâce, de charme et de sensualité naturelle, dont aucun jogging moche ne saurait venir à bout.

Je me forçai à prendre une longue et profonde inspiration. Je devais absolument m'éclaircir les idées, et vite !

— Allô ? m'interpella-t-elle avec un agacement tout sauf contenu.

— Hmm, les fenêtres du salon, je vous prie. Celles de la cuisine et de la salle de bains ont également été dégradées. Vous devriez le savoir, étant donné qu'il s'agit de votre œuvre.

Elle me tourna le dos pour se diriger vers le fond du séjour en secouant la tête, un claquement de langue pour toute réponse.

Elle ouvrit les battants, inspecta le rebord recouvert d'un répugnant tapis blanchâtre de déjections de volatiles.

— Comment avez-vous pu ne pas vous en rendre compte avant ? s'étonna-t-elle d'un ton de reproche.

— Nous sommes en plein hiver, je n'aère qu'assez peu, me défendis-je sèchement, irrité par ces accusations suggérant une quelconque négligence de ma part – c'était le monde à l'envers ! En outre, je rentre tard en semaine. Je ne viens ici que pour y dormir. Les pigeons, eux, doivent y passer leur journée. Par conséquent, eux et moi ne nous sommes guère fréquentés jusqu'à maintenant.

— Si vous le dites...

Je croisai les bras et serrai les mâchoires, préférant interrompre un débat à l'évidence stérile.

Romy fouilla dans son panier et sélectionna une spatule à papier peint. Après quoi, sans autres préparatifs, elle se pencha au-dessus du rebord et se mit à gratter les saletés, une moue dégoûtée tordant ses lèvres.

J'aurais probablement dû lui proposer un café, mais son attitude m'exaspérait. Franchement, si c'était pour s'y prendre avec aussi peu d'application et faire preuve d'autant de mauvaise foi, n'aurait-elle pas mieux fait de rester chez elle ? Au moins nous aurait-elle à tous deux épargné un pénible moment de tension et d'embarras...

Comment avais-je pu, ne serait-ce qu'un instant, souhaiter sa venue ?

En tout cas, à présent, je regrettais d'avoir eu la stupide idée de demander à cette femme inconséquente – au comportement trop souvent proche de la grossièreté – de revenir chez moi.

Planté comme un abruti au milieu de mon propre salon, je l'observai tandis qu'elle s'échinait, frottant à grands gestes excédés le crépi sale.

— Bordel… siffla-t-elle entre ses dents au bout de dix bonnes minutes.

Elle se redressa et s'essuya le front du dos de son poignet, déjà épuisée.

Alors, je ne pus me retenir davantage et fis une remarque :

— Un chiffon imbibé d'alcool ménager, de savon de Marseille ou bien juste d'eau chaude me paraît nécessaire, avant toute tentative…

Romy laissa échapper un brusque soupir et haussa les sourcils.

— Je rêve ou, non content de m'avoir fait traverser Paris un dimanche matin sur un caprice et de m'obliger à faire votre satané ménage, vous avez en plus le culot de critiquer ma façon de nettoyer votre fenêtre à la con ?

Face à un tel excès d'agressivité gratuite, je démarrai au quart de tour et repartis :

— Je rêve ou, non contente de m'avoir, sur un absurde malentendu, gâché la vie durant des semaines avec vos canulars immatures, sans même parvenir à formuler de véritables excuses, vous n'êtes pas fichue d'effectuer une tâche aussi basique que de lessiver un rebord de pierre ?

Elle ouvrit la bouche pour répliquer, une expression furieuse se peignant sur son visage, puis la referma subitement. Au lieu de cela, elle jeta d'un geste rageur la spatule dans le panier de plastique. Elle récupéra ensuite sa parka, la fenêtre restée grande ouverte derrière elle.

— Il était effectivement idiot d'attendre de vous la moindre marque de remords, poursuivis-je, luttant pour conserver un semblant de calme. Restons-en là, je me chargerai moi-même d'effacer les traces de ces immondices que vous m'avez si gentiment laissés. Oubliez cela et rentrez chez vous, mademoiselle Debussier, ça vaudra mieux pour tout le monde.

Elle remonta la fermeture Éclair de son vêtement d'un mouvement sec et lâcha, visiblement hors d'elle :

— Pas étonnant que votre femme se soit barrée. Je ne connais aucune personne saine d'esprit capable de s'infliger le supplice de vivre au côté d'un type pareil !

Mon sang ne fit qu'un tour dans mes veines et mon pouls se mit à battre violemment contre mes tempes. Jamais quiconque ne m'avait autant insulté ! Jamais quiconque n'avait eu l'irrévérence de me jeter de telles horreurs à la figure...

Soudain, les mots se bousculèrent dans ma gorge et s'échappèrent de mes lèvres, hors de mon contrôle :

— Mon épouse ne s'est pas *barrée*, comme vous dites, elle s'est suicidée ! Et si, à vous entendre, j'ai mérité qu'on me quitte de manière aussi violente et cruelle, je doute en revanche que ce soit également le cas d'Émilie !

21

Romy

S'agissait-il d'une mauvaise – mais alors une très, *très* mauvaise – blague ?

La bouche ouverte, prête à riposter et à envoyer paître mon adversaire, ma voix mourut soudain dans ma gorge.

Personne ne serait assez dingue pour plaisanter avec un tel sujet. Adriel disait la vérité. Non seulement il était veuf – et non divorcé comme je l'avais imaginé –, mais en outre...

En outre, sa femme était partie dans les circonstances les plus tragiques qui soient, infligeant une épreuve sans commune mesure à ses proches.

Il était évident que la petite Émilie ne méritait pas d'avoir à traverser une pareille épreuve. Et malgré toute l'inimitié que je lui portais, Adriel non plus.

J'ignorais comment nous avions pu en arriver là. Comment, d'une bête dispute, il avait pu en venir à d'aussi lourds aveux. Mais c'était ainsi. Désormais, je savais...

L'espace d'un instant, toute la colère accumulée depuis la veille – voire bien avant cela – me déserta, aspirée hors de moi par des forces qui me dépassaient.

Je me sentis blêmir et ne pus m'empêcher de ciller, plus confuse que jamais.

Le regard d'hiver d'Adriel me transperça en retour, l'écho de sa terrible confession flottant encore dans l'atmosphère tandis que je restais pétrifiée.

Et, tout à coup, je compris que le givre contenu dans ses prunelles n'était pas une arme visant à semer la peur autour de lui et à intimider quiconque osait soutenir un éventuel contact, mais les remparts d'une imprenable forteresse. Un bastion derrière lequel se cachait un abysse de douleur.

L'illusion était parfaite. Qui aurait voulu s'approcher d'une telle muraille, hérissée de piques et recouverte de glace ?

Cependant, quelques paroles échappées avaient suffi à faire tout s'écrouler. Plus rien ne restait de ces impressionnantes fortifications ni de la menace constante qu'elles représentaient. Plus aucune barrière ne se trouvait dressée entre sa souffrance et moi...

Je m'étais trompée sur toute la ligne. Adriel n'était pas l'homme aigri, impitoyable et caractériel que j'avais cru. Non, il était à terre. Cela me sautait aux yeux, maintenant.

J'avais provoqué et bousculé un individu aux abois, malmené par la vie et rendu atrocement vulnérable. Tout ça pour une stupide histoire de chiures de pigeons – dont j'étais, même si j'avais tendance à l'oublier, l'unique responsable...

Mais qu'est-ce qui n'allait pas chez moi ?

Un silence tendu et pesant s'installa entre nous tandis que je tâchais de digérer ces nouvelles révélations, une forme différente, inédite, de mortification m'envahissant peu à peu.

Adriel se détourna finalement, conscient que notre échange muet le trahissait plus encore que ses mots. Il baissa la tête et se passa la main sur le front, poussant un grognement sans équivoque, chargé de regrets.

J'étais allée trop loin. Je n'avais cessé de l'aiguillonner, nous pensant à armes égales, et voilà ce qu'à présent je récoltais...

C'était tout moi : je fonçais tête baissée sans tenir compte des conséquences. Toujours prête à me battre pour m'affirmer, quitte à lutter contre des chimères...

D'un geste discret, je me hâtai d'essuyer une larme au creux de ma paupière, surprise de ma propre réaction. D'habitude je n'étais pourtant pas du genre hypersensible. Mais il fallait croire que la proximité de cet homme avait le don d'exacerber mes émotions, la colère comme la peine...

— Je... Hmm, je suis désolée, lâchai-je au bout d'un moment, me sentant de plus en plus mal. Je ne me doutais pas que votre fe...

— C'est moi, me coupa-t-il, la voix rauque. Jamais je n'aurais dû dire une chose pareille.

Il fit quelques pas, les épaules basses, et se laissa tomber dans un fauteuil. Puis il planta ses coudes sur ses genoux et enfouit son visage entre ses mains, incapable de soutenir mon regard.

— Je ne sais pas ce qui m'a pris, ajouta-t-il dans un reniflement sec. D'ordinaire, je ne le crie pas vraiment sur les toits.

Un reproche, mais pour lui-même, cette fois...

Je devinai qu'il s'agissait par ailleurs d'un euphémisme. Qu'en vérité très peu de gens autour de lui devaient être dans la confidence.

— Je vous en prie, poursuivit-il d'un ton étrange, plus éraillé encore. N'en parlez pas à ma fille. Elle ne sait pas comment sa mère… Émilie n'a aucune idée de la façon dont cela s'est produit.

— Oui, évidemment, m'empressai-je d'accepter, me demandant bien dans quelles circonstances j'aurais pu divulguer de pareilles informations à une enfant de seulement huit ans.

Adriel enfonça les doigts dans ses cheveux bruns, les jointures blanchies de crispation, et mon malaise s'accrut.

J'avais voulu le pousser à bout, certes, mais jamais je n'avais souhaité cela…

— S'il vous plaît, rentrez chez vous, mademoiselle Debussier. Vous avez raison, c'était idiot de ma part de vous faire venir uniquement pour du ménage. Vous n'avez plus rien à faire ici, nous sommes quittes dorénavant.

J'hésitai quelques secondes. Mais tout à coup, je n'eus plus envie de fuir. Ni cet appartement, ni cet homme. Ni même mes responsabilités…

Je ravalai ma salive et articulai prudemment :

— Dès que j'aurai terminé, je m'en irai. En attendant, je regrette, mais ce n'est pas vrai. Nous ne sommes pas quittes du tout.

L'idée de devoir jouer les boniches m'agaçait toujours autant, en réalité cela n'avait pas changé. Mais partir maintenant, après ce qui venait de se passer, était devenu impossible. Adriel n'était peut-être personne pour moi – juste un type énervant, snob...

Et atrocement malheureux, désormais c'était une certitude. Néanmoins, je ne pouvais pas le laisser ainsi, seul au milieu de ce salon à demi vide, prostré sur l'unique fauteuil de la pièce...

Avoir dû – presque malgré lui – révéler un si lourd passif, en dépit de l'image pourtant froide et rigide qu'il s'efforçait de donner, semblait l'accabler.

— Est-ce que vous... est-ce que tu souhaites en parler ? hasardai-je maladroitement, ne sachant quelle attitude adopter.

Adriel secoua la tête et inspira bruyamment.

— Non. Non, surtout pas.

— Très bien.

Il ne me restait donc qu'une chose à faire... Je remontai mes manches et décidai de me remettre au travail.

La température du séjour avait drastiquement baissé à force de laisser grand ouvert les battants de la fenêtre, aussi choisis-je de garder ma parka. Je récupérai l'outil que, de rage, j'avais balancé quelques minutes plus tôt. Puis je farfouillai dans le panier rapporté de chez moi afin d'y dénicher un produit susceptible de m'aider à venir à bout de ces maudites chiures d'oiseaux.

Il y avait en tout cas au moins un point sur lequel je ne m'étais pas trompée : nettoyer ces saletés était une tâche particulièrement ardue. Un tour parfait à jouer à un ex infidèle – si seulement je ne m'étais pas autant plantée...

J'optai pour une bouteille d'eau de Javel – à défaut de trouver de l'alcool ménager ou du savon de Marseille, comme l'avait préconisé Adriel – et en versai quelques gouttes sur le crépi de la bordure. Après quoi, je me rendis à la fenêtre suivante, l'ouvris et répétai l'opération.

Et ainsi de suite jusqu'à avoir aspergé toutes les surfaces sur lesquelles, plusieurs semaines plus tôt, j'avais éparpillé des graines afin d'attirer tous les oiseaux passant par là. Une grande idée, vraiment ! Moi qui m'étais trouvée tellement maligne et brillante sur le moment, je m'en mordais les doigts aujourd'hui...

Les bruits de la rue avaient empli l'appartement comme aucun de nous ne paraissait plus décidé à ouvrir la bouche. Seuls le ronronnement des voitures, la rumeur de conversations lointaines et le raclement de la spatule sur la pierre atténuaient les effets de l'étrange silence flottant entre Adriel et moi.

Je réfléchissais à une manière de le rompre une bonne fois pour toutes lorsque j'entendis Adriel se lever. Intriguée, je le regardai aller jusqu'à l'évier, où il remplit une bassine d'eau, puis revenir vers moi. Sans un mot, il fouilla à son tour dans le bac de mes produits d'entretien et y sélectionna une éponge sans âge, d'une couleur douteuse.

Plus que tout, je détestais les tâches domestiques. Mon matériel était donc en conséquence peu fourni et usé, rarement renouvelé.

Étonnamment, Adriel n'émit aucune remarque. À croire que le fait d'avoir ainsi perdu le contrôle sous la colère et involontairement dévoilé un pan de sa vie privée avait dû lui faire passer l'envie de se lancer dans de nouvelles joutes verbales...

Ou bien n'était-il juste plus d'humeur. Si je m'en référais à l'expression de son visage, distante et désabusée – voire passablement abattue –, il devait plutôt s'agir de cela.

Il se plaça à mon côté et, toujours en gardant le silence, commença à récurer le rebord de la fenêtre avec moi.

— Ça y est, je suis percée à jour : je ne vaux pas un clou comme ménagère, plaisantai-je, tentant de détendre l'atmosphère.

Adriel se racla la gorge et, d'un ton plus léger – assez surprenant étant donné notre précédent échange –, répondit :

— On ne peut pas exceller dans tous les domaines.

— Apparemment, je ne possède aucun talent non plus dans l'art de la vengeance...

Je grimaçai, espérant ne pas créer de nouveau malaise entre nous. Peut-être était-il encore un peu tôt pour rire des circonstances de notre rencontre...

— Je ne dirai pas cela, contesta-t-il en rinçant l'éponge dans la bassine. Je pense au contraire qu'il conviendrait de saluer votre créativité. Vous avez de la ressource, et je parle d'expérience. Dommage d'avoir simplement raté votre cible...

— Oui, dommage, convins-je, non sans une certaine ironie. Il me faudra trouver un autre moyen de déverser ma rancœur.

Ou de la ravaler, mais de manière définitive, cette fois.

Mes problèmes me parurent soudain d'une dérisoire banalité au regard de ceux d'Adriel. À présent, je comprenais que le harcèlement dont il avait fait les frais ait pu être la goutte de trop. Comment aurait-il pu en être autrement dans un quotidien déjà tellement pénible, après une épreuve aussi rude ?

— J'ai jeté un coup d'œil aux papiers de la vente de l'appartement, déclara Adriel d'un air indifférent. Il s'avère que le précédent propriétaire se prénomme bel et bien Julien. Je pourrai vous transmettre sa nouvelle adresse si vous le désirez.

Décontenancée, je m'interrompis pour observer mon interlocuteur, m'interrogeant quant au sérieux de sa proposition. Est-ce que j'hallucinais ou était-il véritablement prêt à m'aider pour que cette fois mes représailles atteignent la bonne personne ?

J'étais vraiment tentée d'accepter, ne serait-ce que par curiosité...

Après tout, j'ignorais ce qu'était devenu mon ancien fiancé après notre rupture. Des centaines de questions tournaient en boucle dans ma tête depuis que je m'étais autorisée à penser à lui de nouveau.

Julien avait-il emménagé chez sa maîtresse dès le lendemain de son départ du manoir ? S'était-il engagé envers elle comme il s'était engagé envers moi ? Se pouvait-il même qu'elle et lui soient déjà mariés ou sur le point de l'être ?

22

Romy

Non, non et non ! Je ne suis pas ce genre de personne.

Se séparer du jour au lendemain de quelqu'un avec qui on avait vécu, avec qui on avait tracé un avenir commun pour voir subitement tout s'écrouler en un claquement de doigts était peut-être difficile, mais ce n'était pas une raison. Julien ne me devait rien. Il fallait que je me rentre cela dans le crâne et que je l'accepte une bonne fois pour toutes.

Ce qu'il faisait de sa vie ne me regardait plus, désormais. Et obtenir des réponses à toutes ces interrogations ne m'aiderait clairement pas à tourner la page. Au contraire, cela n'aurait pour résultat que de remuer une lame au fil encore bien aiguisé dans une plaie mal cicatrisée, aux pourtours infectés.

Julien avait occupé une place centrale dans le dernier chapitre de mon existence. D'une manière ou d'une autre, il fallait que j'arrive à passer au suivant.

Nier la blessure et sa douleur s'était avéré d'une rare inefficacité. Je devais donc maintenant regarder les choses en face pour mieux en faire le deuil.

Oui, j'avais été fiancée, et non, en dépit de ce dont j'aurais aimé me convaincre, ce n'était pas rien pour moi. La rupture avait été brutale, aussi cuisante qu'humiliante du fait des circonstances. Et malgré ce que j'avais tenté de faire croire – aux autres et à moi-même –, cela m'avait affectée et rendue amère. Je ne pouvais plus m'en cacher, à présent...

M'efforçant de prendre un ton détaché, je me décidai finalement à répondre :

— Merci, c'est gentil. Mais non, ce ne sera pas utile. La revancharde en moi a décidé de plier bagage. Elle a négligé les bases et le paie le prix fort. Une fâcheuse expérience qui aura au moins eu pour conséquence de me forcer à prendre conscience de certains problèmes qu'il ne tient qu'à moi de résoudre. Bref, je préfère en rester là avec mes petits plans de vengeance idiots.

— Cela paraît en effet plus raisonnable, concéda Adriel sans cesser de frotter son côté du rebord de fenêtre.

Le contraire aurait été étonnant. N'illustrait-il pas d'ailleurs à merveille l'homme pondéré et rationnel, et ce en toutes circonstances – ou presque ? Il était évident qu'à ma place il n'aurait jamais eu l'idée de se lancer dans une entreprise aussi délirante que celle qui nous avait valu cette désastreuse rencontre...

Je m'arrêtai pour me tourner vers lui, me sentant bizarrement encore obligée de me défendre.

— Il arrive à tout le monde de faire des trucs stupides.

Adriel émit un grognement pour toute réponse, sans que je puisse saisir s'il s'agissait d'une forme d'approbation ou bien son contraire.

Je restai un instant ainsi, à le dévisager muettement, pendant qu'il s'échinait à retirer les ultimes traces du passage des pigeons sur la surface de pierre.

Probablement n'en avait-il pas conscience, mais ses cheveux étaient toujours en désordre après qu'il avait passé les doigts dedans quelques minutes plus tôt. Des mèches lui retombaient sur le front, lui donnant une allure complètement différente. Un peu farouche et sauvage, aux antipodes des airs guindés qu'il affectait d'ordinaire.

Un simple détail, et pourtant, j'eus l'étrange impression que l'homme près de moi n'était plus celui, sévère et impitoyable, de la semaine passée.

Sa chevelure noir corbeau contrastait avec la pâleur de son teint. Tout comme celle de ses cils tranchait avec la couleur, d'un singulier gris clair, de ses yeux. Son nez droit et fin conférait à son visage une touche aristocratique et distinguée tandis que l'arc formé par sa mâchoire et son menton, à la fois carré et bien dessiné, inspirait une virilité brute.

D'où je me trouvais, je pouvais constater qu'Adriel était rasé de frais. Ce qui n'empêchait pas une légère ombre de repousse d'apparaître déjà sous sa peau.

L'espace d'une brève seconde, je me pris à imaginer ses joues creuses avec une barbe de trois jours à la Aragorn du *Seigneur des Anneaux* : piquante au toucher mais tellement...

Hmm, tellement sexy...

Subitement, je pris conscience de notre proximité. Cela faisait des lustres que je ne m'étais pas tenue aussi près d'un spécimen mâle – et jusqu'à maintenant, je le vivais parfaitement bien.

Adriel se trouvait si près de moi que je pouvais sentir l'odeur de lessive émanant de sa chemise de coton bleu ainsi que celle, plus discrète, de son après-rasage. Je pouvais également distinguer les muscles de son cou roulant sous son épiderme comme il s'échinait à nettoyer le résultat foireux de ma pitoyable vendetta.

Comment avais-je pu ne pas remarquer à quel point cet homme était séduisant ?

Soudain, l'image d'Adriel torse nu, ne portant qu'un bas de pyjama vert à carreaux, me revint en tête. Le tracé sec et fuselé de ses pectoraux et de ses abdominaux également. Une silhouette athlétique mais purement naturelle, dans la mesure où il me semblait évident qu'Adriel n'était pas du genre à fréquenter les salles de sport – contrairement à Julien, qui aimait tant entretenir et modeler son corps...

— Si vous souhaitez faire une pause, vous pouvez vous installer sur le canapé, vous savez, suggéra-t-il, m'arrachant d'un coup à mes rêvasseries.

— Oh, euh, non. Ça va très bien, merci.

Soudain, je me raidis, les yeux écarquillés de consternation.

Bordel, mais que venait-il de se passer ?

Mes joues se mirent à me brûler affreusement et une gêne inédite m'envahit. La panique aussi. Parce que je refusais d'éprouver la moindre once d'attirance pour cet homme. C'était tout bonnement hors de question.

Il y avait si longtemps que je n'avais rien ressenti de tel. Pas le moindre fantasme, pas même un pseudo-crush sur un acteur ou un quelconque chanteur depuis plus de six mois. Voire bien avant cela, à y réfléchir...

Sans doute était-ce simplement dû à ce rapprochement contraint. Sans doute ne fallait-il y voir qu'un bête instant d'égarement. Une réaction instinctive, humaine, provoquée par le manque. À ma décharge, je n'avais eu aucune relation depuis ma rupture avec Julien. Ce qui me convenait tout à fait, puisque j'avais fait une croix sur ce genre de choses.

Une *énorme* croix. En rouge.

J'avais mentalement posé un panneau de sens interdit sur tous les hommes, sans exception. J'ignorais d'ailleurs comment celui sur Adriel avait pu s'estomper de la sorte. Dans ma tête, j'en replaçai immédiatement un. Plus gros, cette fois. Pour être sûre de ne plus l'oublier à l'avenir.

Là, le sort s'acharnant sur moi, mon estomac choisit ce moment précis pour se manifester – sûrement afin de protester d'avoir été exceptionnellement privé de petit déjeuner – et se mit à gargouiller puissamment.

Vu le peu d'espace qui nous séparait, y avait-il la moindre chance pour qu'Adriel n'ait pas entendu ?

N'y tenant plus, au comble de l'embarras, je me redressai et m'écartai. Puis je me précipitai en direction de la deuxième fenêtre du séjour, feignant de vouloir m'en occuper seule.

En bon gentleman, Adriel fit mine d'ignorer les bruits importuns et demeura concentré sur sa tâche, comme si de rien n'était. Ce ne fut qu'après plusieurs minutes d'un silence faussement studieux qu'il hasarda – probablement plus par politesse qu'autre chose :

— Mes placards sont vides, mais si vous le désirez, je peux commander quelque chose pour le déjeuner.

J'avais une faim de loup et, bien que je ne sois pas certaine d'avoir très envie de partager un repas avec ce type – sa situation personnelle ne pouvait quand même pas tout excuser, n'était-il pas celui qui m'avait humiliée une semaine plus tôt, mon ennemi autrement dit ? –, j'hésitai.

J'aurais dû prendre le temps de la réflexion, mais au lieu de cela, je m'entendis déclarer :

— Je termine le nettoyage, et ensuite, c'est moi qui t'invite. Je connais un petit restau qui fait de délicieux ramens à quelques rues d'ici, où je suis allée une ou deux fois. Je suis sûre que ça te plaira, toi qui ne jures que par la cuisine asiatique. Après cela, nous serons quittes. Ça te convient ?

Adriel pivota dans ma direction et pencha la tête sur le côté, les sourcils froncés, comme s'il n'avait pas bien compris.

— Tu veux m'inviter au restaurant ?

— Pour terminer de rembourser ma dette. Enfin, sauf si tu y vois un inconvénient.

Une moue dubitative incurva ses lèvres tandis qu'il m'observait, me passant en revue des pieds à la tête.

— Je ne compte pas t'emmener dans un étoilé, rassure-toi, soupirai-je, un peu vexée par son apparente réticence. Je n'en ai pas les moyens. Ma tenue vestimentaire conviendra très bien, à moins que tu ne veuilles pas être aperçu en compagnie d'une plouc ?

Adriel battit des paupières, puis secoua la tête.

— J'aurais plutôt dit une sportive. Et, pour être honnête, je n'ai pas vraiment pour habitude de me faire inviter par des femmes, même pour une histoire de dette. Mais peu importe, c'est d'accord.

À mon tour, je cillai. Je l'imaginais vieux jeu, mais à ce point-là...

J'aurais pu prendre la mouche et me lancer dans une tirade féministe visant à démontrer combien ses propos étaient sexistes. Mais à la place, je me contentai de répondre :

— Bien.

Je préférais ne pas prendre le risque de provoquer une nouvelle dispute. J'en avais perdu l'envie – du moins, pour le moment. Je voulais juste que les choses se tassent. Je me remis donc au travail, me soustrayant aussi rapidement que possible à cet étrange regard qu'Adriel promenait sur moi…

— Bien, répéta-t-il en écho, s'éclaircissant ensuite bruyamment la gorge.

Après quoi, il alla jusqu'à l'évier pour laver l'éponge et changer l'eau de la bassine puis la remplir de nouveau.

— Je vais m'occuper de la fenêtre de la salle de bains, déclara-t-il en passant devant moi.

— J'ai presque fini avec celle-ci. Je me chargerai de celle de la cuisine.

Il acquiesça, puis disparut dans le couloir, me laissant aussi troublée que confuse.

Pourquoi avais-je proposé cet arrangement ? Adriel souhaitait que je nettoie ses fenêtres, et c'était ce que j'avais fait. Pourquoi rallonger ma peine ? Étais-je tombée sur la tête ?

J'avais quasiment terminé le nettoyage de mes bêtises. J'aurais pu rentrer chez moi et ne plus jamais penser à ce type. Mais non, il avait fallu que je fasse la maligne et que je joue les prolongations, comme si faire le ménage pour un inconnu ne suffisait pas à m'amender…

23

Adriel

Pourquoi avais-je accepté la proposition de Romy ? Probablement aurait-il été plus raisonnable de m'en garder. J'aurais dû insister pour commander quelque chose – puisqu'elle était à l'évidence affamée – que nous aurions rapidement avalé avant qu'elle reparte. Ou mieux : qu'elle aurait emporté pour consommer dans sa voiture, ou encore chez elle.

Une fois tous deux dans l'ascenseur – les fenêtres de mon appartement de nouveau propres, exemptes de toutes traces du passage des pigeons –, je réalisai combien j'étais rouillé, incapable de lancer une simple conversation avec quiconque qui n'était ni ma mère ni un employé ou un client… Je n'avais certes jamais été un grand bavard, mais force était de constater que j'avais complètement perdu cette habitude – d'apparence pourtant tout à fait ordinaire.

Je suivis Romy hors de l'immeuble en silence, l'atmosphère entre nous demeurant toujours aussi étrange et tendue.

Elle remonta la fermeture Éclair de sa parka jusque sous son nez et s'arrêta net sur le perron. Puis elle leva la tête et poussa une exclamation ravie.

Au-dehors, la neige tombait à gros flocons, saturant l'air d'une blancheur cotonneuse et tapissant peu à peu l'asphalte.

— Elle arrive drôlement tôt, cette année ! fit remarquer Romy en se tournant vers moi. Nous ne sommes encore que début décembre, c'est fou...

Un sourire magnifique retroussa alors ses lèvres délicatement ourlées, à la teinte naturellement pourpre. Elle pivota derechef et descendit les marches en faisant de gracieux – et bien téméraires – petits bonds. Puis elle ouvrit les bras et renversa la tête en arrière, laissant la poudre duveteuse tomber sur son visage pour aussitôt fondre au contact de sa peau.

Un comportement clairement trop exubérant à mon goût, un brin puéril même, mais tellement charmant en vérité...

Des gestes anodins, qui prenaient avec elle des allures de chorégraphie. Plus je l'observais et plus je me rendais compte que cette femme avait cela dans le sang. Chacun de ses mouvements, qu'il soit infime, ample ou brutal, qu'il exprime sa joie ou sa colère, n'était qu'harmonie et élégance, sans cesse plus captivant que le précédent. Romy était au quotidien comme dans son école, elle dansait la vie, lui apportant un souffle nouveau.

J'avisai le ciel gris, déstabilisé par le tour étrange que prenaient mes pensées.

En ce qui me concernait, j'avais bien du mal à comprendre l'enthousiasme que ce banal phénomène météorologique provoquait quasi systématiquement chez tout le monde.

— Ce serait chouette de passer Noël sous la neige, poursuivit Romy, promenant son regard autour d'elle et contemplant les décorations lumineuses qui avaient envahi l'avenue comme si elle les découvrait. Tu n'es pas d'accord ?

Elle reposa les yeux sur moi, attendant une réponse.

— Je ne suis pas un grand adepte des fêtes de fin d'année.

Romy pouffa, puis haussa les épaules.

— Honnêtement, l'inverse m'aurait vraiment surprise. Le restau est par ici, tu viens ?

Elle indiqua une rue sur la droite, fourra les mains dans les poches de sa parka et s'engagea dans la direction qu'elle avait désignée.

Tout à coup, je réalisai que j'étais resté en haut du perron, juste devant la porte, planté comme un abruti à admirer cette femme étonnante que je ne parvenais toujours pas à cerner.

J'aurais pu saisir cette occasion pour me défiler. Il aurait été nettement plus simple – et sage – de mettre Romy en garde contre les dangers que la neige représentait. Arguer qu'il valait mieux qu'elle se dépêche de rentrer chez elle avant que les routes deviennent glissantes. Au lieu de cela, je m'empressai de la rattraper, curieux d'en apprendre davantage sur elle, désireux de lever le voile de mystère dont, à mes yeux, elle semblait toujours enveloppée.

Son attitude était devenue si différente...

Elle avait changé du tout au tout depuis que, malgré moi, j'avais annoncé le suicide de mon épouse, révélant ainsi mon joker dans une partie de cartes absurde. Juste pour mettre fin à un combat que je n'avais plus la force de livrer...

Je n'étais pas vraiment fier de cela, bien au contraire. J'étais encore un peu sous le choc d'avoir laissé m'échapper ce que, d'ordinaire, je tenais scrupuleusement sous clé. Après une franche aversion, je devais désormais inspirer à Romy une certaine pitié.

Mais contre toute attente, je m'en fichais...

Au bout du compte, cela m'était égal qu'elle sache pour Florence. Ainsi serait-elle plus à même, en tant que professeure de danse, de comprendre Émilie.

Au moins, à présent, Romy pouvait me voir comme j'étais : un père paumé, un homme à la dérive, coupé du monde, reclus dans cet appartement trop grand et à moitié vide qu'elle avait pris pour celui d'un autre. J'aurais sans doute dû éprouver de la honte à cette idée, pourtant ce n'était pas le cas...

En fait, je me sentais libéré.

— Nous y sommes, m'avertit-elle en s'arrêtant devant la porte vitrée et chargée de buée d'une espèce de gargote bondée. Prêt à déguster les meilleurs ramens de ta vie ?

— Je doute qu'ils acceptent de nous servir. C'est déjà plein à craquer.

— T'inquiète, il y a une deuxième salle en sous-sol.

Là-dessus, elle s'engouffra à l'intérieur, se contrefichant d'obtenir un quelconque assentiment de ma part. Je lui emboîtai le pas avec circonspection, étonné de trouver en plein Paris un restaurant possédant encore une décoration aussi kitch.

Romy échangea brièvement avec une serveuse, puis me fit signe de la suivre dans un escalier étroit, aux marches de pierre irrégulières. Nous débouchâmes dans une minuscule salle aveugle, aux murs bruts et au plafond voûté, où s'entassaient cinq autres tables.

Une cave, autrement dit.

Je promenai un regard de plus en plus dubitatif sur le décor environnant. À mi-hauteur de chaque mur s'entassait, sur une plinthe de bois au vernis écaillé, un nombre impressionnant de bibelots. Autant de tirelires cochons dorés, de Lucky Cats, de statuettes de Bouddha et de bougies en forme de lotus prenaient ici la poussière, inspirant moyennement confiance.

Je fis un pas et me figeai, les franges jaunes d'un lampion chinois me caressant le dessus de la tête.

Romy ne prêta pas davantage attention à mon manque d'enthousiasme et continua sur sa lancée. Elle se faufila souplement dans le dernier coin vide de la pièce et s'installa sur une chaise en plastique branlante.

— Si Sa Seigneurie veut bien se donner la peine, railla-t-elle en montrant d'un geste faussement déférent l'ultime place vide en face d'elle, avant de s'esclaffer : Tu as l'air d'un chien dans un jeu de quilles ! Je t'avais pourtant prévenu qu'il ne s'agissait pas d'un palace.

— Certes, mais j'aurais au moins apprécié un endroit où je n'aurais pas à craindre qu'un rat ait goûté mon plat avant qu'on me le serve.

Romy partit d'un rire rauque et grave. Un éclat spontané, sans la moindre retenue ni distinction, et pourtant tellement…

Tellement sensuel.

Un concept qui m'était devenu étranger, mais qu'à l'évidence je n'avais pas complètement oublié. Une espèce de chaleur curieuse se diffusa en moi, me réchauffant la poitrine comme rien ne l'avait plus fait depuis des années…

En temps ordinaire, jamais je n'aurais accepté de manger quoi que ce soit dans un pareil boui-boui. Mais plus que tout, je rêvais d'entendre ce son à nouveau.

Alors j'obéis, prêt à me sacrifier en restant dans ce lieu douteux, pour obtenir une fois de plus ce privilège.

— Ça, mon cher, c'est un vrai défi, répliqua-t-elle après que je me suis assis. Tu n'as jamais vu *Ratatouille* ? À Paris, même les plus grands restaurants sont infestés de rats. C'est justement tout le propos de ce film d'animation.

— Il me semble surtout qu'il est question d'une souris qui se prend de passion pour les arts culinaires. Ce n'est qu'un dessin animé, pas un pamphlet dénonçant des problèmes sociétaux.

— Libre à toi de continuer à vivre dans l'illusion.

La simple idée qu'il puisse y avoir ne serait-ce qu'une toute petite chance qu'elle ait raison m'arracha un froncement de nez. Romy pouffa derechef, se moquant ouvertement de moi.

Et je sentis la boule de chaleur qui avait élu domicile entre mes côtes s'étendre un peu plus…

24

Adriel

Je commençais à saisir sa manière de fonctionner : Romy ne s'encombrait d'aucun faux-semblant. Elle était sincère dans ses gestes comme dans ses paroles, aussi franche que spontanée. Elle aimait taquiner les autres et ne se privait jamais d'une pique bien sentie, quitte à prendre le risque de froisser ses interlocuteurs.

Elle s'autorisait à être elle-même, tout simplement, sans songer à ce qu'autrui pensait d'elle. Et, bien que ses manières aient pu quelque peu me heurter au début, il me fallait reconnaître, au bout du compte, que je les trouvais assez rafraîchissantes...

— Tu m'excuses un instant, je dois prévenir ma sœur que je ne serai pas à la maison pour le déjeuner, m'avertit-elle en sortant son smartphone de sa poche.

— Ah, oui, bien sûr. Je... je vais faire de même.

Bon sang, comment avais-je pu oublier d'envoyer un message à ma mère pour l'informer de mon absence au repas dominical ?

— Tu vis avec ta sœur, toi aussi ? plaisanta Romy sans cesser de taper sur son écran.

— En tant qu'enfant unique, j'aurais du mal. Non, avant j'habitais avec ma mère et Émilie. Mais depuis que j'ai acheté l'appartement du 12e, j'y reste seul la semaine et je ne les rejoins que pour le week-end.

Voilà, c'était dit. Désormais, Romy savait tout de ma situation…

Elle fronça les sourcils, son air insouciant s'évaporant brusquement. Elle rangea son téléphone et plongea ses yeux sombres, à la teinte oscillant entre le vert et le noisette, dans les miens, m'étudiant avec une gravité passablement déconcertante.

— Donc Émilie vit avec sa grand-mère ? Pourquoi avoir installé cette chambre pour ta fille dans ton nouveau logement si tu ne l'y accueilles pas ?

Je haussai les épaules, pas certain d'apprécier de me trouver encore sur la sellette, systématiquement mis face à mes contradictions. Cela faisait si longtemps que je me terrais dans ma zone de confort, personne ne s'étant jamais risqué à essayer de m'en faire bouger.

Mais Romy n'était pas du genre à ménager les sensibilités, je l'avais bien compris.

Je poussai un lourd soupir et me frottai le front, hésitant à couper court à la conversation. Finalement, tenant à me montrer honnête malgré tout, j'avouai :

— En réalité, je n'en sais rien. Je voulais un nouveau départ pour nous deux, m'installer seul avec Émilie pour mieux me rapprocher d'elle. Mais je… C'est plus difficile que je ne l'avais imaginé. J'ai besoin d'une période de transition, en quelque sorte. D'être un peu seul afin de pouvoir faire le point…

Romy eut une moue sceptique et rétorqua :

— C'est assez égoïste, non ? La petite a besoin de son père. Ça se voit. Ce n'est pas parce que tu as une mère prête à tout pour t'épauler au quotidien que tu dois en abuser. Tu as des responsabilités, et c'est à toi, et à toi uniquement, de les assumer.

Je fermai les yeux, piqué au vif.

Je brûlai d'envie de remettre cette femme singulièrement indiscrète à sa place. Elle se mêlait de choses qui ne la regardaient clairement pas et émettait des opinions tranchées à l'emporte-pièce, sans presque rien connaître de moi, de ma fille et de notre vie.

Pourtant... Bon sang ! Pourtant, elle avait raison.

Romy ne savait pas grand-chose, cependant elle voyait clair en moi comme en ma fille.

— Et puis, si tu veux un conseil, la solitude est à proscrire, enchaîna-t-elle, s'acharnant en dépit de mon silence contrarié. Cela te donne peut-être l'impression de mieux gérer la situation, mais ce n'est qu'un leurre. Essaie au moins de faire venir ta fille chez toi le week-end, pour commencer. Tu ne voudrais pas passer à côté de son enfance, n'est-ce pas ?

— Non, mais j'ai peur que ce ne soit déjà trop tard, lâchai-je imprudemment – le contrôle de mes paroles ayant une fâcheuse tendance à m'échapper face à Romy. Et c'est un fait : ma mère s'occupe bien mieux d'Émilie que je n'en serai jamais capable...

— Alors là, tu te trompes. Même la meilleure des grands-mères ne peut remplacer un parent. Émilie n'en a déjà plus qu'un, et tu penses qu'il est préférable de l'en éloigner sous prétexte que tu ne serais peut-être pas un assez bon père ? Ce n'est pas juste pour elle, et tu le sais.

Je pris le missile en plein abdomen, la douleur se mêlant de manière étrange à l'agréable chaleur que me procurait la compagnie de Romy.

Décidément, cette dernière ne m'épargnait rien et n'avait aucun scrupule à me bousculer. En fin de compte, je m'étais trompé, elle n'avait pas une once de pitié pour moi...

— Es-tu... es-tu toujours aussi directe ? dis-je, pressé de changer de sujet.

Elle pinça les lèvres, comme si elle prenait subitement conscience de la portée de ses paroles. Puis elle haussa les épaules, signifiant qu'elle n'en concevait pour autant pas le moindre regret.

— La plupart du temps, oui, expliqua-t-elle en raclant d'un ongle distrait le coin déjà abîmé du menu posé devant elle. Je sais que l'on attend en général d'une femme qu'elle soit douce en toutes circonstances, mais il ne faut pas compter sur moi pour ça. Ce n'est pas que je tienne particulièrement à me montrer désagréable, grossière ou offensante. Simplement, j'aime dire tout ce que je pense. Ou presque, à quelques rares exceptions près...

— Je suppose que ce fameux Julien en fait partie, rétorquai-je du tac au tac, éprouvant le besoin bizarre de la rejoindre sur le terrain de la confrontation de nos paradoxes. À lui, tu préfères envoyer des messages cryptés à base de shampooing et de dentifrice trafiqués. Encore aurait-il fallu qu'il n'ait pas déménagé entre-temps.

— Touchée...

Romy eut un sourire entre amusement et amertume. Elle baissa la tête et ouvrit les mains au-dessus de la table pour exprimer son désarroi.

— J'ai déconné, c'est vrai, admit-elle. Jamais je n'aurais dû me lancer dans cette folle entreprise. D'ailleurs, si ça peut te rassurer, cela ne me ressemble pas du tout. C'était une première. Et jamais on ne m'y reprendra, c'est certain.

Elle fronça le nez et, l'air tout à coup mal à l'aise, prit une longue inspiration. Puis elle continua :

— J'imagine que tu ne seras pas étonné d'apprendre que l'ancien propriétaire de ton appartement est en fait mon ex. Je pensais... Je ne sais pas. J'ai été tellement conciliante au moment de notre rupture. Je voulais lui faire croire que je me fichais du fait qu'il m'ait trompée et que l'on doive se séparer à seulement quelques semaines du mariage. J'espérais le convaincre – lui comme moi, d'ailleurs – que j'étais différente, que ce qui aurait pu passer pour un sérieux coup dur n'en était pas un pour la femme forte que je veux à tout prix incarner. Mais en même temps... en même temps, je suis humaine. Et à trop jouer les fières, j'ai la sensation – très contradictoire, certes – d'y avoir laissé des plumes. Une grosse partie de mon amour-propre, en vérité. Alors...

Romy se redressa, leva les yeux au ciel et se laissa tomber en arrière, se rencognant contre le dossier de sa chaise, ce qui provoqua un grincement inquiétant.

— C'était vraiment – *vraiment* – complètement stupide ! se morigéna-t-elle, l'air plus agacée qu'attristée. J'aurais dû laisser libre cours à mes émotions sur le moment, lui crier dessus et l'insulter plutôt que de le rayer de ma vie du jour au lendemain et faire comme s'il n'avait jamais existé. Enfin, je ne veux pas que tu imagines que je compare ma situation à la tienne. Mon ego s'en remettra, ce n'est qu'une petite égratignure.

— Une blessure reste une blessure. Et la douleur subsiste si la plaie ne cicatrise pas correctement.

Romy battit des paupières, son regard s'intensifiant soudain.

Nous avions beau être aux antipodes l'un de l'autre, c'était comme si quelque chose d'intangible nous liait depuis le début. Cela m'apparaissait telle une évidence, à présent.

Cet échange que nous venions d'avoir, ces mots abrupts qu'elle avait employés, je devais les entendre. De même qu'il fallait qu'elle cesse de nier la réalité du traumatisme causé par sa séparation...

J'ignorais depuis combien de temps elle et moi nous observions quand, tout à coup, une serveuse surgit à la périphérie de mon champ de vision, m'obligeant à revenir au présent. Romy secoua d'abord la tête puis se plongea dans le menu. Elle s'empressa d'indiquer le numéro des plats qu'elle désirait comme si de rien n'était, et je me contentai de les répéter, préférant m'en tenir à ses recommandations.

25

Romy

À ma grande satisfaction, les plats ne mirent que quelques minutes à arriver sur notre table.

Je humai les vapeurs chaudes et odorantes du bouillon, l'estomac tordu par la faim. Puis je m'emparai de la paire de baguettes posée près de l'assiette et me jetai sur la nourriture.

— Hmm…

Les nouilles étaient brûlantes, mais les saveurs n'en explosèrent pas moins sous mon palais. Cela faisait une éternité que je n'avais pas mis les pieds dans ce petit restaurant de quartier qui ne payait pas de mine, depuis un dîner d'été avec Julien en fait, mais leur cuisine était toujours aussi exquise.

Dans un grand bruit d'aspiration, j'engouffrai une deuxième bouchée du ramen, puis une troisième, me moquant bien de passer pour une morfale auprès d'Adriel. Pourquoi d'ailleurs m'en serais-je souciée ? Lui et moi n'étions pas en rencard – en fait, nous n'étions même pas amis…

Mais dans ce cas, qu'étions-nous exactement l'un pour l'autre ? Et que faisions-nous ?

En vérité, je n'en avais pas la moindre idée...

Je relevai le nez de mon plat, jetant un rapide coup d'œil à mon vis-à-vis. Je m'aperçus alors que ce dernier n'avait pas touché à son assiette. Il m'observait, l'air médusé, comme si j'avais été quelque bête curieuse.

— Bah quoi ? lâchai-je, saisissant une serviette en papier pour m'essuyer le menton. Il y a un problème ?

— Non, aucun, fit-il, se détournant à la hâte. Je vais juste attendre que la serveuse revienne pour lui demander des couverts.

— Tu n'es pas sérieux ? Personne n'en utilise ici. Tu ne sais pas te servir de baguettes, ou quoi ? Avec toute la bouffe asiatique que contenait ton frigo, j'en serais vraiment surprise...

— Je sais parfaitement manier les baguettes, c'est seulement que...

Il s'interrompit, regarda son voisin de droite – qui, lui aussi, avalait goulûment ses nouilles dans un chuintement humide – et pinça les lèvres.

— Oh, tu ne sais donc pas ? C'est de cette manière que cela se mange. Il faut faire du bruit pour refroidir les pâtes. De plus, cela renforce les saveurs en bouche. Enfin, c'est ce qu'on dit...

Adriel haussa les épaules, puis contempla le plat devant lui avec circonspection.

— On aurait au moins pu s'attendre à avoir une cuillère, c'est tout de même une soupe...

— Quelle hérésie ! ricanai-je, me délectant de son embarras.

— Bon, puisqu'il le faut...

Il soupira et, finalement, se saisit de ses baguettes. Après quoi, il les trempa dans le bouillon, attrapa une poignée de nouilles et, sans plus faire de manières, les engloutit. Il dégaina presque aussitôt une serviette de papier, s'essuya aussi prestement que discrètement le menton et déglutit.

L'un des coins de sa bouche se retroussa sous l'effet de la gêne et de l'hilarité mêlées. Et soudain, son visage se transforma, son aura austère s'évaporant pour devenir lumineuse, fraîche, charmante même.

— D'accord, c'est délicieux, reconnut-il en plongeant derechef ses baguettes dans son assiette. Peut-être qu'à l'avenir je commanderai également mes dîners à cette adresse de temps en temps.

J'étais plus que rassasiée lorsque nous quittâmes le restaurant pour trouver dehors un décor joliment blanchi, la rue et les bâtiments étant tous entièrement recouverts d'une fine pellicule de neige.

— Ma voiture est garée de ce côté, annonçai-je en pointant le pouce vers l'arrière. Du coup, nos chemins se séparent ici...

J'ignorais pourquoi, mais je ressentis tout à coup une sensation de manque. Un vide qui, l'espace de quelques heures, s'était étrangement fait oublier pour mieux revenir me peser maintenant.

— Tu vas vraiment prendre la route par ce temps ? s'enquit Adriel.

Un pli inquiet se dessina entre ses sourcils tandis qu'il fourrait les mains dans les poches de sa longue veste de laine noire, examinant d'un œil méfiant l'état de l'asphalte.

— Je n'emprunterai que les grandes avenues, celles qui ont été déblayées et salées. Et puis, la neige ne tiendra pas. Regarde, elle commence déjà à fondre.

Cette idée m'attrista, moi qui me faisais une joie de pouvoir contempler les illuminations de Noël de la ville sous un ravissant manteau blanc...

C'était peut-être un peu niais, mais j'adorais ce genre de choses. Cette période de l'année, l'effervescence des fêtes, les guirlandes lumineuses et les odeurs de sapins, de vin chaud et de pain d'épice mêlées. Je mettais d'ailleurs toujours un point d'honneur à décorer les salles de danse de l'école ainsi que l'extérieur du bâtiment, juste pour le plaisir d'offrir un joli décor à mes élèves.

— Dans ce cas...

Il fronça les sourcils, l'air hésitant, puis sortit la main droite de sa veste.

Soudain, j'éprouvai le besoin de prolonger l'instant...

Depuis qu'Adriel était passé aux aveux, une question me taraudait sans que j'aie eu l'occasion de la lui poser. Alors, tout à trac, je lançai :

— Tu ne m'as pas dit... tu ne m'as pas dit depuis combien de temps cela durait.

Il fallait que je sache. C'était plus fort que moi...

— Pardon ?

Il pencha légèrement la tête sur le côté, pris de court.

— À quand remonte le décès de ton épouse exactement ? marmonnai-je, me rendant subitement compte de l'indélicatesse dont je venais de faire preuve. Ce serait bien que je sois au courant... par rapport à Émilie, tu comprends ?

À force de me passer de filtres, j'avais tendance à en oublier les bonnes manières. Cela me jouait parfois des tours, un peu comme en ce moment...

— Oh, oui, je comprends. Bien sûr...

Son regard à la froide pâleur se perdit dans le lointain et se couvrit peu à peu d'un voile sombre. Dans ses prunelles, le reflet de sa douleur devint plus net, plus puissant aussi, à tel point que j'en fus soudain bouleversée. Heurtée, happée par la violence de cette terrible solitude que dès notre première rencontre j'avais décelée au fond de ses yeux si particuliers. Mon instinct ne m'avait pas trompée, je n'avais plus aucun doute désormais.

Un sentiment que nous partagions, même si je ne pouvais imaginer ce qu'était endurer une épreuve comme celle qu'Adriel traversait. Il n'empêche que j'avais l'impression de porter le même type de fardeau.

Le mien était d'ailleurs devenu plus prégnant ces derniers temps, à la limite du supportable. Un poids que plus rien ne parvenait à atténuer. Ma sœur et ses trois enfants avaient beau me tenir compagnie presque en permanence depuis leur emménagement au manoir, jamais je ne m'étais sentie aussi seule de ma vie...

— Désolée, je n'aurais pas dû relancer le sujet, m'excusai-je, choquée par ma propre curiosité et ce qu'elle me poussait à inventer comme excuse.

Adriel secoua la tête et plongea de nouveau les yeux dans les miens.

— Ce n'est pas... C'est toi qui as raison. Je ne devrais pas en faire mystère. Ce n'est pas sain. Et ce n'est pas juste pour Émilie.

Il s'interrompit, avala une longue bouffée d'air, puis lâcha d'une voix éraillée :

— Il y a maintenant quatre ans que Florence est morte. Depuis, il ne se passe pas un jour, pas une heure... Pas une minute, sans que je pense à elle. À ce qu'elle a fait, à tout ce dont elle a choisi de nous priver, Émilie et moi. Pas une seconde ne s'écoule non plus sans que je sente le goût amer de la culpabilité sur ma langue, sans que je dresse mentalement la liste de tout ce que j'aurais pu faire pour empêcher ça, encore et encore.

Par réflexe, avant même que j'aie pu y réfléchir, ma main se posa sur son bras. Je pressai les doigts autour de la manche de son manteau, tentant de lui communiquer le peu de chaleur qui se trouvait encore en moi.

À nouveau, je dus lutter pour retenir mes larmes.

Jamais je n'avais éprouvé avec une telle force la souffrance de quelqu'un. J'avais la sensation que mon cœur saignait avec le sien. Comme si, en ressentant sa peine, j'avais le pouvoir d'en absorber une partie pour l'en soulager.

Adriel cilla, l'air déstabilisé. Puis l'étonnement se peignit sur ses traits tandis qu'il semblait apercevoir un détail qui lui aurait jusqu'à présent échappé.

La neige et le ciel blanc rendaient ses iris encore plus délavés que d'ordinaire. Et je m'y perdis, incapable de retrouver mon chemin...

Et si... et si je montais sur la pointe des pieds, là, tout de suite. Et si je l'embrassais... que se passerait-il ?

26

Romy

Si nous unissions nos deux solitudes, s'annuleraient-elles l'une l'autre ?

Pourquoi les tourments de cet homme me touchaient-ils autant ? Pour quelle raison ses fêlures m'attiraient-elles si puissamment, moi qui avais toujours préféré miser sur les partenaires stables et équilibrés ? Que m'arrivait-il, tout à coup ?

Mon pouls se mit à battre plus fort au fond de ma gorge et l'air me manqua subitement. Il faisait un froid de canard en cette matinée enneigée, et pourtant je crevais de chaud sous ma parka.

Les recommandations de ma mère me revinrent brusquement en mémoire, surgissant de nulle part :

« Une fille bien ne fait jamais le premier pas. Une fille bien ne donne pas le premier baiser. Elle doit attendre que l'homme le fasse, qu'il lui témoigne d'abord son intérêt... »

Des règles aussi absurdes que sexistes, issues d'un autre temps – quoique même aujourd'hui beaucoup le pensent encore.

Intérieurement, je secouai la prude idiote qui, malgré tout, se cachait encore en moi. J'étais une femme adulte et j'assumais mes désirs, quand bien même n'avaient-ils aucun sens – et quand bien même contrevenaient-ils complètement à de fermes résolutions prises six mois plus tôt…

J'avais conscience que le moment était particulièrement mal choisi. C'était probablement très inapproprié, compte tenu des nouvelles confidences qu'Adriel venait de me livrer.

Je décidai néanmoins d'écouter la petite voix qui me chuchotait à l'oreille de ne pas laisser faner cet étrange bourgeon en train d'éclore dans ma poitrine. Les occasions manquées étaient tellement nombreuses. Ne les avais-je pas accumulées tout au long de mon existence, à force de vouloir toujours faire les choix les plus avisés et raisonnables possibles ?

En outre, Adriel saurait parfaitement me remettre à ma place s'il estimait cela nécessaire.

Aussi, je cessai de tergiverser.

Prenant appui sur son bras, je m'élançai vers lui tandis qu'il demeurait immobile, légèrement penché dans ma direction. Abandonnant toute raison, je plaquai mes lèvres sur les siennes dans un élan presque désespéré.

Sur l'instant, il n'eut aucune réaction.

Adriel demeura dans la même position, sans chercher à s'éloigner ni à se rapprocher, aussi stupéfié par mon geste que médusé par mon audace. Alors je m'attardai ainsi, cédant totalement à cette étrange force qui m'avait attirée vers lui.

Sa bouche était bien plus douce et chaude que je ne l'avais imaginé, les sensations que son contact me procurait tellement plus vives...

Je me demandais encore comment mon geste allait être accueilli lorsque je réalisai que mes talons touchaient de nouveau le sol. Adriel se tenait à présent incliné au-dessus de moi. Son bras se leva lentement et, quelques secondes plus tard, ses doigts effleurèrent ma joue pour finalement s'enfoncer dans mes cheveux. La pince qui maintenait mon ridicule chignon informe et déstructuré glissa, libérant les quelques mèches qu'elle parvenait encore à retenir.

Je craignis, l'espace d'un bref moment, qu'Adriel ne s'en excuse et que tout ne cesse, mais il n'en fit rien.

Ses lèvres se mirent à remuer peu à peu et, avec une douceur aussi insoutenable que délicieuse, capturèrent les miennes.

Une nouvelle vague de chaleur m'envahit soudain, me consumant de l'intérieur. Je m'accrochai à son cou, l'invitant à poursuivre. J'ignorais ce que nous faisions, mais une chose était certaine : je ne voulais pas que cela s'arrête.

Un faible grognement roula dans la gorge d'Adriel, me signifiant qu'il ne le voulait pas non plus. Un son discret, presque inaudible, mais qui eut le don de m'électriser tout entière.

À mon tour, je ne pus retenir un soupir de plaisir et d'étonnement tandis que tout mon corps semblait soudain s'éveiller d'un profond sommeil. Cela faisait si longtemps que je n'avais plus ressenti cela. Comme si, après des années d'un hiver rude et monotone, le printemps se présentait tout à coup à ma porte.

J'avais renoncé à la sensualité le jour où j'avais découvert ces horribles SMS dans le téléphone de Julien – ou bien était-ce depuis bien avant cela, je ne savais plus très bien...

Adriel passa son bras dans mon dos, sa paume se logeant au creux de mes reins, achevant de m'échauffer les sens. Il inspira bruyamment par le nez, et sa main remonta le long de ma chevelure pour mieux épouser la forme de ma nuque, maintenant ma tête comme il se penchait davantage. Ce simple petit mouvement déclencha toute une série de décharges, se propageant depuis mon ventre pour se diffuser dans mon corps tout entier.

Spontanément, avec un naturel absolument désarmant, notre baiser s'approfondit et nos langues se rejoignirent pour s'unir dans une danse ancestrale, qui nous dépassait tous deux. Ses caresses avaient la volupté de la soie tandis que son étreinte se raffermissait de plus en plus, ses bras me pressant contre son torse puissant.

Son odeur d'after-shave, de lessive et d'homme m'emplissait les narines, me montant à la tête. Il n'y avait plus que lui, le monde n'existait plus autour. Juste ce moment, ces sensations, folles et absurdes...

Je me sentais bizarrement petite entre ses bras, mais aussi en phase, comme si, depuis le début, c'était l'endroit précis où j'étais censée me trouver. Comme si ce lien que j'avais entraperçu, d'apparence lointain et ténu, était une chose importante, essentielle, qu'aucun de nous ne devait plus jamais négliger.

Je savais qu'il éprouvait les mêmes sentiments, les mêmes intenses émotions, chacun de ses gestes me le criait.

Je bougeai légèrement la tête, modifiant l'angle de notre baiser, et Adriel devint encore plus avide, ses lèvres happant les miennes avec une ardeur que jamais je n'aurais soupçonnée. La main qu'il avait posée dans mon dos remonta brusquement pour se promener le long de mes côtes, tout près de ma poitrine, à l'évidence frustrée par l'épaisseur de ma parka.

Et soudain, la perfection de l'instant se fissura...

Adriel se figea, sans que je puisse comprendre pourquoi, et rompit le charme qui semblait nous avoir rendus tous deux complètement fous. Il se redressa et cligna fébrilement les yeux, l'air sonné.

— On ne devrait pas, marmonna-t-il d'une voix sourde, dans laquelle sourdaient autant le regret que la panique. Vraiment pas...

Encore hagarde, je levai un regard confus vers lui. Il se détourna aussitôt et se frotta les tempes, comme pour chasser les brumes persistantes d'un mauvais rêve. Il s'écarta d'un pas, rétablissant entre nous une distance acceptable.

Et le froid me saisit d'un coup, me faisant frissonner tandis que l'impression de vide me submergeait de nouveau.

— C'est une mauvaise idée, continua-t-il, tentant vainement de se recomposer une expression neutre.

— En effet, je suis désolée, balbutiai-je, réalisant seulement maintenant mon erreur.

Mais quelle crétine je faisais ! Ce type venait de dire qu'il pensait sans arrêt à son épouse défunte, et moi, je ne trouvais rien de mieux que de me jeter sur lui ? Franchement, il fallait être tordue pour faire une chose pareille…

Adriel avait-il continué de songer à sa femme durant notre étreinte ? Était-ce pour cette raison qu'il paraissait aussi choqué ?

Mon estomac se révulsa à cette idée, et j'eus subitement la nausée.

Bordel, mais qu'est-ce qui m'avait pris ? J'alignais les gaffes depuis que j'avais mis les pieds dans cet appartement qui était le sien.

— Non… non, c'est moi, lâcha-t-il d'une voix rauque en reculant encore, se passant la main dans les cheveux d'un geste nerveux.

Je plissai les paupières, incrédule. Pourquoi s'excusait-il puisque c'était moi qui l'avais embrassé ?

À moins que, comme je le soupçonnais, il ne se soit réellement imaginé avec une autre durant notre baiser…

Le cœur au bord des lèvres, je m'éloignai à mon tour.

— On oublie ça, d'accord ? proposai-je, ne sachant plus où me mettre.

Je croisai les bras sur ma poitrine, un nouveau frisson me parcourant l'échine.

Adriel acquiesça d'un hochement de tête. C'était tout ce dont j'avais besoin.

Sur ces mots, je fis volte-face et m'empressai de traverser la rue pour me diriger vers celle où était garée ma voiture, plus mortifiée que jamais…

27

Romy

Bordel, mais qu'est-ce qui n'allait pas chez moi ? Pourquoi ne cessais-je, depuis quelque temps, de me mettre dans ce genre de situations, à la fois grotesques et humiliantes ?

Il me sembla entendre mon prénom, crié par une voix masculine dans le lointain. Mais il était hors de question que je me retourne. La honte devait se lire sur mon visage – lequel avait dû virer couleur tomate bien mûre, c'était certain.

J'accélérai le pas et tournai à l'angle de la rue, soulagée qu'Adriel ne puisse à présent plus me voir. Là, je me mis carrément à courir jusqu'à mon véhicule. Je me glissai dedans aussi vite que possible, me cognant ridiculement la tête au passage. Puis je claquai la porte et me retrouvai enfin seule avec moi-même.

Je pris un instant pour recouvrer un rythme de respiration normal et faire le point. OK, j'avais lourdement déconné.

J'ignorais quel type de relation était en passe de s'établir entre Adriel et moi. Peut-être s'agissait-il d'une simple amitié ? Ou peut-être cela n'avait-il rien à voir...

Quoi qu'il en soit, un lien s'était indéniablement créé, nous connectant l'un à l'autre d'une manière tout à fait inattendue. Il m'avait confié des choses qu'il n'avait dites à personne, j'en étais persuadée. Et de mon côté, j'avais fait de même. Il était désormais le seul à connaître cette part d'ombre qui existait en moi. Le seul à savoir que je ne m'étais pas remise de ma dernière rupture et jusqu'à quelles extrémités cette souffrance qui me tenaillait m'avait poussée...

Et j'avais tout gâché. Il ne m'avait suffi que de quelques secondes pour ruiner ce qui avait eu tant de mal à émerger.

— Tant pis, murmurai-je dans le silence de l'habitacle.

Mais oui, après tout, quelle importance ? Je possédais déjà d'excellentes amies. Je n'avais aucun besoin de m'en faire de nouveaux. Et surtout – *surtout !* – je n'avais aucun besoin d'un homme dans ma vie, proche ou non.

Pourquoi d'ailleurs avais-je eu l'idée totalement saugrenue d'embrasser Adriel ?

Quand bien même aurait-il apprécié et souhaité pousser plus avant les choses que cela n'aurait rien changé. Je ne voulais pas d'une nouvelle relation amoureuse, pas d'engagement, pas de prise de tête. Jamais je ne reviendrais sur cette résolution.

Je voulais m'épanouir sans l'ombre d'un homme à mes côtés. Prouver aux autres comme à moi-même qu'il était possible d'être heureuse tout en restant célibataire. Je ne comptais pas renoncer à mes objectifs à cause du premier venu, j'étais bien trop déterminée pour cela.

Mais alors, qu'avais-je fichu dix minutes plus tôt, devant la vitrine de ce restaurant ?

Cette fois, c'en était trop. Il fallait que j'agisse. Que j'arrête de me cacher derrière ce satané costume de super-héroïne et que j'assume de ne pas être cette femme forte, à l'armure infaillible, que mon entourage voyait en moi.

J'exhumai mon portable du fond de mon sac à main et, avant que j'aie eu le temps de le regretter, me dépêchai d'envoyer à Leslie et Liora un SMS commun :

Convocation d'urgence à une réunion Mai Tai ce soir, 20 heures, au manoir. Pas de questions svp, tout vous sera expliqué en temps voulu. Essayez juste d'être dispo, ce serait vraiment sympa…

À peine trente secondes plus tard, je reçus la réponse de Leslie :

J'en suis, tu peux compter sur moi !

Je tournai la clé dans le contact, faisant démarrer le moteur de mon véhicule, lorsque mon smartphone s'illumina derechef sur le siège passager. J'y jetai un coup d'œil avant de partir et lus le message de Liora :

Je serai là, ma belle. Je serai toujours là, maintenant.

Ces quelques mots m'émurent aux larmes.

Je n'étais pas seule. Je ne l'avais jamais été. J'avais une meilleure amie géniale et une sœur adorable, avec qui j'avais enfin l'occasion de renouer. Je n'avais aucune raison de ressentir ce satané sentiment d'isolement qui m'étouffait depuis quelques semaines...

Décidée à m'en défaire une bonne fois pour toutes, je passai la première vitesse et quittai prudemment ma place pour me lancer sur la route encore enneigée. Il me fallait maintenant trouver un supermarché ouvert, les réserves de la maison étant clairement insuffisantes pour la soirée qui s'annonçait.

— Alors, est-ce que tu vas enfin nous dire ce qui t'arrive ? s'impatienta Liora – à qui j'avais dû répéter plusieurs fois au cours de l'après-midi d'attendre la venue de Leslie avant de me poser quelque question que ce soit.

Ma sœur se laissa tomber sur le canapé, l'air exténué, après avoir enfin réussi à mettre au lit ses trois petits monstres – enfin, sous réserve que l'un d'eux ne se relève pas pour réclamer un verre d'eau, un câlin suite à un mauvais rêve et j'en passe...

Il était vingt et une heures, et Leslie venait d'abandonner son fameux manteau de fausse fourrure rose dans l'entrée. Elle regarda ma sœur, puis se tourna vers moi et hasarda :

— Je propose qu'on commence par toutes se munir d'un verre, ensuite nous passerons aux choses sérieuses.

— Excellente idée, approuvai-je, réfléchissant encore à la manière dont j'allais bien pouvoir expliquer à ma meilleure amie et à ma sœur ce que je leur avais jusqu'à maintenant caché.

J'avais déjà installé notre dîner sur la table basse du salon – soit un plein saladier de chips et un plateau de mini-sandwichs, probablement une vision de cauchemar pour Liora. Je sortis du frigidaire le pichet de cocktail que j'avais préparé, le disposai sur un plateau accompagné de trois grands verres et apportai le tout dans le séjour.

Leslie opta pour le fauteuil, de manière à me faire face. Elle et ma sœur se mirent alors à m'examiner silencieusement, semblant toutes deux légèrement inquiètes. Je pris néanmoins mon temps pour servir chacune en boisson. Non parce que je tenais à faire durer le suspense, mais plutôt parce que j'étais toujours en pleine hésitation...

J'avais l'impression que ma petite vie habituellement tranquille, rangée et désespérément prévisible, était devenue un véritable capharnaüm, pleine de nœuds et de complexes ramifications. Par où étais-je censée commencer ?

Au lieu de prendre la place qui m'attendait dans la méridienne près de Liora, je décidai de m'asseoir à même le sol. Je choisis le coin le plus éloigné du tapis – un vieux souvenir du Maroc rapporté des décennies plus tôt par nos parents après un voyage de plusieurs semaines – et saisis mes chevilles pour les ramener sur mes jambes et me positionner en tailleur. Je détachai mes cheveux, puis les rassemblai finalement de nouveau en chignon.

— Bon, la Pelleteuse, tu accouches, oui ou zut ? attaqua Leslie.

— C'est vrai, la tension est insoutenable ! se plaignit Liora. Qu'as-tu de si important à nous annoncer ? Tu prévois de te lancer dans des études de menuiserie ? Tu veux tout plaquer pour aller fabriquer des chaises dans le Larzac ? Ou partir en Inde pour une retraite spirituelle ? Tu n'es pas malade, au moins...

— Mais non, je suis sûre qu'elle a un nouveau jules, hasarda Leslie, me laissant stupéfaite.

— Alors non, non, non et pas vraiment, mais tu chauffes, Patmol, répondis-je, avant de me lancer : En fait, aujourd'hui, j'ai comme qui dirait roulé une pelle à un veuf...

— Trop cool ! s'exclama Leslie en tapant des mains.

— Tu as... quoi ? bafouilla Liora, un sourcil arqué de circonspection.

Leslie attrapa son verre, le leva vers moi – comme pour saluer une performance – et avala une longue rasade de Mai Tai.

— C'est loin d'être cool, tins-je à clarifier. Le type venait tout juste de me dire qu'il était incapable de passer une seule seconde sans penser à son épouse défunte. Et je lui ai sauté dessus, comme ça...

— Une vraie championne ! me félicita malgré tout Leslie. Jamais effrayée par un bon défi. J'espère que tu as réussi à lui prouver qu'il était parfaitement en mesure de se concentrer sur d'autres femmes, avec la candidate idéale et un soupçon de bonne volonté.

— Justement, non.

Je baissai les yeux sur mon cocktail, manquant furieusement d'entrain.

— Tu veux dire qu'il t'a repoussée ? s'étonna Liora.

— Ben, oui... et non. Au début, il s'est montré assez coopératif. Même très enthousiaste, une fois les choses bien amorcées. Mais après quelques instants à me dévorer les lèvres comme un affamé, il a rompu notre baiser. D'un coup, sans explications. Je suis persuadée qu'il s'est imaginé avec sa femme. Ensuite, il a réalisé que je n'étais pas elle. C'est forcément pour ça qu'il a mis fin à notre étreinte de façon aussi brutale. Mais bref, quoi qu'il en soit, depuis, je me sens super mal à l'aise. C'est plutôt glauque, vous ne trouvez pas ?

— Mais non, réfuta Leslie, agitant la main d'un geste désabusé. On s'en fiche de ce que les hommes ont dans la tête dans ces moments-là. Moi, je m'imagine bien avec Jon Snow chaque fois que je me tape quelqu'un, parfois même avec Khal Drogo, alors bon...

Je pinçai les lèvres, peu convaincue.

— Ce sont des personnages de fiction. Là, il est question d'une véritable femme, morte qui plus est. Ce n'est pas vraiment comparable.

— Mais attends, de quel type s'agit-il exactement ? intervint Liora, plissant les yeux de suspicion avant de les écarquiller subitement. Oh, je sais : le mec au manche à balai d'hier ! Je suis certaine que c'est de lui que tu parles ! Votre conversation devant la salle de danse était tellement bizarre...

J'ouvris les mains, paumes vers le ciel, impuissante face à la perspicacité de ma sœur et de ma meilleure amie réunies.

— Je savais bien que ton aversion pour les hommes ne serait que temporaire, rétorqua Leslie. Tu n'es pas une fichue bonne sœur, après tout. Si tu nous racontais maintenant comment tu as rencontré Monsieur Balai, dans quelles circonstances tout ça s'est passé, sans oublier pourquoi un tel surnom...

— Hem, c'est là que le bât blesse... Vous vous souvenez de Julien et des clés d'appartement que j'avais trouvées dans ses affaires juste avant de découvrir ses SMS et le pot aux roses ?

Et là, je fis à mes deux interlocutrices le récit complet de mes récents exploits.

28

Romy

— Je comprends mieux, maintenant, pourquoi ce type se montrait aussi hostile, conclut Liora lorsque j'eus terminé. Et aussi pourquoi il te parlait de son shampooing…

— Tu es un génie ! s'extasia Leslie.

— À l'évidence, tu n'as pas bien écouté, m'étonnai-je, légèrement perplexe. Je m'en suis prise à la mauvaise personne. Mes petits coups de vache sont tombés complètement à plat.

— J'adorerais faire ce genre de trucs à David, avoua Liora, se mordant la lèvre sous l'effet de la tentation, le regard rêveur.

— Les filles, je viens de vous expliquer à quel point je suis nulle ! Je n'ai pas accepté dignement la rupture et tiré un trait sur ma relation avec Julien, comme vous l'aviez cru. Je me suis contentée de tout enfouir sous le tapis. Et je n'ai même pas été fichue de me venger correctement…

— Mais tu as d'excellentes idées, qu'aucune de nous n'a eues jusqu'ici, fit valoir Leslie. Tu es une véritable inspiration. Tu restes notre héroïne, la Pelleteuse, quoi que tu fasses…

— Je confirme, approuva Liora avant de fouiller dans le saladier pour y prélever une énorme poignée de chips.

Je regardai le tapis sur lequel j'étais assise et chassai de la main une poussière invisible. J'étais vraiment soulagée d'être enfin parvenue à tout avouer aux filles. Cependant, j'étais aussi passablement déstabilisée par leur réaction à toutes deux – à des années-lumière de ce à quoi je m'étais préparée.

Même ainsi, même après leur avoir montré mes fêlures et mes faiblesses, elles continuaient de me voir telle que je n'étais pas...

— Tout le monde traverse des périodes de déprime, c'est humain, énonça Leslie, un sérieux inhabituel marquant soudain ses traits. Ça ne change rien. Ce n'est pas parce que tu t'es rendu compte que tu es toujours en colère contre ton ex que, d'un coup, ça bouleverse tout. Tu es forte, Romy. Tu l'as toujours été. Tu n'as aucun besoin d'un homme pour t'en sortir dans la vie, c'est vrai, mais tu restes une femme et tu as des désirs. C'est bien que tu aies eu le cran de faire le premier pas et que tu aies embrassé ce mec. Ça signifie que tu n'as pas totalement fermé la porte. En dépit de ce que tu penses, tu es encore capable d'éprouver des choses.

Parfois, lorsqu'elle ne faisait pas l'idiote, Leslie savait aussi se montrer d'une remarquable sagesse...

Je haussai les épaules, pas tout à fait à l'aise avec le sujet.

— Je ne veux plus ressentir quoi que ce soit pour un homme si ce n'est du dégoût, m'entendis-je déclarer tout à trac. Plus jamais je n'accorderai ma confiance à l'un d'eux. Et plus jamais je n'en laisserai un entrer dans mon existence, c'est terminé.

— Je sais, soupira Leslie. Mais il est rare que la vie se passe comme on le souhaite. Parfois, il y a des imprévus et on est obligé de reconsidérer ses positions, même les plus fermes et définitives d'entre elles.

— Elle a raison, concéda Liora. Tu ne devrais pas lâcher l'affaire, Romy. Ce serait bête de laisser passer ce truc avec ce type, quoi que ça puisse être, sans avoir approfondi la question sous prétexte que tu as connu une lourde déception amoureuse.

Plus troublée que je ne l'aurais voulu par leur discours, je m'emportai, refroidissant involontairement l'ambiance :

— Vous n'entendez pas ce que je dis, ma parole ! Il n'y a strictement rien entre Adriel et moi. Ce n'était qu'un moment – un très, *très bref* moment – d'égarement. Pour l'un comme pour l'autre, d'ailleurs. Vous oubliez que, en plus, il m'a repoussée. Cela n'a pas commencé que c'est déjà fini. J'avais juste besoin de vider mon sac et d'en parler avec vous, c'est tout.

Liora hocha la tête, une moue dubitative sur les lèvres, puis piocha dans le plat de mini-sandwichs. Leslie, quant à elle, termina son verre et le posa sur la table, m'observant songeusement.

— Il y a quelques années, j'ai lu un bouquin dans lequel le mec et la nana sont tous les deux veufs et n'arrivent pas à surmonter leur deuil. Du coup, ils décident de se consoler dans les bras l'un de l'autre, mais en acceptant que chacun s'imagine avec le conjoint qu'il a perdu. C'était super poignant, une très belle histoire, mais surtout, *spoiler alert* : ça finit bien.

Je penchai la tête de côté, pas certaine de saisir le message.

— D'accord, mais quel rapport ? Tu n'es quand même pas en train de suggérer que je propose ce genre de marché à Adriel ?

Leslie haussa les épaules d'un air innocent.

— Pour le coup, ce serait vraiment bizarre, commenta Liora dans un battement de cils interloqué. Mais après tout, si c'est entre adultes consentants...

— Les filles, ça ne va pas, ou quoi ? protestai-je encore. Je trouve ça sordide. De plus, ma situation personnelle n'a rien à voir avec ce que tu décris, Leslie. Je ne suis pas veuve, moi.

— Non, mais tu sais bien comment tu es... repartit cette dernière en baissant les yeux vers le canapé.

J'eus un petit rire rauque, entre dépit et ironie.

— C'est-à-dire, comment je suis exactement ?

Le regard de Leslie revint se poser sur moi, puis elle répondit :

— Inatteignable. Toujours réfléchie. Je ne t'ai connu aucune aventure qui ne soit pas préalablement étudiée, pesée et mesurée. Chaque critère et chaque facette du prétendant au rôle ont été passés à la loupe. Et même quand, enfin, tu as sauté le pas et que tu t'es engagée avec Julien, tu ne t'es jamais autorisée à t'investir complètement dans votre couple.

— Je n'y crois pas, tu veux dire que, d'une certaine façon, c'est ma faute si ce connard m'a trompée ? me scandalisai-je, le cœur au bord des lèvres.

— Pas du tout, voyons, rétablit Leslie. Et puis quoi encore ? Non, je dis simplement que tout rejeter en bloc et te lancer dans une nouvelle fuite en avant ne t'aidera pas. Tu devrais quand même prendre le temps de réfléchir à ce que, avec ta sœur, nous te conseillons. Une relation n'est jamais parfaite, et ce mec et toi avez tous deux besoin de sortir de votre paralysie émotionnelle et physique, si tu vois où je veux en venir. Vous avez tous deux besoin d'une période de transition, de quelque chose qui vous remette le pied à l'étrier. Il est possible que vous vous soyez bien trouvés finalement, tu ne l'as pas envisagé ? Sans compter qu'il serait plus judicieux que tu parles avec lui, histoire de savoir au moins pour quelle raison il s'est comporté de cette façon. Après tout, combien de fois as-tu eu l'occasion de rencontrer quelqu'un qui éveille en toi ce genre de choses ?

Cette fois, j'étais à court de mots.

La véritable réponse était : probablement jamais. Jusqu'à présent, j'avais ressenti de l'attirance, du désir, mais ce type de sentiments, d'élan presque irrépressible, non. Ni même rien de vraiment comparable…

Je suivis du doigt les motifs du tapis, perdue.

Tout à coup, le saladier de chips apparut dans mon champ de vision. Je relevai le nez et vis Liora, le bras tendu, m'inviter silencieusement à manger ces cochonneries que, il n'y avait pas si longtemps encore, elle abhorrait…

— Ne jamais picoler l'estomac vide, préconisa-t-elle, citant mes propres paroles.

Nous pouffâmes en chœur, et j'obéis, me rappelant qu'il s'agissait d'une sage recommandation. Il était temps que je goûte au cocktail que j'avais préparé et que la soirée prenne une tournure plus distrayante.

Je ne me fis guère prier et prélevai une grosse quantité de chips avant de récupérer mon verre, resté sur la table basse.

29

Romy

La semaine suivante débuta comme toutes les autres, à ceci près que Liora me remplaça durant le cours pour débutants du lundi soir afin de reprendre progressivement l'enseignement. Ma sœur avait beau ne pas être spécialisée en danse contemporaine, elle possédait néanmoins les bases requises pour ce type de leçons.

Le mardi matin, je me levai avec une étrange sensation. Une boule semblait avoir élu domicile dans mon ventre, mélange d'anxiété et d'exaltation, l'une combattant continuellement l'autre…

Adriel était censé déposer sa fille pour son cours particulier avec Zoé en fin d'après-midi, et je ne cessais de me demander quelle attitude adopter. Le discours que m'avait tenu Leslie avait tourné en boucle dans ma tête, me perturbant à tel point que je ne savais plus du tout quoi penser de la situation.

Mon amie n'avait pas complètement tort, peut-être avais-je décidé de faire une croix sur les relations avec les hommes sans même avoir réellement accordé une chance à l'un d'eux. Peut-être même que mes déboires avec mon ex-fiancé étaient l'excuse que j'attendais, celle derrière laquelle je m'étais empressée de me cacher, soulagée de ne plus avoir à tenter quoi que ce soit.

Ne plus prendre le moindre risque… Et ainsi me protéger de toutes nouvelles déceptions, m'assurant de ne jamais connaître un sort identique à celui de ma mère.

Peut-être…

Quoi qu'il en soit, et même si Leslie avait vu juste, je ne comptais pour autant pas revenir sur ma décision. Peu importaient les véritables origines de mes résolutions vis-à-vis des hommes, je m'étais engagée trop loin dans la démarche. J'avais fait trop de chemin dans mes réflexions pour ne serait-ce qu'envisager de les reconsidérer sous un nouvel angle.

En vérité, je ne pouvais changer de cap sans modifier ce qui constituait en partie les fondements de ma personnalité. Et d'ailleurs, je ne le souhaitais pas le moins du monde.

Je souffrais sans doute d'une certaine solitude, d'une espèce de manque indescriptible, je ne le niais pas. Toutefois, à bien y songer, ce vide m'habitait depuis des lustres. Aucun partenaire ne saurait combler cela.

Ce n'était pas d'un homme que j'avais besoin, mais plutôt d'une bonne thérapie. S'il y avait une leçon à tirer de mes récentes mésaventures, c'était celle-ci…

Après avoir ramené ses enfants de l'école, Liora laissa les deux plus jeunes à Cindy – désormais baby-sitter en chef du manoir – pour me rejoindre à la salle avec Zoé. Je venais juste de dépoussiérer et d'installer le vieux sapin artificiel que j'utilisais chaque année pour apporter un peu de l'ambiance de Noël à l'établissement. Les épines étant à proscrire à tout prix – pour d'évidentes raisons en un tel endroit –, j'avais dû renoncer à la bonne odeur des arbres naturels pour celle du plastique. Mais tant pis, le plus important était qu'ici aussi l'on ressente la magie des fêtes de fin d'année.

— Oh, chouette, encore des guirlandes ! s'exclama Zoé en retirant à toute vitesse ses chaussures pour ensuite se précipiter dans la pièce. Je peux t'aider, tatie ?

— Avec plaisir, ma grande, répondis-je, poussant le carton contenant les décorations dans sa direction.

Liora se débarrassa à son tour de ses escarpins, les abandonnant négligemment sur le pas de la porte, et, avec un sourire presque identique à celui de sa fille, vint fouiller la boîte sans âge avec nous.

— Est-ce qu'on va mettre un sapin dans chaque salle ? se renseigna-t-elle.

— Bien sûr ! Dès demain, j'en installerai également un à côté.

Un air de piano flottait dans toute l'école, provenant de la pièce voisine, où avait lieu le cours de danse classique.

Zoé piocha plusieurs boules colorées, et Liora l'aida à les accrocher dans les branches tandis que, de mon côté, je me battais pour démêler le sac de nœuds qu'avaient formé les guirlandes électriques. La leçon privée d'Émilie et de Zoé n'étant pas censée débuter avant une bonne demi-heure, j'estimais que nous avions largement le temps, à nous trois, d'achever de décorer l'arbre artificiel.

Il s'avéra que je me trompais car, à peine quelques minutes plus tard, la voiture gris métallisé d'Adriel franchissait le portail pour se garer sur le parking de l'établissement.

— Et merde... grommelai-je tout bas.

— Tatie a dit un gros mot ! s'esclaffa Zoé, un index dénonciateur pointé dans ma direction.

Liora m'adressa alors un regard mi-réprobateur, mi-curieux. Puis, avec un haussement d'épaules, elle répliqua :

— Tu vas devoir mettre une pièce dans le pot à jurons.

— Ah, parce qu'on a ce genre de choses, maintenant ?

— Maman en a fabriqué un hier, expliqua Zoé.

Là-dessus, elle laissa tomber dans la boîte la guirlande rouge pailletée qu'elle tenait à la main et se mit à courir en remontant la salle à toute allure.

— Émilie est déjà là ! s'écria-t-elle, bondissant sur place.

— Il est du genre ponctuel, ton nouveau jules, me taquina Liora.

Je poussai un soupir agacé et me redressai pour pivoter vers elle.

— Eh, ce n'est pas mon nouveau quoi que ce soit, OK ? Et puis, à ce niveau-là, je n'appelle pas ça de la ponctualité. Il a vingt-six minutes d'avance…

Je luttai pour ne pas me tourner vers la baie vitrée, retardant sciemment l'instant où je devrais affronter ces yeux d'hiver qui me déstabilisaient tant.

— Je n'y crois pas, lança Liora sans cesser de m'observer. Mais tu es en train de rougir !

— N'importe quoi, grommelai-je tout bas.

Ma sœur avait toutefois raison. Je sentais bel et bien mes joues brûler.

Mais enfin, que m'arrivait-il ? Il y avait pourtant belle lurette qu'aucun homme ne m'avait fait m'empourprer de la sorte ! Je n'avais d'ailleurs jamais été ce genre de filles, de celles dont le cœur s'emballait à la moindre œillade, qu'un regard appuyé ou un sourire mettait dans tous ses états. Même mes premiers crushs d'adolescente ne m'avaient pas à ce point déboussolée...

À moins que ce ne soit l'effet de la honte. Encore et toujours elle. Un sentiment que, manifestement, Adriel provoquait de façon systématique chez moi...

Sa haute silhouette apparut à l'entrée du couloir tandis que celle, petite et discrète, d'Émilie se tenait en retrait derrière. Zoé s'élança alors vers sa nouvelle amie et lui sauta brusquement au cou.

Émilie mit quelques secondes à réagir mais finit par enlacer ma nièce à son tour.

— Viens vite, on est en train de décorer un sapin ! s'enthousiasma Zoé, s'écartant de la fillette pour aussitôt saisir sa main et l'attirer dans la salle.

— Attends, réclama l'intéressée, un sourire ravi s'épanouissant déjà sur ses lèvres. Il faut d'abord que je retire mes chaussures.

Décidément, cette enfant était on ne peut mieux éduquée – rares étaient les jeunes élèves fraîchement inscrits à qui il ne fallait pas répéter cette règle pour la leur faire entrer dans le crâne...

— Viens prendre ma place, Émilie, approuvai-je, l'invitant d'un signe à nous rejoindre. Puisque tu es en avance, autant en profiter pour s'amuser un peu avant le début du cours. Qu'en dis-tu ?

Elle ne se fit guère prier davantage et, une fois en chaussettes, traversa la pièce avec Zoé. Toutes les deux se jetèrent sur le carton des antiques décorations de Noël du manoir, en quête de merveilles.

Adriel, quant à lui, était resté sur le seuil, observant la scène en silence.

Nos regards se croisèrent finalement, malgré les trésors d'efforts que j'avais pourtant déployés pour fuir les frissons que ses iris de givre ne manquaient jamais de m'arracher.

Cependant, ce ne fut pas le froid qui m'envahit en cet instant, mais plutôt une étonnante sensation de chaleur...

Soudain, le souvenir de notre baiser me revint, s'imposant à moi sans crier gare. J'avais encore l'impression de pouvoir sentir les bras puissants d'Adriel me serrer contre lui, ses lèvres dévorer les miennes avec fougue. Une étreinte passionnée mais brève, que la réalité avait trop vite interrompue.

Il se racla la gorge, et je me rendis soudain compte que j'avais quasiment comblé la distance qui nous séparait, me trouvant maintenant tout près de la porte.

— Navré d'arriver aussi tôt, s'excusa-t-il. J'ignorais combien de temps nous mettrions à venir jusqu'à Saint-Cloud. La circulation en Île-de-France est toujours tellement imprévisible.

— Pas de souci, marmonnai-je, ne sachant plus où me mettre, incapable de freiner le défilement des images de ce moment sensuel dans mon esprit.

Adriel baissa la tête, se frotta la nuque, puis planta de nouveau ses yeux clairs dans les miens. Apparemment, lui aussi était gêné en ma présence – ce qui, d'une certaine manière, me rassurait. Au moins n'étais-je pas la seule à ressentir ce profond malaise. À croire que, quoi que nous fassions, il y aurait toujours cette espèce de barrière entre nous...

Cependant, au fond de ses prunelles se reflétait une curieuse lueur, qui n'était pas seulement due à l'embarras. Quelque chose d'infime, et néanmoins signe d'un important changement, même si j'aurais été bien en peine de le définir…

— Je m'occupe des filles, intervint tout à coup Liora depuis le fond de la pièce. Au cas où vous auriez des choses à régler, tous les deux… pour l'inscription d'Émilie et les cours particuliers.

Très subtil, sœurette, vraiment…

Je ne pus retenir un vif soupir d'exaspération.

— C'est inutile, merci, rétorquai-je en croisant les bras, les pommettes à présent en feu.

Adriel cilla, circonspect. Puis il protesta :

— Justement, il y a certains points que nous n'avons pas abordés. Pourrait-on discuter en privé, avant la leçon d'Émilie ?

La porte de la seconde salle de danse s'ouvrit alors, et une poignée d'élèves en sortit tandis que plusieurs d'entre eux s'attardaient auprès de leur professeure. Adriel recula pour les laisser passer comme le petit groupe se dirigeait vers les vestiaires.

Je n'avais pas la moindre idée de ce qu'il souhaitait me dire. Mais quoi que cela puisse être, j'étais sûre de n'avoir aucune envie de l'entendre. Je me sentais déjà assez mal comme ça, pas la peine d'en rajouter une couche !

— C'est bon, grognai-je dans un murmure. Je me suis déjà excusée pour la dernière fois… Je me suis excusée mille fois auprès de toi. Rien de tout ce qui est arrivé ne se reproduira, c'est certain. Ça ne sert à rien d'épiloguer.

Je le vis froncer les sourcils, hésitant.

Après quelques secondes de réflexion, il haussa les épaules et conclut :

— Tu as raison, ce n'est clairement pas nécessaire. Je reviendrai chercher Émilie à la fin du cours. En cas de problème, je serai dans ma voiture, sur le parking, comme la dernière fois.

J'acquiesçai d'un hochement de tête, évitant autant que possible son regard.

Il lança un dernier coup d'œil en direction de sa fille – qui déambulait avec Zoé et Liora autour du sapin désormais richement décoré, comme pour admirer leur œuvre. Puis il remonta le couloir jusqu'à la sortie.

— Tu peux assister à la leçon de ta fille si tu le souhaites, lui rappelai-je, estimant que les températures actuelles étaient beaucoup trop fraîches pour demeurer plus d'une heure dans un espace non chauffé.

— Merci, mais non, répondit-il sans se retourner complètement. Cela pourrait la gêner. Je préfère qu'elle se sente aussi à l'aise et libre que possible ici.

Là-dessus, il franchit la porte et disparut de mon champ de vision.

Je songeai brièvement que j'aurais pu insister, arguer que, à mon sens, c'était plutôt dommage, ou même lui proposer de patienter dans mon bureau. Mais je m'en gardai...

Je voulais qu'il s'éloigne au plus vite. Qu'il emporte avec lui toutes ces folles pensées, toutes ces puissantes émotions que, bien involontairement, il faisait éclore en moi...

30

Adriel

Le jeudi après-midi, je quittai le bureau sans aucun remords, me hâtant d'aller chercher Émilie à l'école pour ensuite la conduire à sa troisième leçon de danse.

Durant le trajet, je profitai d'un arrêt à un feu pour jeter un coup d'œil en direction de ma fille, via le rétroviseur – ainsi que je le faisais régulièrement afin de m'assurer que tout allait bien. Je fus surpris de capter aussitôt son regard comme elle m'observait dans le reflet du miroir. Ses lèvres s'étirèrent alors jusqu'à découvrir ses petites dents blanches, une expression de ravissement illuminant peu à peu son visage.

Émilie était heureuse de se rendre dans un endroit où, apparemment, elle se sentait bien, dans le but d'y pratiquer une activité qu'elle aimait, entourée de personnes avec qui elle était à l'aise.

Et cela grâce à *elle*...

Quelque chose que je n'avais pas ressenti depuis des années s'épanouit tout à coup en moi. Soit le bonheur tout simple et pourtant essentiel de voir ma fille m'adresser un authentique sourire. Sourire que je m'empressai de lui rendre, le plus naturellement du monde.

Émilie battit des paupières, comme si cet échange muet revêtait un caractère exceptionnel. Entre-temps, le feu de circulation passa au vert, et je fus contraint de rompre le contact pour me concentrer de nouveau sur la route.

Cela faisait-il si longtemps que je n'avais pas montré autre chose à ma fille que des traits fermés et maussades ? Je n'aurais pourtant pas dû m'en étonner. Je savais combien je pouvais être renfrogné – voire parfois carrément acariâtre –, même avec la personne à laquelle je tenais le plus au monde.

Cela devait à tout prix changer. D'autant que, finalement, ce n'était peut-être pas aussi difficile que je l'avais imaginé...

Mentalement, je plaçai en haut de ma liste cette résolution.

Romy avait raison : le décès de Florence m'avait transformé en quelqu'un d'atrocement égoïste, trop embourbé dans sa propre douleur pour être en mesure de prendre en compte celle des autres. Il était temps que je me relève. Ou, au moins, que j'essaie...

— Princesse, aimerais-tu venir passer le week-end avec moi dans le nouvel appartement ?

Après quelques secondes de silence, Émilie se renseigna d'un ton prudent, tenant à s'assurer qu'elle avait bien compris :

— Rien que tous les deux ?

— Oui, c'est ça. Rien que tous les deux. Mais seulement si tu en as envie, évidemment.

Elle resta muette encore quelques secondes, comme si elle avait du mal à envisager cette possibilité. Puis, me prenant de court, elle s'exclama :

— Bien sûr, papa. Ce serait génial !

L'enthousiasme d'Émilie me troubla, me procurant autant de joie que de peine.

Cela n'aurait pas dû sembler aussi extraordinaire.

Bon sang, pourquoi n'avais-je pas fait cela plus tôt ? Pourquoi avais-je laissé l'être qui m'était le plus cher derrière moi lorsque j'avais décidé de changer de logement ?

Dans mon esprit, c'était comme si le brouillard commençait tout juste à se dissiper, ses nappes cotonneuses s'effilochant lentement pour enfin se révéler à ma vue. Comme si, depuis ce moment étrange passé en compagnie de Romy quelques jours plus tôt, le monde transparaissait de nouveau à travers les brumes sombres du deuil...

J'arrivais désormais à apercevoir Émilie au-delà des ténèbres, à ressentir le bonheur qui rayonnait de ses sourires. À m'en nourrir, tout simplement. Les mots de Romy avaient été comme une bouffée d'air frais, une brise nécessaire pour provoquer cet élan.

Vers où celui-ci me conduisait-il ? Je n'en avais aucune idée. Toutefois, j'étais à présent convaincu que l'irruption de cette jeune femme si singulière dans ma vie marquait le début de quelque chose. Quoi que cela puisse être, je devais m'y raccrocher, même si j'ignorais comment m'y prendre...

Même si je n'avais, pour le moment, réussi qu'à l'éloigner de moi.

Notre dernier échange, deux jours plus tôt, avait été d'une brutale brièveté, me laissant un goût amer sur la langue. Un goût de regret parce que j'étais le seul responsable de l'embarras que paraissait éprouver Romy, de cette distance qu'elle s'était empressée de rétablir entre nous.

Cette étrange étreinte que nous avions partagée au beau milieu de la rue, sous la neige et devant la vitrine d'un restaurant plein à craquer, m'avait complètement désarmé, faisant voler en éclats tous mes repères. Le contrôle de mes propres réactions m'avait échappé, tout comme le cours de mes pensées. Cela avait été tellement inattendu. Tellement intense aussi...

J'avais perdu pied avec une extraordinaire rapidité. Le vertige m'avait saisi, puis totalement submergé, au point que c'en était devenu terrifiant.

Depuis, plus rien n'était pareil. Si bien que je ne savais plus du tout où j'en étais.

Une chose était néanmoins certaine : quelque forme que puisse prendre cette curieuse relation, je ne voulais pas que Romy s'éloigne, qu'elle sorte du tableau aussi brusquement qu'elle y était entrée. D'une manière ou d'une autre, j'avais besoin de cette lumière qu'elle avait infusée dans mon quotidien, de cette incomparable chaleur que, naturellement, elle dégageait...

Je m'obligeai à cesser de ressasser tout cela lorsque nous franchîmes les portes de cette énorme propriété où vivait la jeune femme en compagnie de sa sœur et de ses neveux et nièces. Le cours d'Émilie n'était pas censé débuter avant une bonne demi-heure, mais peu importait. Les lumières du bâtiment où était installée l'école de danse étaient toutes allumées. Les leçons du jour avaient déjà commencé.

Je garai la voiture, puis ouvris le coffre pour donner à Émilie le sac contenant ses affaires. Après quoi, nous pénétrâmes ensemble dans le couloir d'entrée. Je n'avais pas renoncé à mes espoirs d'avoir une conversation en tête à tête avec Romy, quand bien même je n'avais pas la moindre idée de ce que je désirais lui dire...

La salle où se tenaient habituellement les cours donnés par la jeune femme était occupée par une autre professeure, ainsi que par une poignée d'élèves adultes, aussi hésitai-je un instant. Peut-être étions-nous venus trop tôt, peut-être Romy se trouvait-elle encore chez elle, à cette heure de la journée ?

Je jetai un coup d'œil vers l'arrière, en direction de la colossale demeure nichée au fond du vaste jardin. Je me surpris à me demander à quoi pouvait bien ressembler l'intérieur, comment était l'endroit où cette femme à l'aura solaire vivait...

Il devait y avoir des bibelots partout. Un mobilier hétéroclite, composé de commodes anciennes et de fauteuils au design moderne et tendance. Rien qui ne soit vraiment coordonné, le tout formant pourtant un ensemble cohérent et charmant, à son image...

— Papa, viens, m'enjoignit Émilie en me tirant le bras, ses doigts fermés sur les miens. Romy m'avait prévenue que le cours de ce soir aurait lieu dans la seconde salle.

Je baissai la tête, un peu confus.

Depuis quand Émilie me donnait-elle la main ? Je n'arrivais même pas à me souvenir de la dernière fois où une telle chose s'était produite...

Elle me fit remonter le corridor à sa suite jusqu'à me conduire sur le seuil d'une pièce aux dimensions plus modestes que la première, mais au parquet et à la peinture nettement plus récents.

À l'extrémité se tenait Romy, en collants transparents et justaucorps violet, une paire d'épaisses chaussettes de laine grise lui couvrant les mollets. Ses longs cheveux bruns cascadaient librement sur ses épaules, encadrant son visage aux traits si harmonieux.

Penchée sur un humble sapin artificiel aux branches revêtues d'une fausse couche de neige, elle s'occupait seule de le parer de guirlandes. Elle semblait absorbée dans sa tâche, ne nous ayant manifestement pas vus arriver. J'aurais aimé la contempler sans rien dire, mais n'étant pas seul, j'estimai plus opportun de toquer contre le battant resté ouvert.

Le bruit couvrit la musique parvenant de la salle voisine et fit sursauter la jeune femme.

— Bonjour, Romy ! lança avec entrain Émilie. Je peux venir t'aider comme la dernière fois ?

— Bonjour, ma puce, répondit-elle aussitôt, un éblouissant sourire sur les lèvres. Évidemment que tu peux ! Toute assistance est la bienvenue. Zoé et Liora sont un peu en retard, aujourd'hui, et il fallait vraiment que ce soit fait.

Noël ayant lieu dans moins d'une quinzaine de jours, il était effectivement plus que temps…

Émilie ôta ses bottines, les déposa sur le côté, contre le mur, puis courut en direction de l'arbre en plastique.

— Papa pourrait peut-être se joindre à nous, proposa-t-elle tout à trac.

Après quelques secondes d'un mutisme gêné, Romy m'adressa enfin un regard. Dans ses prunelles, le malaise laissa peu à peu place à autre chose tandis qu'elle prenait un air malicieux pour déclarer :

— Pour cela, il faudrait qu'il consente à retirer ses chaussures, lui aussi. C'est la règle ici...

Elle haussa les sourcils, comme si ces mots venaient de dresser une barrière magique entre nous. Comme si elle sous-entendait que j'étais beaucoup trop snob pour traverser cette salle en chaussettes...

31

Adriel

C'était mal me connaître. Quoique...

Ou alors, en réalité, Romy m'avait-elle trop bien cerné ?

À la réflexion, je me rendis compte qu'elle avait vu juste. Une fois de plus. C'était exactement le genre de choses que je n'aurais jamais fait en temps ordinaire.

Pourtant, aujourd'hui, je n'avais pas envie d'endosser le rôle du rabat-joie de service, de cette personne pénible que rien n'amusait. Et, dans la mesure où il s'agissait à l'évidence d'un défi, je décidai de le relever.

J'ouvris les mains en réponse, comme pour montrer que j'étais prêt à réagir, refusant la simple reddition. Après quoi, devant l'expression mi-incrédule, mi-hilare de Romy, je posai un genou au sol et délaçai mes chaussures – conscient du côté légèrement ridicule de la situation. Je les plaçai ensuite près de celles d'Émilie, ne tenant pas à transgresser quelque règle que ce soit en vigueur ici. Puis je remontai la salle sous l'œil ébahi de ma fille et celui, plus déconcerté encore, de sa professeure.

— Puisque toute assistance est la bienvenue, je propose la mienne, justifiai-je en arrivant à leur hauteur. Y a-t-il un thème particulier, d'autres consignes à respecter ?

Je me penchai au-dessus du carton rempli de décorations hors d'âge, ayant probablement appartenu aux parents de la jeune femme – voire à leurs parents avant eux, compte tenu de leur état d'usure…

— Le but est d'accrocher un maximum de guirlandes et de boules aux branches de l'arbre, ironisa Romy, me taquinant de nouveau. Les thèmes et la subtilité n'ont rien à faire ici. C'est Noël, on veut que ça brille et que ça en jette, c'est tout.

Émilie poussa un petit rire adorable, heureuse de pouvoir s'en donner à cœur joie quand, avec sa grand-mère, elle se devait de scrupuleusement respecter chaque année un code couleur différent, réfléchi et établi en amont.

D'ordinaire, je les regardai faire de loin. Ce jeu, qui ne m'intéressait pas outre mesure déjà avant, ne me distrayait plus guère désormais. Il était d'ailleurs fort probable que ce soit la première fois que je me livrais à une telle activité avec ma fille depuis la mort de Florence…

Cette dernière fouilla avec moi dans la boîte et en extirpa une énorme guirlande rouge et argent – à laquelle il manquait tout de même quelques brins pailletés –, qu'elle me tendit ensuite.

— Tu pourrais mettre celle-ci, me recommanda-t-elle, comme pour s'assurer que je n'allais pas me dérober. Et moi, je vais installer celle-là.

Du fond du carton, elle en tira une seconde, bleu roi, ravie de sa trouvaille. Elle se posta un instant devant le sapin, examinant les possibilités, et s'élança vers la droite.

— Par là-bas, il reste encore plein de place, me conseilla Émilie en pointant l'index vers l'autre côté.

Je m'exécutai docilement et disposai la décoration qu'elle m'avait attribuée à l'endroit qu'elle souhaitait, soucieux avant tout de lui faire plaisir. Lorsque je pivotai pour retourner à la boîte, je surpris le regard de Romy, en train de m'observer. Elle eut un léger froncement de sourcils, puis me sourit, l'embarras entre nous s'étant définitivement dissipé – pour ma plus grande satisfaction.

Alors, il y eut cette espèce de chaleur – familière dorénavant – partant du centre de ma poitrine pour rayonner ensuite dans tout mon être. Une sensation étonnante, plus vive encore que celle ressentie durant ce déjeuner étrange que nous avions partagé quelques jours plus tôt.

C'était impossible à décrire, impossible à définir avec exactitude. Tout ce que je savais était que cela émanait d'elle. Romy était à l'origine de cette brise douce et tiède, capable de percer la grisaille opaque des nuées qui m'avaient si longtemps tenu captif, paralysé sous leur poids.

De cela, je ne voulais plus m'écarter…

Peut-être était-ce idiot, peut-être n'était-ce qu'éphémère ou même juste illusoire. Néanmoins, je choisis d'y voir une chance, le déclic nécessaire à ce nouveau départ dont j'avais tant besoin.

Après quelques minutes à charger le simulacre de sapin d'un tas de froufrous scintillants au côté d'Émilie et de Romy, les espaces vides commencèrent à manquer. J'étais en train d'essayer tant bien que mal de fixer un angelot doré à l'extrémité de la dernière branche libre lorsque des éclats de voix se firent entendre en provenance du couloir.

La jeune Zoé apparut alors dans l'encadrement de la porte, suivie de près par sa maman. Cette dernière marqua un temps d'arrêt, visiblement confuse, et battit des cils en me découvrant en compagnie de sa sœur.

— Oh, bonjour, bafouilla-t-elle. Je…

— Émilie, tu es déjà là ! se réjouit Zoé, se laissant aussitôt tomber au sol pour enlever les ballerines roses qu'elle avait aux pieds.

Elle les abandonna en tas en plein milieu du passage et se précipita vers nous, sans paraître s'étonner de ma présence. Puis elle sauta au cou de ma fille, qui lui rendit aussitôt son étreinte – n'en finissant décidément plus de me surprendre.

— Tu arrives trop tard, on a déjà quasiment terminé, déplora Émilie dans un haussement d'épaules navré.

— Je suis sûre que, en cherchant bien, vous trouverez encore quelques petits trous, dit Romy, avant de s'adresser à sa sœur : Tout va bien, Liora ?

Celle-ci poussa un profond soupir, secoua la tête et expliqua :

— La maîtresse de Hugo a voulu me voir après la classe. Apparemment, mon fils a tendance jouer les brutes dans la cour de récré. Ce que j'ai du mal à croire, parce que je ne l'ai pas du tout élevé comme ça…

Une vive inquiétude se peignit immédiatement sur les traits de Romy tandis qu'elle remontait la salle pour rejoindre Liora, restée sur le seuil. Cette dernière semblait épuisée, à deux doigts de fondre en larmes.

— C'est une période difficile pour tes enfants aussi, tu sais, plaida Romy d'une voix douce. Ce n'est qu'une phase, rien de plus. Tout va bientôt rentrer dans l'ordre, je te le promets, ma puce.

Je me sentais clairement de trop, aussi me concentrai-je sur le sapin, aidant Zoé et Émilie dans leur quête des rares zones où il était encore possible de caser une quelconque breloque.

— Regardez, leur indiquai-je. Par ici, je crois qu'il y a la place pour l'un de ces faux sucres d'orge.

Les fillettes se précipitèrent d'un même mouvement en direction de l'endroit désigné et se mirent à rire comme elles tâchaient toutes deux d'accrocher la décoration qu'elles avaient à la main.

— Je peux te laisser Zoé dès maintenant ? demanda Liora. Camille et Hugo sont déjà rentrés. Ils n'ont pas encore goûté et sont intenables…

— Pas de souci, répondit Romy en posant la main sur l'épaule de sa sœur. La leçon doit bientôt commencer, de toute façon. Occupe-toi d'apaiser tes petits ogres, c'est le plus urgent dans l'instant.

— Merci, tu es la meilleure des sœurs.

Liora étreignit le poignet de Romy, puis fit volte-face pour retourner auprès de ses autres enfants.

Je détournai vivement le regard pour ne pas être surpris en train de les observer.

— Bon, puisque le sapin est terminé et que tout est prêt, vous n'avez qu'à aller vous changer, les filles, lança Romy. Nous débuterons le cours un peu plus tôt aujourd'hui, d'accord ?

Zoé et Émilie acquiescèrent en chœur, puis se rendirent en sautillant jusqu'aux vestiaires, sans cesser une seconde de bavarder.

Jamais ma fille n'avait paru aussi vivante et heureuse. Ces changements chez elle avaient été si rapides... Si faciles aussi.

Il n'avait suffi que d'une inscription à une activité qui lui plaisait et d'une nouvelle amitié. Trois fois rien, en somme, mais cela faisait la différence.

— Je ne connais aucun parent qui ne soit pas, à un moment ou à un autre, totalement largué avec ses mômes, déclara Romy, les bras croisés, plantée sur le seuil de la salle.

— Je n'ose même pas imaginer ce que ce doit être d'en avoir trois en bas âge comme ta sœur.

À mon tour, je traversai la pièce. Puis, devant elle, je m'agenouillai afin de remettre mes chaussures.

— Mes neveux sont adorables, mais ils sont aussi particulièrement turbulents et peuvent vite se révéler carrément ingérables. Un père trop absent, qui préfère déléguer à la mère toute tâche relative à l'éducation plutôt qu'y avoir affaire, cela cause de gros dégâts...

Je savais que Romy ne s'encombrait d'aucun sous-entendu si elle souhaitait adresser un reproche à quelqu'un – à plus forte raison avec moi, me semblait-il. Il n'empêche que je me sentis malgré tout concerné.

Je savais exactement à quel type d'homme elle faisait référence. J'avais moi-même grandi avec ce genre de modèle masculin...

Jamais vraiment présent, même lorsqu'il se trouvait parmi sa famille, s'en remettant continuellement à sa conjointe pour tout ce qui se rapportait à leur progéniture... Je ne voulais pas être comme mon père. C'était la dernière chose au monde que je désirais. Pourtant, au bout du compte, c'était bel et bien ce que j'étais en passe de devenir. J'avais quasiment abandonné à ma mère toute la charge de ma fille...

Maintenant que j'en avais pris conscience, je me devais de corriger mon comportement. Ne plus céder aux sirènes de la solitude et de l'isolement égoïste.

— Je suppose que ton beau-frère ne s'occupe pas beaucoup de ses enfants, déduisis-je en me redressant, me retrouvant subitement tout près de Romy...

Beaucoup plus près que je ne l'avais cru.

Elle eut une moue amère et s'empressa de rectifier :

— Bientôt *ex*-beau-frère. Et c'est un immonde connard, misogyne et égocentré. Note que les deux vont souvent de pair. Ma sœur n'est pas une personne facilement manipulable, mais elle n'a rien vu venir. À vouloir à tout prix ce cliché de la famille parfaite, elle s'est trop rapidement laissé embrigader dans un mariage inconsidéré, convaincue qu'à force de s'oublier et de se démener pour satisfaire les moindres caprices de son mari et de leurs gosses elle arriverait à rendre tout ce petit monde heureux. *Spoiler alert* : ça n'a pas fonctionné, et elle a totalement perdu de vue son propre bonheur.

— Moi aussi, j'ai cru pouvoir avoir ce satané cliché... lâchai-je presque involontairement. N'est-ce pas ce que n'importe qui désire, au fond ?

Ses yeux aux douces teintes plongèrent alors dans les miens, me fauchant d'un coup. Ses prunelles avaient pris un reflet grave, douloureux, comme si Romy pouvait ressentir et partager ma propre souffrance…

Soudain, il n'y eut plus qu'elle et moi, rien autour, à l'instar de ce moment hors du temps, sous la neige, devant la vitrine d'un restaurant. Si j'avais pu, si je n'avais pas été aussi rouillé et lâche, je l'aurais embrassée. Là, tout de suite, au beau milieu d'un couloir où n'importe qui – à commencer par ma fille – aurait pu surgir…

32

Romy

Mais enfin, que m'arrivait-il ?

Je n'arrivais plus à détacher mon regard de celui d'Adriel. J'étais comme captive, fascinée par cet immense ciel d'hiver que semblaient renfermer ses iris.

Un hiver froid et brûlant à la fois, le feu transparaissant par brèves intermittences, de façon subliminale, ses lueurs chaudes couvrant alors celles du givre.

J'éprouvai l'envie intense d'enlacer sa nuque, de chasser toutes ses idées noires par de tendres baisers…

OK, Romy, calme-toi. Respire. À l'évidence, ça fait beaucoup trop longtemps que tu n'as pas été avec un homme.

Oui, voilà, c'était ça : le manque de sexe commençait à sérieusement me peser. Apparemment, cela me rendait carrément dingue…

Je m'obligeai à me repasser en boucle les mots d'Adriel, le jour où nous avions parlé de sa défunte femme. Il pensait à elle…

Tout. Le. Temps. Chaque seconde.

En ce moment même, c'était à elle qu'il songeait. Pas à moi… Et certainement pas comme ça. Il avait été très clair sur ce point.

Je me raclai – un peu trop bruyamment – la gorge et répondis, luttant pour récupérer le fil de la conversation :

— Mais ce n'est pas fini… Rien n'est joué, loin de là. Tu n'es pas seul, Adriel. Tu as encore tellement de bonheur à connaître auprès d'Émilie. Tellement de belles photos restent à venir. Tu auras cette famille idéale, il n'y a pas de raison…

Bordel, mais qu'est-ce que je racontais ? Depuis quand je disais des choses aussi convenues et naïves, moi qui n'avais jamais compris qu'on puisse avoir pour ultime but dans la vie la réalisation de sa propre famille ?

Adriel fronça les sourcils, comme si lui aussi était étonné par mes propos. Comme s'il savait que cela ne me ressemblait pas. Puis un sourire naquit peu à peu au coin de ses lèvres – le tout premier depuis que nous nous connaissions. Une expression curieuse, paradoxale même, révélant autant de douleur que de soulagement face à ces vagues et illusoires promesses.

Plus je l'observais et plus je me rendais compte à quel point il était séduisant, son visage ainsi magnifié. Un charme fou se dégageait de ses traits taillés à la serpe, renforcé par le léger halo printanier qui paraissait à présent illuminer ses yeux pâles.

Soudain, il devint absolument nécessaire que je me détourne, sous peine de fondre totalement…

— Tu… tu devrais aller dans mon bureau, bafouillai-je, tentant de donner le change. Le temps de la leçon, je veux dire. Ça pèle dehors. Tu vas geler si tu restes encore à attendre dans ta voiture...

Il haussa les épaules et rétorqua d'un ton presque taquin :

— J'ai le chauffage, tu sais. Mon véhicule possède tout le confort moderne.

— Peut-être, mais tu n'as pas peur de décharger ta batterie, à la longue ? Et puis, tu seras mieux installé dans un vrai fauteuil, dans une pièce correctement éclairée, même s'il est possible qu'il y règne toujours un certain bazar...

Me justifier commençait à m'agacer. D'autant que je sentais de nouveau mes joues chauffer, prenant cette teinte pourpre que je détestais...

— Enfin bon, je propose ça pour être sympa, c'est tout, clarifiai-je en m'éloignant pour rejoindre la salle de danse. Tu sais où est mon bureau. Mais si tu préfères patienter à l'extérieur, libre à toi. Fais ce que tu veux. Maintenant, tu m'excuses, j'ai un cours à donner.

Adriel cilla, m'examinant d'un air perplexe. Je n'attendis pas de connaître sa décision et lui tournai complètement le dos en me dirigeant vers la chaîne hi-fi pour régler la musique sur les morceaux que je réservais aux échauffements.

À peine une minute plus tard, Zoé et Émilie débarquèrent dans la pièce, prêtes à danser. Adriel avait finalement dû accepter ma proposition car l'intérieur de sa voiture demeurait masqué par la pénombre, preuve qu'il n'y était pas.

La séance se déroula on ne peut mieux, mes deux élèves étant toutes deux aussi motivées et avides d'apprendre l'une que l'autre. Émilie semblait désormais tout à fait à l'aise en ma présence et prenait un plaisir manifeste à découvrir de nouvelles façons de s'exprimer à travers le mouvement. Sa timidité du début, que j'avais crue maladive, s'était déjà quasiment envolée, et ses progrès, en seulement trois leçons, étaient impressionnants. Je regrettais juste que son père s'entête à refuser d'assister au cours. J'étais certaine que sa fille l'aurait épaté par son talent...

Une fois la séance arrivée à son terme, j'envoyai les fillettes se changer dans les vestiaires. Après quoi, je me rendis dans mon bureau, absurdement anxieuse à l'idée de me retrouver de nouveau seule avec Adriel.

La porte était restée entrebâillée, comme s'il ne voulait pas que l'on pense qu'il s'était approprié l'endroit. Je poussai le battant et le découvris assis dans le fauteuil, penché sur des dossiers.

Il se redressa vivement à mon entrée, l'air surpris, comme pris en flagrant délit...

— La leçon est déjà terminée ? s'enquit-il en vérifiant l'heure affichée sur son téléphone. Je n'ai pas vu le temps passer...

Tout à coup, je pris conscience que quelque chose clochait ici. Le bureau paraissait...

Il paraissait en ordre.

Hagarde, ne sachant comment réagir face à ce qui ressemblait ni plus ni moins à une espèce d'affront, je bredouillai :

— Tu as... tu as *rangé* mes affaires ?

Adriel se leva brusquement, referma le classeur sur lequel il planchait et se passa une main nerveuse dans les cheveux.

— Je suis désolé si tu juges cela inconvenant. En vérité, je n'ai pas pu m'en empêcher... Je...

Il poussa un soupir, fit le tour de la pièce des yeux et baissa la tête.

— Au début, j'avais seulement l'intention de faire un peu de place sur le bureau afin de pouvoir y travailler mais...

La sacoche de cuir noire à ses pieds attestait ses dires, toutefois les attaches étaient encore fermées. Aucun document n'en était donc sorti...

— Mais ? répétai-je en m'approchant davantage, jusqu'à n'être plus séparée de lui que par le meuble.

Les bras croisés sur la poitrine, je le fusillai du regard, sans savoir si j'étais furieuse contre lui ou plutôt...

Plutôt reconnaissante ?

— Mais je me suis un peu emballé, je crois, déclara-t-il en plissant les paupières pour mieux étudier mon visage. Et ensuite... ensuite, j'ai repéré cette erreur dans ton livre de comptes. Il était ouvert à la dernière page, la faute exposée à la vue. Je n'allais pas laisser cela ainsi. Je pensais bien faire, je t'assure.

Adriel était-il réellement en train d'expliquer qu'il avait bossé sur ma comptabilité ? Juste comme ça, parce qu'il était là et qu'il avait détecté des inexactitudes dans mes calculs ? Et il s'attendait à présent à ce que je me mette en colère...

J'aurais probablement dû le faire. Après tout, il ne s'était peut-être pas autorisé à fermer complètement la porte, mais il avait pris d'autres libertés, bien plus cavalières...

Cependant, je me sentais surtout assez bête, en réalité. Prise en défaut, encore une fois.

Je n'étais pas douée avec les chiffres, alors je n'avais aucun mal à croire que j'avais pu commettre une horrible erreur que, en tant qu'expert-comptable, il ne pouvait pas ne pas corriger – un peu comme un médecin incapable de laisser une personne malade sans soins...

Pour autant, ce genre de choses ne se faisait tout simplement pas. Comment un homme aussi guindé que lui avait-il pu se montrer à ce point indiscret ?

Devais-je trouver cela touchant ou inquiétant ? Plutôt aimable de sa part ou beaucoup trop familier, compte tenu de la nature de notre relation ?

Quelle était-elle d'ailleurs ? Parce que j'avais beau y réfléchir encore et encore, je ne parvenais toujours pas à en cerner les contours...

— Je n'aurais sans doute pas dû, j'en ai conscience maintenant, reprit-il. Je ne voulais pas me mêler de ce qui ne me regarde pas, seulement aider un peu une amie. Tu m'en veux ?

J'eus un froncement de sourcils à ces mots, soudain totalement larguée.

— Nous sommes *amis* ?

C'était donc de cette façon qu'il considérait nos rapports ?

J'ignorais pour quelle raison, mais cela me pinça le cœur. Jamais je n'avais vu les choses sous cet angle en ce qui me concernait...

Adriel se frotta la nuque, semblant au comble de l'embarras.

— Eh bien, je ne sais pas, marmonna-t-il. C'était ce que je supposais jusqu'ici. J'aurais aimé que nous puissions discuter de ce qui s'est passé dimanche dernier, à la sortie du restaurant, juste avant que tu t'enfuies. Ce dont, manifestement, tu n'avais pas la moindre envie, alors...

— Alors, à la place, tu as décidé de faire ma compta ? ironisai-je en battant des paupières. Y a-t-il vraiment une logique à ça ?

Il cilla à son tour, confus lui aussi. Puis il secoua la tête et expliqua :

— Je n'ai aucune idée de ce que tu as compris quand j'ai mis fin à notre étreinte, mais...

— Tu pensais à ta femme lorsque tu m'as embrassée, le coupai-je, préférant lui éviter d'avoir à l'avouer.

Il eut un mouvement de recul, visiblement pris au dépourvu.

Verbaliser cet autre affront, bien plus grave à mon sens, me tordit l'estomac. Y repenser me faisait tellement mal... Bien plus encore, à présent que j'étais certaine d'avoir des sentiments pour lui.

— Ça n'a aucune importance en réalité, mentis-je dans une vaine tentative visant à ne pas perdre la face. Moi-même, je pensais à mon ex, donc bon... Match nul, balle au centre.

— Pardon ?

Adriel écarquilla les yeux, ses traits se décomposant d'un coup.

— Oui, après tout, nous sommes tous deux incapables de nous engager dans une véritable relation, continuai-je, m'enfonçant davantage. Personnellement, ça ne me dérange pas le moins du monde. Chacun est libre de songer à ce qu'il souhaite, du moment qu'aucun de nous ne s'imagine vivre une histoire réelle avec l'autre.

Il prit une profonde inspiration et récupéra sa sacoche, prêt à s'en aller. Il s'interrompit néanmoins dans son élan et, le regard fixé sur le mur derrière mon épaule, demanda :

— Est-ce que… est-ce que tu es en train de suggérer que nous devrions creuser le sujet ?

Cette fois, j'eus un temps d'arrêt.

Deux solutions s'offraient à moi : soit je refusais, faisant valoir que je n'étais pas assez désespérée pour ça, soit j'acceptais, puisque de toute façon j'avais prétendu qu'un tel compromis m'était bien égal.

— Pourquoi pas ? lâchai-je dans une moue affectant l'indifférence.

Des plis perplexes se dessinèrent alors sur son front – un peu comme si je venais de lui énoncer un problème de mathématiques particulièrement complexe.

Des rires de petites filles résonnèrent soudain dans le couloir, indiquant que Zoé et Émilie avaient fini de se rhabiller.

— Je dois y réfléchir, marmonna Adriel en passant devant moi, quittant la pièce d'un pas trop rapide pour être naturel.

Figée, j'observai la porte qu'il venait de franchir.

Mais qu'est-ce que j'avais fait ? Dans quel pétrin m'étais-je encore fourrée ? Avais-je vraiment proposé à un homme veuf, pleurant toujours son épouse, de se consoler avec moi, quitte à servir de palliatif et n'être qu'un pis-aller ?

Était-ce lamentable ou courageux – ainsi que Leslie l'avait prétendu ? Parce que, à cet instant, j'aurais été bien en peine de répondre à cette question...

33

Romy

J'attendis le samedi avec autant d'impatience que d'angoisse, tâchant d'anticiper la réponse d'Adriel et de me préparer en fonction, me creusant la tête afin d'imaginer tous les cas de figure possibles. Tant et si bien que, à force d'y réfléchir et de m'exhorter à réagir avec impassibilité quoi qu'il arrive, je ne savais plus du tout ce que, moi, je voulais…

Quelque part, j'avais vraiment envie qu'il accepte – il aurait été dommage, voire carrément décevant, que les choses en restent là entre nous. Sans doute parce que, alors, il y aurait d'autres baisers enflammés, comme celui échangé sous la neige. Sans doute parce que, malgré ce que je désirais croire, j'étais en manque de véritable contact. Avec le recul, les bras d'un homme n'étaient peut-être pas si aisément remplaçables…

D'un autre côté, songer que même si Adriel consentait à cet accord incongru il ne serait pas réellement avec moi me chiffonnait plus que je ne l'aurais voulu. Ce qui m'avait semblé n'être qu'un détail n'était peut-être pas si anodin que cela, au bout du compte…

L'heure précédant le cours d'Émilie s'écoula avec une lenteur exaspérante. J'eus un mal fou à me concentrer sur l'exactitude des pas des danseurs s'échinant devant moi ainsi que sur la leçon du jour.

Quand Adriel apparut dans le couloir en compagnie de sa fille, je paniquai, oubliant brusquement tout ce que j'avais prévu de lui dire...

De toute façon, je n'eus guère le loisir de lui parler car, au moment de faire entrer dans la salle le groupe du cours suivant – dont faisaient partie Émilie et Zoé –, deux élèves vinrent m'entretenir de leurs doutes quant à leur capacité à participer à certains concours. Les rassurer et les encourager à avoir confiance en leur talent me prit plusieurs bonnes minutes.

Le temps que je relève le nez en direction de la vitre, Adriel avait rejoint sa voiture, garée sur le parking de l'école.

Le sort s'acharna contre moi car, à la fin de la séance, ce fut cette fois à une maman inquiète, débordant de questions au sujet de son fils, que j'eus affaire. J'eus à peine le loisir de faire quelques pas que déjà, par la fenêtre, Adriel m'adressait un signe de tête et remontait dans son véhicule, Émilie me saluant d'un signe de la main avant de s'engouffrer à l'arrière.

Je poursuivis les cours de l'après-midi, puis enchaînai avec deux longues heures de répétition en compagnie de Matteo, mon partenaire de danse.

J'étais de plus en plus perplexe. Adriel avait-il profité du fait que je sois occupée pour se défiler ou avait-il juste préféré ne pas s'imposer ?

En même temps, à sa décharge, la situation n'était guère idéale. Comment aurions-nous pu avoir ce genre de conversation ultra-privée quand l'école fourmillait de monde, d'oreilles indiscrètes – en l'occurrence de celles de sa fille – nous entourant de toutes parts...

En fait, j'avais été bête d'imaginer que je serais aussi rapidement fixée. J'allais devoir attendre le moment propice. Qu'Adriel et moi ayons de nouveau l'occasion de nous retrouver tous deux seuls dans une pièce, loin du bruit et des élèves.

Ce qui ne se reproduirait peut-être jamais...

À moins que je ne provoque le destin et que je m'arrange pour que cela arrive. Ce qui reviendrait à faire le premier pas et à forcer les choses, une fois de plus. Je refusai de me montrer insistante. Je ne donnais pas dans le harcèlement – plus depuis l'épisode « farces en appartement inconnu », une page de ma vie que j'espérais définitivement tournée.

Je passai le reste du week-end avec ces idées tournant en boucle dans ma tête. À tel point que, le dimanche soir venu, c'en était devenu une obsession qui m'empêcha d'apprécier une paisible soirée télé avec ma sœur.

Adriel hantait mes pensées et cela commençait à devenir très pénible. Moi qui m'étais pourtant juré de ne plus jamais me prendre la tête pour un homme...

— Ton téléphone a vibré, tu dois avoir un message, m'indiqua Liora tandis qu'elle revenait de la cuisine après avoir refait le plein de pop-corn, l'énorme saladier rempli entre les mains.

Avachie sur le canapé devant l'écran, un épisode d'*Orange is the New Black* en pause en attendant le retour de ma sœur, je me redressai brusquement. Je ne recevais que rarement des appels en dehors des heures de travail, et peu de gens m'écrivaient – à l'exception de Leslie, bien sûr.

Cette dernière étant partie pour des vacances de fin d'année au soleil avec le dernier mec qu'elle s'était déniché, il y avait peu de chance pour qu'elle ait cherché à me joindre à vingt-deux heures un dimanche soir…

Soudain, je sus que j'allais connaître le fameux verdict concernant ma relation avec Adriel. J'avais complètement oublié que je lui avais donné ma carte de visite. S'il ne l'avait pas jetée depuis, alors il devait toujours avoir mes coordonnées…

— Je reviens !

Là-dessus, je me précipitai vers le comptoir de la cuisine où, comme de coutume, j'avais laissé traîner mon téléphone.

J'avais bel et bien reçu un SMS de la part d'un numéro inconnu.

Le souffle court, tout à coup, je déverrouillai l'écran afin d'ouvrir le message, pressée de le lire. Je tombai alors sur un pavé d'une quinzaine de lignes…

Bonjour Romy, c'est Adriel.

Étant donné que nous n'avons pas vraiment pu nous voir hier, je me permets de te contacter par message. J'ai pris le temps de songer à l'arrangement que tu as évoqué jeudi dernier, et finalement cela me convient.

J'aimerais creuser le sujet, peu importe où cette histoire nous mènera.

`Tu as raison : dans la mesure où ni toi ni moi ne sommes à même de tisser une réelle relation, la solution que tu as proposée me paraît être la plus appropriée. Si, de ton côté, tu es toujours d'accord, nous pourrions éventuellement nous retrouver quelque part demain soir. Peut-être à mon appartement, puisque tu connais déjà les lieux. Qu'en penses-tu ?`

— Il y a un problème ?

Je relevai le nez, surprise de trouver Liora juste devant moi, en train de m'observer avec curiosité, tenant toujours résolument le saladier contre elle. Elle saisit une poignée de pop-corn et, tout en attendant ma réponse, la porta à sa bouche.

Elle avait tellement changé en l'espace de si peu de temps. Sa phobie du sucre et des calories semblait même avoir complètement disparu…

— Non, voyons, répondis-je en essayant de prendre un air décontracté. Pourquoi dis-tu ça ?

— Bah, tu fais une drôle de tête. Tu es sûre que tout va bien ?

Le regard de ma sœur se fit perçant, et je compris que je n'arrivais plus à cacher aussi bien qu'avant mes moments de doutes et de vulnérabilité.

Je poussai un lourd soupir, vaincue. Après tout, n'avais-je pas décidé de me montrer dorénavant sincère en toutes circonstances ? D'exposer mes faiblesses lorsqu'elles se faisaient sentir, et ainsi cesser de vouloir à tout prix entretenir cette image de roc à laquelle je m'étais jusqu'ici vainement raccrochée ?

— J'ai fait ce que Leslie m'a conseillé, avouai-je dans un murmure, pas très fière de moi à la réflexion. J'ai proposé cette espèce de compromis tordu à Adriel. Tu sais, être ensemble sans vraiment l'être...

— Ah... Et il a refusé ?

Cela aurait sans doute été plus facile. D'ailleurs, je m'attendais plutôt à ce qu'il décline, pas à ce qu'il m'invite directement chez lui. Les choses venaient de prendre un tour nettement plus sérieux subitement...

Je fronçai les sourcils, peinant à saisir la pleine mesure de ce marché idiot que j'avais voulu passer avec Adriel.

— Non, il est partant. Et il veut que l'on se voie demain. À son appartement. Je n'ai pas la moindre idée de ce que je dois répondre.

Le pragmatisme du choix du lieu de rendez-vous me ramenait face à la nature réelle de cet arrangement que, sur un coup de tête, j'avais lancé. Du sexe juste pour du sexe, et rien d'autre – avec en prime le droit d'avoir l'esprit ailleurs...

À la réflexion, cela me paraissait aussi froid que désespéré, sans aucune issue heureuse possible. Cette histoire était vouée à la frustration et à la souffrance, du moins en ce qui me concernait. Étais-je vraiment prête à jouer les femmes totalement détachées quand je savais déjà quels étaient mes sentiments pour Adriel ?

En vérité, ce n'était ni honnête ni ce que, au fond, je souhaitais...

Mais que pouvais-je bien désirer exactement ? Qu'attendais-je de cette relation que j'essayais si péniblement de tisser avec cet homme ?

— Je vois, rétorqua Liora, une moue dubitative sur les lèvres.

Elle prit quelques secondes pour réfléchir, se tapotant le menton de l'index. Puis un sourire éclaira peu à peu son visage.

— Tu te souviens de ce que disait maman à propos des hommes ? On ne peut savoir si l'on est compatibles qu'après avoir esquissé quelques pas ensemble au son d'un violon.

Évidemment, je me rappelais très bien les recommandations étranges de notre mère. Sa passion pour la danse transparaissait dans presque tous ses conseils. Elle nous disait toujours de valser avec la vie, de virevolter en quête d'harmonie, au quotidien comme sur scène.

Tant de formules absurdes et surtout d'une extrême naïveté...

— Ben, on ne peut pas vraiment dire que ça lui ait réussi, fis-je remarquer avec une douloureuse ironie.

Concernant les relations de couple, notre mère était pour moi l'exemple type à ne pas suivre. Ma sœur n'était-elle donc pas du même avis ? Pourquoi prendre ces paroles comme référence alors que nous avions toutes deux parfaitement conscience du naufrage qu'avait été la vie amoureuse de notre mère ?

Liora haussa les épaules et répondit, comme s'il s'agissait d'une évidence :

— C'est parce que, après la mort de papa, elle n'a plus jamais eu envie de danser avec quiconque. Elle n'était plus qu'une soliste...

Il me semblait au contraire qu'elle avait essayé avec de nombreux partenaires. À moins que ces mots ne soient à considérer au premier degré – ce qui me paraissait encore plus bizarre, dans ce cas...

Sans trop savoir pour quelle raison, je décidai malgré tout d'écouter ma sœur, suivant à la lettre sa suggestion – aussi saugrenue puisse-t-elle être. J'inspirai un bon coup et tapai d'une traite ma réponse sur mon téléphone, donnant rendez-vous à Adriel le lendemain soir à vingt heures dans Paris, à plusieurs stations de métro de chez lui, lui précisant qu'il était impératif qu'il porte quelque chose de plus confortable que son habituel costard bleu marine.

Soit il acceptait, et nous verrions bien ce qui en découlerait par la suite. Soit il se dégonflait, et je serais alors certaine que cette histoire n'en valait pas la peine...

34

Adriel

J'arrivai avec une vingtaine de minutes d'avance à l'adresse indiquée par Romy dans son message. Comme elle l'avait réclamé, j'avais troqué mon costume contre un jean, un tee-shirt et un pull noir – me pliant à ses exigences tout en me demandant à quoi cela pouvait bien rimer.

Un couple de sexagénaires en tenue de soirée passa devant moi et s'engouffra à l'intérieur de l'immeuble, immédiatement suivi de deux femmes vêtues de la même manière.

Mais où étais-je tombé, au juste ?

Un coup d'œil à la plaque près de la porte me donna la réponse : j'étais devant une nouvelle école spécialisée dans les cours du soir de danse de salon.

— Oh, bon sang… lâchai-je pour moi-même.

Dans quel genre de traquenard m'étais-je laissé embarquer ? Et surtout : était-il encore temps de fuir ?

Je n'avais jamais pratiqué ce type de discipline de toute ma vie et je savais par avance que je n'avais aucune prédisposition pour cet art. En fait, d'aussi loin que je me souvienne, je m'étais toujours arrangé afin d'éviter toute occasion de m'y essayer…

J'hésitai à rebrousser chemin et à abandonner, tout simplement. Je n'avais pas la moindre envie de me retrouver sur une piste de danse, au milieu d'une foule de personnes âgées, à m'excuser encore et encore pour avoir écrasé les pieds de Romy, le tout en faisant semblant de ne pas me sentir comme un éléphant dans un magasin de porcelaine.

En fin de compte, depuis le début, cette dernière ne se plaisait-elle pas à se payer ma tête ? Pourquoi diable consentir à me prêter à un tel exercice si cela n'amusait que Romy ?

Je devinai néanmoins qu'il s'agissait d'un nouveau défi.

Mais pour quelle raison devrais-je faire l'effort de m'y soumettre quand, de toute façon, notre relation était destinée à n'être qu'éphémère et inconséquente ? Le jeu en valait-il vraiment la chandelle ?

J'avais passé ces derniers jours à ressasser sans arrêt cette histoire d'accord entre nous. J'avais fini par accepter, mais en vérité, j'ignorais pourquoi.

Peut-être que la seule idée de ne plus voir Romy en dehors de ces instants où je la croisais entre deux portes à son école m'était pénible. Peut-être que j'étais prêt à nombre de concessions en tout genre pour n'avoir ne serait-ce qu'une chance de goûter une seconde fois à la soie de ses lèvres…

Peut-être que j'étais perdu, devenu accro à une femme qui ne ressemblait à aucune autre et qui, en l'espace de seulement quelques jours, m'avait fait entrevoir un monde coloré et vivant, caché juste derrière le voile grisâtre et morne de ma solitude.

Alors s'il fallait consentir à un simulacre de relation, feindre un détachement similaire au sien et passer pour un imbécile sur une piste de danse, je le ferais, voilà tout. C'était aussi simple que ça.

— J'avoue que je ne pensais pas que tu viendrais.

Je fis volte-face et tombai nez à nez avec Romy, les joues rosies par la morsure du froid et les yeux pétillants d'espièglerie. Elle était emmitouflée dans une énorme écharpe rouge, un bonnet de laine beige enfoncé sur la tête et un pantalon de yoga en lycra violet en guise de bas – une association de couleurs à faire frôler la crise cardiaque à n'importe quel styliste...

Comment une femme pouvait-elle être aussi belle, attifée de la sorte ? Cela m'échappait totalement...

Il n'empêche qu'elle rayonnait, son sourire de perles blanches m'éblouissant comme jamais. À nouveau, je ressentis l'envie de me pencher vers elle pour l'embrasser.

La première fois m'avait complètement déstabilisé. Le puissant vertige du plaisir, oublié depuis tellement longtemps, m'avait pris au dépourvu, m'effrayant déraisonnablement. Mais à présent, je savais ce que je voulais – ou à peu près, du moins...

Je désirais réintégrer le monde des vivants. Laisser derrière moi mon armure de désespoir et de rancœur et me défaire pour de bon de la torpeur et de l'apathie dans lesquelles je m'étais emmuré.

Toutefois, un tel geste me paraissait malgré tout quelque peu prématuré. J'ignorais à quel stade nous en étions exactement, elle et moi. J'avais d'ailleurs été assez surpris que Romy propose une sortie, comme un couple normal, plutôt que de se retrouver simplement chez moi.

Au bout du compte, je ne comprenais pas vraiment ce qu'elle me voulait. En outre, pourquoi une femme aussi magnifique, ayant certainement l'embarras du choix question prétendants, souhaitait être avec un homme aussi ennuyeux et peu attrayant que moi – quand bien même n'était-ce qu'à moitié ?

C'était un véritable mystère... Et cela m'intriguait au plus haut point, je devais le reconnaître.

J'adoptai une moue faussement blasée et répondis, cessant de tergiverser :

— Un cours de valse, sérieusement ? Ce n'est pas du jeu et tu le sais.

— C'est vrai, les dés sont pipés et la partie est truquée en ma faveur, je l'admets, concéda-t-elle d'un air taquin. Mais es-tu bon perdant ? Parce que, tout de même, tu me dois bien ça après ce que tu as fait l'autre jour. Personne ne t'a appris qu'il était très impoli de farfouiller dans les affaires des autres ? En fait, je suis presque sûre que consulter des livres de comptes sans en avoir eu l'autorisation formelle est illégal, qui plus est pour un comptable...

Terriblement embarrassé à ce souvenir, je me passai les doigts dans les cheveux, tentant de donner le change. Je ne savais pas ce qui m'avait pris de fourrer ainsi mon nez dans le capharnaüm de son bureau. Cela avait été comme une escalade incontrôlable.

D'abord le désordre insupportable qu'il m'avait impérativement fallu arranger au moins un peu. Puis cette fâcheuse erreur de calcul, juste sous mes yeux... J'avais conscience de m'être comporté de manière extrêmement grossière, ce jeudi soir-là, mais je n'avais tout bonnement pas pu résister. Sans doute parce que l'idée que Romy ait des problèmes dans sa comptabilité me préoccupait plus que cela n'aurait dû…

Cependant, je n'allais quand même pas le reconnaître. Je ne devais montrer aucun sentiment, aucun doute, sans quoi notre marché deviendrait caduc.

— Match nul, balle au centre ? hasardai-je dans un haussement d'épaules, affectant une désinvolture que j'étais loin d'éprouver. En matière d'indiscrétion et de pratiques illégales, tu as fait fort aussi, il me semble.

Romy poussa un petit hoquet stupéfait.

— Nous en sommes là, alors ? On compte les points ? Parce que, dans ce cas, je te rappelle que j'ai payé pour mes soi-disant *crimes*. J'ai nettoyé des déjections animales et je t'ai invité au restaurant.

— Je peux t'inviter à mon tour dans l'établissement de ton choix, si cela ne tient qu'à ça. C'était d'ailleurs plus ou moins ce que j'avais prévu, pour tout te dire.

Romy plaça les poings sur ses hanches et ses sourcils s'arrondirent.

— Ce serait un peu trop facile. Non, je veux voir ce que tu vaux sur une piste de danse.

Là-dessus, elle poussa la porte et la tint ouverte, m'invitant d'un geste à entrer.

— C'est donc une vengeance, déduisis-je, faisant mine d'hésiter…

Quand je savais d'avance que j'allais finir par me plier à ses désirs. Parce que j'étais déjà beaucoup trop avide d'elle pour refuser, avide de chaque instant suspendu entre nous.

— Un genre d'épreuve plutôt, rectifia-t-elle, une étincelle de mystère scintillant au fond de ses prunelles.

Je m'engageai à l'intérieur avec prudence, puis je suivis Romy à travers les couloirs, de plus en plus dérouté. Pourquoi souhaitait-elle me soumettre à une espèce de test dans la mesure où nous avions déjà résolu la question de la nature de nos futurs rapports ?

Nous arrivâmes dans une vaste salle parquetée où une dizaine de couples patientaient en discutant les uns avec les autres. Je fus un peu étonné de constater que, finalement, les personnes âgées n'étaient pas majoritaires et qu'il y avait, parmi les élèves, quelques trentenaires et même une poignée de jeunes adultes. Apparemment tout le monde se connaissait et n'en était donc plus aux leçons d'essai...

Formidable, j'aurais l'air encore plus ridicule en étant l'unique débutant...

— Tu connais déjà les pas de base, n'est-ce pas ? me chuchota Romy à l'oreille tandis que la professeure se dirigeait vers nous.

— Évidemment, je pratique la valse depuis mon plus jeune âge, repartis-je, stupéfait qu'elle ait pu supposer une chose pareille. J'ai participé à tellement de bals et de galas en tout genre...

Elle m'observa alors avec de grands yeux ronds, partagée entre incrédulité et ébahissement.

— Vraiment ?

— Mais pas du tout, enfin !

Romy battit des paupières et pouffa dans sa main, me soutirant un petit rire – en partie nerveux.

Rire que je m'empressai de ravaler comme la professeure arrivait à notre hauteur – contrairement à Romy, qui dut lutter quelques secondes avant de parvenir à calmer son hilarité...

35

Adriel

Après un rapide échauffement et quelques exercices – durant lesquels je me sentis aussi raide que ridicule –, je me rapprochai enfin de Romy pour commencer les enchaînements à deux. Le simple fait de tenir ses longs doigts graciles entre les miens et de poser ma main au creux de sa hanche balaya d'un coup les derniers doutes flottant à l'orée de ma conscience.

Elle m'adressa un autre de ses sublimes sourires, et j'eus la soudaine impression d'être exactement où je devais être…

Avec elle, tout simplement.

Peu importait que ce fut dans une salle de danse, dans mon appartement ou en sous-sol d'un restaurant ultra-kitsch de ramen, du moment que je pouvais sentir son délicieux parfum aux effluves d'amande. Que je pouvais plonger dans ses yeux aux teintes mordorées et percevoir la chaleur de son corps, si près du mien…

Un léger vertige me saisit, le même que la dernière fois, lorsque nous étions au beau milieu de cette rue enneigée.

— Tu es prêt ? s'enquit Romy, échouant à mettre un terme à mes rêvasseries.

Bon sang, le cours de danse ! Concentre-toi, abruti, sinon tu vas encore tout gâcher !

La musique s'éleva et le son des violons envahit la salle. Mais je peinais toujours à réintégrer la réalité...

— Hmm, oui, répondis-je. Dis-moi juste quand démarrer.

— Je vais compter, d'accord ?

Je hochai la tête, sans vraiment comprendre. Puis j'entendis la voix de Romy et vis les autres autour de nous se mettre tout à coup à virevolter en tous sens. J'avais raté le coche, manifestement...

Romy pouffa, s'amusant de ma maladresse.

— On a loupé le début, je crois. Ce n'est pas grave, on commencera à la prochaine mesure.

Cette fois, je m'élançai et esquissai les premiers pas à l'instant adéquat, entraînant Romy avec moi – quand bien même n'avais-je pas la moindre idée d'où j'allais...

Je savais pertinemment que je devais avoir l'air d'un crétin constipé, mais l'aisance et la grâce de ma partenaire compensaient largement mes faiblesses. Romy était comme un poisson dans l'eau, glissant harmonieusement sur le parquet telle une patineuse de classe internationale.

— Tu vois, ce n'était pas si difficile, en fin de compte, me chuchota-t-elle, l'air ravi.

Je marmonnai une vague approbation, peu convaincu cependant. Éviter de bousculer les autres tout en maintenant la cadence des pas exigeait de moi des efforts colossaux...

Ma récompense était toutefois à la hauteur du sacrifice. L'éclat de bonheur au fond des prunelles de Romy était incomparable, aussi doux et chaud qu'un feu de cheminée après un long périple dans la neige.

Je ne pus alors me retenir de poser cette question qui me tenaillait depuis son message de la veille :

— Était-ce trop tôt, ou peut-être trop cavalier, de t'inviter à mon appartement ?

Elle battit de ses longs cils noirs, prise de court. Puis, après quelques secondes de réflexion, elle répondit doucement :

— Non, bien sûr que non. Nous sommes adultes et nous avons un marché, je ne l'oublie pas. J'avais seulement... seulement envie de partager autre chose avec toi.

Je n'étais pas vraiment plus avancé. Notre accord représentait-il davantage pour elle que ce qu'elle avait laissé entendre ou était-ce une vue de mon esprit ?

Peu à peu, son regard changea, son expression devenant tout à coup plus grave. Romy se mordit la lèvre inférieure tandis que nous tourbillonnions à travers la pièce, gagnant sans cesse en rapidité. Et je devinai qu'elle partageait les mêmes pensées que moi...

— Le rythme, voyons ! s'exclama la professeure comme nous passions à sa hauteur, nous faisant tous deux sursauter.

Le pire se produisit alors...

Ainsi que je l'avais tant redouté, je me retrouvai soudain avec les orteils de Romy coincés juste sous ma chaussure.

— Oh non, je suis désolé ! me récriai-je, horrifié. Est-ce que tu vas bien ?

Romy se plia en deux sous l'effet de la douleur et gémit :

— Bordel, je crois que tu m'as pété le pied !

Je manquai m'étouffer, une boule de honte m'obstruant la gorge. L'agréable rêverie venait de virer à l'abominable cauchemar...

— Bon sang ! m'emportai-je. Quel imbécile je fais !

Je me penchai sur elle, prêt à la prendre dans mes bras pour la porter vers une des chaises disposées un peu plus loin. Près de nous, certains danseurs s'étaient arrêtés pour nous regarder. Subitement, nous étions devenus l'unique centre d'intérêt.

Romy, à présent courbée sur son membre endolori, serrait son pied dans ses mains. Je crus même l'entendre gémir de douleur.

— Je vais tout de suite te conduire à l'hôpital, ça vaudra mieux, lâchai-je nerveusement, me demandant néanmoins comment procéder.

Je jetai un coup d'œil en direction de la professeure, m'étonnant qu'elle n'accoure pas pour venir elle-même évaluer les dégâts. Une expression blasée alourdissait ses paupières tandis qu'elle nous observait, semblant autant agacée que dépitée – ce qui me parut très étrange.

Romy se redressa brusquement et, les yeux brillants de satisfaction, explosa de rire.

— La tête que tu fais, c'est trop drôle ! s'esclaffa-t-elle, plaquant une main contre ses lèvres.

Plusieurs secondes me furent nécessaires pour comprendre qu'elle avait joué la comédie et que, en réalité, aucun de ses os n'était brisé. Mais quel âge avait-elle pour faire des blagues pareilles, franchement ?

Je cillai, déconcerté, mon inquiétude se transformant lentement en... en quoi exactement ? J'aurais été incapable de le dire.

Puis les circonstances de notre rencontre me revinrent en mémoire...

Romy n'avait jamais caché son goût pour les blagues immatures, cultivant un petit côté sale gosse qui m'avait horripilé le jour où j'étais tombé sur elle alors qu'elle se croyait seule dans mon appartement. Un trait de personnalité a priori rédhibitoire, mais que, à présent, je ne pouvais m'empêcher de trouver séduisant – aussi étonnant que cela puisse paraître.

En vérité, j'aimais que Romy se contrefiche de mon manque de jovialité et veuille me taquiner, au même titre que n'importe qui parmi son entourage. Personne ne s'y risquait jamais d'ordinaire. Elle était la seule à se comporter de cette manière avec moi, et c'était...

Indéniablement rafraîchissant.

— Pff, soupirai-je, soulagé malgré tout. Non mais vraiment...

Je pris soudain conscience que j'étais en train de rire, moi aussi, les épaules agitées de petits soubresauts incontrôlables. Une sensation de chaleur et de liberté se diffusa dans ma poitrine pour ensuite m'envelopper tout entier. Il y avait une éternité que cela ne m'était pas arrivé. Je croyais même avoir perdu cette faculté propre à l'être humain...

Cela aurait pu durer encore un bon moment si la professeure, d'une voix sèche – exprimant clairement son exaspération –, ne nous avait interrompus :

— Comptez-vous reprendre le cours, oui ou non ?

J'avalai une bouffée d'air et, luttant pour recouvrer mon sérieux, m'empressai de la rassurer :

— Non. Nous allons partir, ne vous inquiétez pas. Pardon pour la gêne occasionnée...

D'un même élan, Romy et moi tournâmes les talons en direction de la sortie, nous sauvant comme des voleurs. Nous longeâmes les murs au pas de course, essayant tant bien que mal de ne pas déranger davantage les autres élèves et de nous faire discrets – enfin, moi, surtout...

Ce n'est qu'une fois dehors, alors que nous étions encore tous deux pris d'un fou rire, que je me rendis compte que nous nous tenions toujours par la main...

— Tu étais blanc comme un linge ! se moqua Romy en se retournant.

— J'ai cru t'avoir blessée ! me défendis-je.

— Tu m'as bien regardée ? Je ne suis pas une petite fleur délicate, il en faudrait nettement plus pour me blesser. Tu sais, tu n'es pas le premier type à malmener les pieds de sa cavalière, et crois-moi, tu ne seras pas le dernier non plus. Fort heureusement, ce genre d'incident reste le plus souvent sans conséquence.

D'où l'absence de réaction de la professeure. Cela aurait pourtant dû me mettre la puce à l'oreille dès le début...

— Quoi qu'il en soit, il semblerait que j'aie raté ton épreuve, et dans les grandes largeurs !

— Au contraire...

Romy finit par lâcher ma main pour fourrer les siennes dans ses poches tandis qu'elle remontait la rue, le nez levé vers les illuminations de Noël qui formaient des arches multicolores au-dessus de nous. Je lui emboîtai le pas, un peu confus, ne sachant comment prendre ce dernier aveu.

— Donc, contre toute attente, j'ai réussi ton test ? hasardai-je, me surprenant à admirer, moi aussi, les décorations transperçant le ciel obscur de ce début de soirée.

— Tu l'as remporté haut la main, en fait.

Romy s'arrêta devant l'une des voitures garées sur le bas-côté – la sienne, que je ne reconnus que lorsqu'elle en déverrouilla la portière.

— Tu es venu en métro ? s'enquit-elle, cherchant mon véhicule du regard.

— À pied. J'aime bien marcher. Il y avait d'ailleurs longtemps que je ne l'avais plus fait.

Sans doute parce que je m'étais efforcé, ces dernières années, de ne jamais relever la tête du travail, terrifié à l'idée de laisser mon esprit dériver vers de sombres pensées. Et, en fin de compte, ce que je redoutais n'était pas arrivé. En marchant, j'avais, durant plus d'une heure, sillonné la ville, traversant plusieurs quartiers de Paris, loin des chiffres et des dossiers de mon cabinet, et je n'avais songé qu'à une chose...

Romy.

— Dans ce cas, je te raccompagne, proposa-t-elle en me faisant signe de prendre place côté passager. Il me semble que tu as évoqué un dîner...

À présent que mes zygomatiques étaient dégrippés, je ne pouvais plus m'empêcher de les solliciter...

— En effet, acquiesçai-je en me hâtant de faire le tour du véhicule pour monter avec elle. Tu m'as fait goûter l'un de tes plats préférés la dernière fois, maintenant c'est à moi de te faire découvrir le mien.

— Laisse-moi deviner : des sushis ? lança Romy en tournant la clé de contact.

— Ne sachant pas vraiment ce qui te ferait envie, j'ai commandé plusieurs menus chez mon restaurateur japonais favori de la rue Sainte-Anne.

— Plusieurs menus ? ricana-t-elle en me jetant un bref coup d'œil, un sourcil haussé, tandis qu'elle s'engageait dans une ruelle plus étroite. Hmm, on dirait que tu sais parler aux femmes, finalement...

36

Romy

— Je suis plutôt impressionné, lâcha Adriel en parcourant du regard le tas d'emballages vides abandonné sur la table basse de son salon.

— J'espère bien ! m'exclamai-je tout en saisissant entre mes baguettes le dernier maki-avocat restant. Parce que je me suis démenée pour te prouver que j'ai un sacré bon coup de fourchette.

— Tu peux considérer tes objectifs comme étant remplis, plaisanta-t-il, m'adressant l'un de ces fabuleux sourires de travers – seul l'un des coins de sa bouche se retroussait, lui donnant un air charmeur.

Absolument irrésistible…

Depuis que la glace avait fondu entre nous, je ne me lassais plus de voir son visage s'éclairer ainsi. C'était comme si la lumière du printemps avait enfin rattrapé l'hiver…

Une fois totalement repue, je poussai le dernier carton loin de moi et me laissai tomber contre le dossier du canapé.

— Je suis consciente que certaines personnes considèrent qu'il est particulièrement inélégant pour une femme de s'empiffrer de cette façon dès le premier rencard. Mais autant que tu le saches tout de suite : je m'en balance complètement. J'ai en horreur les recommandations censées ne concerner que la gent féminine...

Adriel s'adossa à son tour et répliqua :

— J'aime autant ça, au moins je suis sûr que le dîner t'a plu. Florence n'avait aucun appétit, et...

Il s'interrompit brusquement et fronça les sourcils, le regard tout à coup perdu dans le vide.

— Hmm, pardon, marmonna-t-il, la voix enrouée. Je ne voulais pas, cela m'a échappé... Je ne parlerai plus d'elle, c'est promis.

— Tu ne devrais pas t'excuser, ça ne me gêne pas. Le fantôme de ta femme fait partie du deal, je n'ai pas oublié.

En réalité, une partie de moi trouvait cette idée vraiment dérangeante. Toutefois, j'étais suffisamment maîtresse de mes émotions pour refouler cette petite bouffée de jalousie qui m'avait subitement saisie.

Adriel secoua la tête, des plis barrant son front, lui donnant un air de profonde réflexion.

— Ce n'est pas... Enfin...

Le voyant embarrassé, je décidai de changer de sujet :

— Je n'en reviens pas que tu aies un aussi grand écran de télé chez toi et aucun abonnement hormis la TNT, le tançai-je gentiment tandis que je m'emparais de la télécommande. Tu sais ce qu'est une plateforme de streaming, n'est-ce pas ? Netflix, ça te dit quelque chose, au moins ?

Adriel poussa un soupir désabusé et se redressa pour mieux observer ma navigation à travers les menus de son téléviseur.

— J'en ai entendu parler, mais je ne suis pas très fan de leurs contenus. De toute façon, j'ai toujours préféré la lecture.

Je lui jetai un coup d'œil en biais, un peu étonnée.

— Ah oui ?

Je me demandais bien quel type de livres pouvait trouver grâce à ses yeux. Certainement des polars nordiques – froids et sombres, comme lui. Ou alors des documentaires historiques – des cours, en quelque sorte. En tout cas, rien de vraiment fun, à mon avis. J'aurais quasiment pu parier là-dessus...

— Cela dit, tu n'as pas tort, Émilie non plus n'était pas ravie du peu de programmes disponibles ici. Peut-être pourrais-tu m'installer l'un de ces trucs pour que ma fille puisse regarder ce qu'elle veut le week-end prochain ?

Cette fois, je pivotai complètement et le dévisageai, franchement surprise.

— Émilie est venue passer la fin de semaine dernière ici avec toi ?

Adriel prit une grande inspiration et répondit dans un souffle, comme s'il s'agissait de quelques difficiles aveux :

— Là encore, tu avais raison. Ce n'était pas si difficile, en vérité. Au contraire... En fait, j'avais seulement besoin que quelqu'un me dise ces mots. Tes remarques étaient justes, et il fallait que je les entende. Ce n'était sans doute pas très significatif pour toi, mais pour moi, c'était tout l'inverse. Personne jusqu'à présent ne m'avait tenu ce genre de discours. Ça a été comme une espèce de... de déclic... Le petit coup de fouet nécessaire pour provoquer un nouvel élan.

Le regard d'Adriel se transforma peu à peu. La tristesse au fond de ses prunelles sembla s'intensifier un bref instant. Pour mieux s'estomper ensuite, laissant place à une tonalité nouvelle de bleu pâle, légèrement plus chaude et saturée.

C'était très étrange car ses paroles trouvaient un écho dans mes pensées les plus intimes. Je ressentais quelque chose de similaire. Chez moi aussi, un changement s'était opéré à son contact. Le jour de notre rencontre, j'avais brutalement pris conscience d'un mal-être sourd et profondément larvé au sein de mon être, dont j'avais trop longtemps nié l'existence.

Devant lui, j'avais pleuré. Jusqu'à violemment éclater en sanglots. Mes nerfs m'avaient lâchée comme jamais ça n'était arrivé auparavant. Adriel était la seule personne au monde à m'avoir vue dans un tel état. J'en avais d'abord conçu de la honte. Mais depuis, j'avais compris qu'il s'était alors produit un événement important.

Depuis, je m'autorisais à exposer mes failles devant lui. Avec Adriel, je n'avais pas besoin de prétendre incarner une quelconque héroïne. J'étais moi-même, rien de plus ni de moins...

Soudain, je me rendis compte que je m'étais rapprochée, me penchant vers lui, poussée malgré moi par une force inconnue. J'effleurai de ma main le dos de la sienne, sans trop savoir s'il s'agissait d'un geste de réconfort ou d'une caresse – ou encore d'un mélange des deux...

Sa réponse ne se fit guère attendre. Il entrelaça nos doigts, prenant lui-même l'initiative de transformer ce contact en quelque chose de plus sensuel. Ses lèvres descendirent en quête des miennes, puis interrompirent leur course tout près de mon oreille. Son haleine brûlante me chatouilla la peau lorsqu'il susurra :

— Ne change jamais, Romy. Ne laisse personne te dire que tu devrais te comporter différemment, dans quelque situation que ce soit. Tu parviens avec tant d'aisance à passer outre ce que peuvent penser les autres. Tu es libre et authentique, tu suis ta propre musique. Tu danses la vie, c'est un talent précieux, tu sais. Cela te rend tellement unique...

Comment pouvait-il affirmer une chose pareille tandis que nous étions censés jouer la comédie, endosser des rôles dans l'esprit de chacun ?

En même temps, j'avais si chaud, tout à coup... Qu'en avais-je à faire de ce maudit accord ?

Mes pensées semblaient s'être ralenties, trop absorbée que j'étais par l'instant présent. C'était la première fois qu'un homme disait d'aussi belles choses à mon propos. C'était également la première fois que je me sentais autant attirée par quelqu'un...

— Le souci, c'est que... m'entendis-je marmonner, les mots franchissant mes lèvres sans que je puisse les arrêter, ... c'est que ce n'est pas vrai.

Une larme dévala alors la pente de ma joue pour se suspendre à mon menton. Je passai la main sur ma pommette, aussi incrédule que déconcertée de trouver sous mes doigts la trace humide de mes émotions – lesquelles se révélaient soudain impossibles à contenir.

— Eh, Romy… fit Adriel d'une voix aux accents inquiets. Quelque chose ne va pas ?

Je bondis hors du canapé, surprise par mes propres réactions. Puis je m'éloignai d'un pas et lui tournai le dos, tentant de me soustraire à son regard.

Plus j'étais proche de lui et plus j'étais à fleur de peau. Si bien que je devenais incapable de maîtriser quoi que ce soit…

— Toi, tu sais, rétorquai-je, prenant conscience du problème en même temps qu'il fusait de ma gorge. Mais en réalité, je ne suis ni authentique ni libre. J'aimerais être cette femme que tu décris. Je fais d'ailleurs tout pour qu'on y croie. Mais ce n'est qu'un mensonge, une illusion. J'ignore comment j'en suis arrivée là. J'ai cet énorme vide en moi. Et je fais comme s'il n'existait pas. Jusqu'à il y a seulement quelques jours, personne n'était au courant pour mes idioties. Personne ne savait que j'avais pété les plombs au point d'aller harceler pendant des semaines un pauvre innocent en pensant me venger de mon ex… Je ne me suis décidée à en parler à ma meilleure amie et à ma sœur que tout récemment, parce que j'étais au pied du mur. Mais ça n'a rien changé, c'est trop tard. Leslie et Liora sont censées être celles qui me connaissent le mieux et, par ma faute, parce que je veux à tout prix prouver aux autres que je ne suis pas ma mère, elles n'ont aucune idée de ce que je traverse vraiment.

Derrière moi, j'entendis Adriel se lever à son tour.

37

Romy

Il avança en silence, puis je perçus la chaleur de son grand corps dans mon dos. Il referma prudemment les bras sur moi et m'enlaça par la taille avec une troublante douceur. Puis il déposa un baiser dans mes cheveux, juste sur le haut de mon crâne.

— Je sais très précisément de quel genre de vide il s'agit, chuchota-t-il gravement. Il s'insinue sans qu'on y prenne garde, à la seconde où l'on choisit de s'isoler du monde. Même si ce n'est que pour un bref moment, même si l'on pense que ce sera seulement temporaire, c'est fini. Il est là. Il se développe, te dévore de l'intérieur et étend ses racines, bien avant que l'on ait pu remarquer sa présence.

Alors Adriel aussi avait ressenti cela ? Lui aussi avait décelé cette même lueur dans mon regard…

Je n'avais pas rêvé, ce lien entre nous n'existait pas uniquement dans mon esprit. Il s'était établi dès l'instant de notre rencontre, aussi improbable fût-elle.

Il pressa son torse contre mon dos, m'étreignant plus étroitement. Et je soupirai de soulagement. C'était exactement ce dont j'avais besoin. La chaleur de ses bras chassait mieux que n'importe quoi d'autre le vertige niché au fond de ma poitrine. Ses mots étaient comme un baume sur mes cicatrices, celles que jamais je n'osais montrer...

Nos situations n'étaient pourtant guère comparables, j'en avais conscience. Adriel traversait l'enfer du deuil, la perte d'un être cher, parti de la façon la plus douloureuse qui soit. Mes maux, ma solitude latente n'étaient rien à côté. Pourtant, aussi incroyable que ça puisse paraître, il reconnaissait une partie de sa souffrance dans la mienne...

Je posai les mains sur ses avant-bras, qu'il tenait noués sur mon ventre. Et je marmonnai, laissant mes paroles filer sans la moindre retenue :

— Tu crois que nos vides respectifs peuvent s'annuler l'un l'autre ?

— Oui, c'est ce que je ressens quand je suis avec toi. Je suis sûr que, ensemble, on peut s'en débarrasser. Il suffit de cesser de se cacher, révéler qui l'on est vraiment, avec nos failles et nos tourments. Revenir au monde et retrouver cette fichue lueur d'espoir, tellement lointaine qu'on se demandait si elle ne s'était pas enfuie pour toujours...

Je pivotai entre ses bras, incapable de résister davantage à la vibrante force d'attraction qu'il exerçait sur mon être.

Je ne voulais plus rien savoir de ce marché absurde que nous avions passé. Je refusais de songer à sa femme défunte et au fait qu'elle ne quittait jamais ses pensées.

À cet instant, c'était à moi qu'Adriel s'adressait. Je ne pouvais concevoir que son esprit soit occupé par une autre.

Je ployai la nuque en arrière, lui offrant mes lèvres. J'avais tellement envie de lui...

Je voulais qu'il éprouve la même chose, qu'il me le montre. Aussi décidai-je de ne pas me jeter à son cou comme la dernière fois.

Adriel comprit immédiatement et ne se fit pas prier. Il posa la main sur ma mâchoire et se pencha sur moi. Je laissai échapper un soupir de bonheur quand il captura ma bouche dans un tendre baiser – d'abord un peu réservé, puis de plus en plus avide et profond.

Il y avait tant de confessions dans cette simple étreinte... Adriel me désirait, cela ne faisait plus aucun doute. Je pouvais le sentir à chacun de ses gestes, aussi fébriles que mesurés. Tout en lui me le criait, m'appelait. Mais il y avait aussi la douleur, ce que cela représentait à ses yeux...

Avait-il l'impression de trahir sa femme ?

Notre deal était supposé nous permettre de contourner ce genre de problématique. J'avais toutefois l'inexplicable impression que, à un moment donné, sans que je m'en aperçoive, celui-ci était devenu caduc.

Pour contrer l'afflux de mauvaises pensées – dans son esprit comme dans le mien –, je me lovai contre son corps, écrasant ma poitrine contre son torse. Puis je glissai les mains sous son pull, cherchant le contact de la peau veloutée de ses reins.

Un grognement viril roula dans sa gorge, me confirmant que j'avais réussi à vaincre les dernières brumes de cette barrière d'obscurité qui persistait entre nous. Son baiser se fit plus fougueux et exigeant, me faisant tourner la tête, les jambes subitement en coton.

Je tressaillis, frissonnant de tous mes membres lorsque Adriel passa à son tour les doigts sous mon sweat pour plaquer ses grandes paumes contre mes flancs, les pouces près de l'élastique de ma brassière. Tout mon être se mit à vibrer sous ses caresses à l'ardeur mal contenue, envoyant des tas de petites décharges dans mon abdomen – lesquelles finissaient toutes invariablement leur course entre mes jambes.

Nous avions encore nos vêtements, ne faisions que nous embrasser, et cependant, j'étais déjà en feu…

Comment Adriel faisait-il, à quel curieux tour de magie avait-il recours pour provoquer chez moi autant de sensations avec si peu ?

Ma rupture avec Julien ne remontait pourtant pas à si loin que ça. Six mois, ce n'était pas la mer à boire. Il m'était d'ailleurs plusieurs fois arrivé, par le passé, de traverser de bien plus longues périodes de célibat. Et puis, je savais parfaitement me débrouiller seule pour satisfaire à certains besoins charnels…

En vérité, ce n'était pas de sexe que je manquais, mais de quelque chose de bien moins tangible et néanmoins plus important – voire essentiel. C'était une question d'émotions, de sentiments, d'un échange dépassant les frontières physiques. Je brûlais de partager une intimité d'une autre sorte, que je n'avais jusqu'à présent jamais expérimentée avec quiconque.

Pas même avec mon ex-fiancé…

C'était dingue, je connaissais à peine Adriel. Notre rencontre ne datait que de quelques semaines et, cependant, j'avais la sensation qu'il en savait davantage sur moi que tous mes ex réunis. C'était comme si ce lien entre nous avait eu le pouvoir de remplacer tous les discours, tous les mots que nous aurions pu échanger.

Je savais sa solitude, et il savait la mienne. Rien n'était plus fort ni n'était davantage en mesure de réunir plus étroitement deux êtres. J'avais trouvé une personne capable de me comprendre, de m'apprécier malgré mes folies et mes faiblesses. Et je m'y accrochai de toutes mes forces, au propre comme au figuré...

Les bras autour de la nuque d'Adriel, je m'agrippai à son cou tel un naufragé à une bouée, tandis qu'il promenait ses mains partout sur mon corps. Il s'appliquait à parcourir de ses doigts chacune de mes courbes, encore et encore, comme pour tenter d'en mémoriser chaque contour.

Tout à coup, l'arrière de mes genoux rencontra un objet souple. Alors je me rappelai que nous étions toujours tous deux debout, au milieu du salon. Je cessai de lutter pour conserver l'équilibre et me laissai finalement choir sur le canapé.

Adriel suivit aussitôt le mouvement et se retrouva étendu au-dessus de moi, nos jambes entremêlées. En appui sur un coude, il se mit à embrasser ma gorge pendant que j'attrapais l'ourlet de son pull ainsi que celui de son tee-shirt pour les lui retirer d'un seul élan.

Il me seconda dans l'opération, puis se chargea de m'ôter mon haut également. Après quoi, il s'arrêta un instant pour m'observer, battant des paupières comme s'il peinait à organiser ses pensées.

— Je... Il faut que tu saches que je n'ai eu aucune aventure depuis Florence, avoua-t-il, un pli de confusion marquant l'espace entre ses sourcils. Même avant, en fait... Je n'ai connu qu'elle.

Soudain, la réalité me rattrapa brusquement.

Ces aveux n'auraient pas dû me prendre au dépourvu ni changer quoi que ce soit à la situation. Pourtant, le charme était rompu...

Cette épée au-dessus de mon crâne, que je m'étais si bien appliquée à oublier, venait juste de tomber. Et c'était douloureux, comme si mon cœur avait volé en éclats, brusquement broyé par la main de la fatalité.

Parce que Adriel n'y pouvait rien. Sa femme défunte avait été son âme sœur. La seule avec qui il avait été intime. Cela en disait long...

Elle était l'unique. Celle qu'on ne rencontre qu'une fois dans une vie.

Et moi... Moi, je n'étais rien.

Bordel, mais qu'est-ce qui m'avait pris, tout à coup ?

Je m'étais totalement égarée dans ses bras. Comment avais-je pu perdre la tête de cette manière ? Comment avais-je pu croire, même l'espace d'un bref moment, qu'une véritable relation était en train de se tisser entre nous ? Qu'une belle histoire allait émerger de ce chaos ?

J'étais si stupide ! Je m'étais fait des films en imaginant toutes ces choses sur nous deux – telle une adolescente en fleur, en mal de prétendants...

En outre, ce n'était pas ce que je souhaitais. C'était même tout l'inverse. Ces rapprochements avec Adriel avaient une fâcheuse tendance à me faire désirer des choses que je m'étais interdites, sur lesquelles j'étais pourtant décidée à ne jamais revenir.

Il fallait que je me ressaisisse. Et que je maîtrise le flot de mes pensées. C'était urgent !

— Ce... Hmm, ça n'a pas d'importance, mentis-je dans un murmure rauque.

Je ne voulais pour autant pas me dégonfler. Après tout, c'était moi qui avais proposé cette saloperie d'arrangement à la con. Adriel avait parfaitement le droit d'évoquer son épouse morte s'il le souhaitait – c'était d'ailleurs tout l'intérêt de notre accord – même en un instant aussi crucial...

Il fallait que je m'y fasse : il n'y avait finalement rien de magique entre nous.

C'était dur mais c'était ainsi. Les espoirs n'avaient pas leur place dans le réel, quand arriverais-je à l'accepter ?

38

Adriel

Je venais de tout gâcher…

Je pouvais lire sur les traits de Romy combien mes mots l'avaient choquée. Blessée, peut-être même.

Non, mais quel abruti ! Tu ne pouvais donc pas la fermer ?

Cela avait été plus fort que moi. Il fallait que je le lui dise, qu'elle sache à quel point ces instants avec elle étaient importants à mes yeux. Mes paroles semblaient néanmoins avoir eu l'effet contraire.

Mais à bien y réfléchir, cela n'avait rien d'étonnant… Romy était déjà persuadée que j'étais incapable de ne pas songer à Florence, même dans ce genre de moment. Et comme un idiot, je n'avais pas démenti. Il était grand temps à présent que je lui explique…

— Tu préfères qu'on en reste là, c'est ça ? déduisit-elle de mon immobilisme, son visage se décomposant à mesure que le silence entre nous s'étirait.

— Non, pas du tout… Je voulais simplement…

Pourquoi cela ne sortait-il pas ?

C'était comme si quelque chose s'était brisé, tout à coup. Je ne parvenais plus à sentir cette alchimie entre nous, pourtant si puissante quelques secondes plus tôt.

Romy fronça les sourcils, l'air de plus en plus indignée. Visiblement, les choses allaient de mal en pis. Et tout était ma faute...

Elle posa la paume contre mon torse et tenta de me repousser, une moue amère tordant ses lèvres. Puis elle me jeta sèchement à la figure :

— Peut-être que ça t'aiderait si j'enfilais un petit cardigan jaune à col rond et une perruque rousse ?

— Attends... quoi ?

Je mis un bref instant à comprendre le sous-entendu...

Romy faisait référence à Florence, bien sûr. À cette photo qu'elle avait vue dans la chambre d'Émilie. Celle sur laquelle nous posions tous les trois...

Les vapeurs du doux rêve que j'avais cru partager avec Romy s'évaporèrent. Soudain, je dégringolai, passant de la voluptueuse chaleur du désir à l'âpreté de la rancœur que me renvoyaient les prunelles de la jeune femme. Comme un coup reçu en plein estomac que je n'aurais pas vu venir...

Après quelques secondes de consternation, je me décidai finalement à me redresser, libérant Romy, dont le corps était resté coincé sous le mien.

Elle s'assit sur le canapé, puis se couvrit le visage de ses mains.

— Oh, mon Dieu, je suis désolée, gémit-elle. Je n'aurais jamais dû dire un truc pareil. C'est affreux...

J'aurais probablement dû lui en vouloir, être au moins un peu fâché contre elle. Mais en vérité, je ne l'étais pas. Je me sentais plutôt confus en fait, parce que j'étais en partie responsable de cette situation.

— Tu te trompes, marmonnai-je, plus ébranlé par son invective que je ne l'aurais voulu.

Romy laissa retomber ses bras et marmonna :

— Oh, je t'en prie, c'était cruel, j'en ai parfaitement conscience. Pourtant, je ne suis jamais cruelle, d'ordinaire...

Elle se leva, les épaules basses et le nez vers le sol, semblant aussi embarrassée que scandalisée par son propre comportement. Elle récupéra son sweat tandis que mes pensées s'emmêlaient pour redevenir brumeuses.

Romy enfila son haut d'un geste nerveux et replaça une mèche derrière son oreille.

— Je ferais mieux de m'en aller et de ne jamais revenir. Pour de vrai, cette fois. Cet endroit ne me réussit décidément pas. Et tu avais raison : toi et moi, c'était une grosse erreur. Je ne sais vraiment pas ce qui m'a pris, je te demande encore pardon, Adriel.

Elle fit un pas et, comme par réflexe, je levai le bras pour saisir son poignet.

— S'il te plaît, non...

Ne m'enlève pas cela, je t'en supplie.

J'avais besoin d'elle dans ma vie. Je voulais tout ce qu'elle pouvait me donner. Absolument tout... Je ne pouvais me permettre de la laisser s'enfuir de cette manière. J'avais trop à perdre pour ne pas tenter de la retenir.

— Ne me dis pas que tu souhaites réessayer, me reprocha-t-elle. Tu vois bien que cette histoire est vouée à l'échec.

C'était terminé. Elle allait partir. Et ne jamais revenir, elle l'avait promis.

Alors, n'ayant plus d'autre choix, je renonçai à toute retenue. Je fonçai droit vers cet horizon de lumière qui me terrifiait et laissai mes sentiments s'échapper pour se changer en mots. Et tant pis pour la suite.

— Tu te trompes, je ne pense pas à Florence, débitai-je aussi promptement que possible. Je sais que je t'ai affirmé un jour qu'elle occupait mon esprit à chaque seconde, mais ce n'est plus vrai. Plus depuis que tu m'as embrassé à la sortie de ce boui-boui que tu m'as fait découvrir... En fait, quand je suis avec toi, il n'y a plus que toi, rien d'autre. Je n'ai pas refusé lorsque tu m'as exposé ton offre parce que, à ce moment-là, je n'en avais pas le courage. Parce que c'était trop difficile d'avouer que ce qui m'avait tant accablé durant toutes ces années se dissipe sous l'effet de ta simple présence. Mais c'est ainsi. Et je suis persuadé que c'est pareil pour toi. Que ton ex est très loin de tes pensées quand nous partageons ce genre de moment.

Les doigts de Romy enserrèrent les miens tandis qu'elle m'observait, comme pour confirmer mes propos. Elle paraissait maintenant totalement bouleversée. Pour la seconde fois de la soirée, ses yeux se mirent à briller, brouillés par des larmes mal contenues.

Elle poussa un soupir douloureux et murmura :

— Dans ce cas, c'est pire encore. J'ai été vraiment idiote de nous jeter dans un tel bourbier, toi et moi...

J'ignorais à quel type de réaction je m'attendais, mais certainement pas à celle-ci.

Je lâchai son bras, totalement désorienté.

Je venais d'exprimer tout ce que j'avais sur le cœur. J'avais déployé des trésors d'efforts pour me montrer pleinement honnête. Et à présent, Romy avait l'air plus mortifiée que jamais.

— Qu'est-ce que cela signifie ?

— Ça signifie que nous sommes dangereux l'un pour l'autre, souffla-t-elle. Que nous avons le pouvoir de nous faire souffrir. Te blesser est la dernière chose que je souhaite, Adriel.

— Mais moi aussi, c'est la dernière chose que je souhaite. Je ne te ferai jamais de mal, enfin ! Alors où est le problème ?

Romy s'éloigna et secoua la tête, les yeux perdus dans le vague.

— Tu ne vois pas que c'est trop tard ? Je t'ai dit des choses ignobles, juste par jalousie. Je ne veux pas devenir ce genre de personne. Et je ne veux pas donner le pouvoir à qui que ce soit de m'écorcher davantage. J'ai suffisamment de peine à me remettre d'une rupture avec un homme pour lequel je ne suis même pas certaine d'avoir eu des sentiments, alors...

Elle s'interrompit, comme si elle estimait qu'il valait mieux que j'ignore la suite. N'y tenant plus, je me levai également, avançant d'un pas prudent, mais ferme, vers elle.

— Alors quoi ? J'ai beau réfléchir, je ne comprends pas, Romy...

Elle haussa les épaules avec dépit, puis avoua :

— Alors avec toi, pour qui je ressens déjà beaucoup trop de choses, je n'ose même pas imaginer les dégâts que cela causerait. Et l'inverse est valable aussi, car je ne suis pas quelqu'un de fiable. Pas dans mes relations aux hommes, en tout cas. Je refuse de prendre ce risque. Toi qui es si pondéré et réfléchi d'ordinaire, comment peux-tu ne pas être d'accord avec ça ?

Je me pinçai l'arête du nez, complètement paumé.

Ses arguments se tenaient, ils étaient d'ailleurs imparables. Et en même temps, je ne pouvais m'empêcher de les trouver ineptes. Parce que, à mon sens, il s'agissait d'une véritable chance. De celle qui ne se présente qu'une fois, voire deux, grand maximum, dans toute une vie...

— Donc tu es en train de m'expliquer que tu as des sentiments pour moi, après que je t'ai également avoué en éprouver à ton égard, résumai-je, de plus en plus perplexe et affligé. Et c'est pour cela que tu préfères tout arrêter entre nous ? Pourquoi toi, tu ne te rends pas compte de l'absurdité de ta décision ?

Comme moi quelques jours plus tôt, quelque chose la retenait, l'emprisonnait. Je savais qu'elle avait beaucoup de fêlures, elle aussi, mais je n'avais pas soupçonné combien elles étaient profondes...

— Je suis désolée, Adriel, bredouilla-t-elle. C'est comme ça, on n'y peut rien. Je suis heureuse que tu aies réussi à trouver le moyen d'éloigner de toi tes sombres pensées. Je suis sûre que tu trouveras bientôt une femme qui pourra te donner ce dont, moi, je suis incapable. Tu mérites quelqu'un de bien. Quelqu'un d'équilibré. Une belle histoire qui se transformera en un magnifique cliché. Mais je ne suis pas celle qu'il te faut...

Elle s'empressa de récupérer son manteau et, avant même que j'aie eu le temps de répondre, se précipita vers la porte. Le battant se referma sur elle dans un bruit sec, et je restai seul, au milieu de cet appartement à moitié vide, sans vraiment réussir à comprendre comment nous en étions arrivés là.

39

Romy

J'avais pris la bonne décision, j'en étais absolument certaine. C'était évident...

Je venais de nous éviter le pire. Quelle terrible erreur cela aurait été de continuer alors qu'Adriel avait affirmé nourrir des sentiments à mon égard quand moi, je...

Quand je savais pertinemment que j'en avais également pour lui.

Mettre un terme à notre relation paraissait peut-être absurde de prime abord. Mais Adriel se trompait, nous n'étions pas sur la même longueur d'onde pour autant. L'attachement et l'affection n'étaient pas censés faire partie du programme. Cela changeait complètement la donne. Je ne pouvais pas gérer ce genre d'histoire – plus depuis Julien...

Et Adriel n'était pas davantage en mesure de se confronter à une aventure de ce type. Pas si tôt. Et pas après ce qu'il avait avoué concernant son parcours amoureux...

J'étais persuadée d'avoir fait ce qu'il fallait. Pourtant, je ne pouvais empêcher mon cœur de se serrer. La simple idée de ne plus jamais retrouver la chaleur de ses bras m'était douloureuse, tout comme celle de lui avoir causé la moindre peine...

Il était un peu plus de minuit lorsque je franchis le seuil du manoir. Mes réflexions m'avaient obligée à rallonger mon trajet, dans l'espoir que ces détours m'aideraient à y voir plus clair. En vain...

Je m'efforçai de fermer la porte derrière moi le plus discrètement possible, ne tenant pas à réveiller toute la maisonnée. Quelle ne fut pas ma surprise toutefois quand, en longeant le couloir, je remarquai un filet de lumière en provenance du salon.

J'y trouvai Liora, allongée de tout son long sur le canapé, enroulée dans mon plaid en fourrure synthétique, un saladier contenant un reste de pop-corn posé en équilibre sur ses genoux. Le son de la télé était si faible que je ne l'avais pas entendu – ou alors peut-être étais-je trop perdue dans le flot torrentiel de mes pensées pour y prêter attention ?

— J'avais espéré que tu ne rentrerais pas avant le lever du jour, déclara Liora sans bouger d'un pouce, l'air néanmoins quelque peu déçue.

— Même si ça s'était bien passé, je ne serais pas restée dormir chez Adriel, lâchai-je presque malgré moi.

— Donc ça s'est mal passé... Laisse-moi deviner : tu t'es débrouillée pour tout faire foirer ? J'en étais sûre, j'aurais pu le parier !

Là-dessus, elle se redressa d'un bloc, prenant appui d'un bras sur le dossier du sofa, et me fusilla d'un regard contrarié.

— Eh ! Comment ça, tu aurais pu le parier ? Je t'avais dit qu'il ne s'agissait que d'un plan cul, rien de plus.

— Oui, bien sûr...

Sa moue sceptique m'acheva. Je n'étais pas d'humeur à plaisanter, encore moins à défendre mes positions quant à mes relations avec les hommes.

Pour ma part, jamais je ne m'étais mêlée de la vie amoureuse de ma sœur. Jamais je ne m'étais permis de lui dire ce que je pensais vraiment du sombre connard qu'elle s'était choisi pour mari et avec qui elle avait été jusqu'à faire des enfants...

— Désolée, mais je suis crevée, soufflai-je en me frottant le front, sentant une migraine poindre. Je file me coucher.

— Romy, attends ! Tu es certaine que tout va bien ? Tu ne sembles pas dans ton assiette...

Liora se mit brusquement debout, faisant dégringoler le saladier de pop-corn en même temps que le plaid glissait à ses pieds.

— Je n'ai pas envie d'en parler, conclus-je un peu plus froidement que je ne l'aurais voulu. Laisse tomber, d'accord ?

Je me sentais si mal que je ne pus que m'enfuir, sans autre explication, pour me réfugier dans ma chambre.

La nuit fut compliquée. Je me tournais et me retournais continuellement dans mon lit sans parvenir à trouver le sommeil, le cerveau en ébullition. Je faisais tout pour ne pas songer à Adriel, mais c'était plus fort que moi.

Dès que je fermais les yeux, je revoyais les siens, si pâles et cependant si ténébreux. J'aurais aimé pouvoir être celle qui lèverait cette espèce de malédiction pesant sur lui. Mais il faisait fausse route : cela ne pouvait pas être moi...

Moi, je ne voulais plus souffrir. Pas comme ça. Pas à ce point…

Parce que, avec Julien, je savais que je pouvais gérer, qu'en cas de coup dur j'aurais réussi à encaisser – et c'était d'ailleurs ce qui s'était produit. La réalité m'avait donné raison. J'avais bien fait de me préserver, de conserver quoi qu'il en soit une certaine distance affective.

Mais avec Adriel, les règles n'étaient plus les mêmes… Tout prenait une autre dimension, une profondeur insoupçonnée, lorsque je me trouvais près de lui.

Je devais en priorité me protéger, ne plus me mettre en danger comme par le passé. Il fallait à tout prix que j'évite toute histoire qui risquerait de m'entraîner vers le fond, comme ma mère s'était autrefois elle-même laissé emporter. Tous ces hommes qui avaient défilé dans son existence lui avaient fait tellement de mal – mon père y compris, bien que cela n'avait guère été intentionnel et encore moins prémédité…

Liora était alors bien trop jeune pour s'en rendre compte. En outre, elle idéalisait la relation qu'avaient eue nos parents. Mais, en ce qui me concernait, je n'avais pas oublié.

Jamais l'espèce de zombie qu'était devenue notre mère à la suite de tous ses échecs sentimentaux ne s'effacerait de ma mémoire. Chaque fois elle s'était investie, avait donné tout ce qu'elle avait pour que cela fonctionne. Et systématiquement, cela s'était soldé de la même façon. Les hommes de sa vie avaient fini par se lasser d'elle, l'avaient rejetée, abandonnée…

Finalement, je m'éveillai tandis qu'il faisait grand jour, la lumière du soleil emplissant la chambre. J'avais dû sombrer dans le sommeil aux petites heures du matin, épuisée d'avoir trop réfléchi à ces absurdes considérations existentielles.

— Et merde, pestai-je après avoir jeté un coup d'œil à mon téléphone.

Il était onze heures quarante-cinq. J'avais complètement oublié de programmer l'alarme du réveil. Cela m'apprendrait à passer autant de temps à ressasser ! Comme si cela allait faire avancer quoi que ce soit. Les doutes n'avaient jamais eu leur place chez moi, ce n'était pas maintenant que cela allait commencer. J'avais toujours mis un point d'honneur à assumer mes choix – bon, sauf peut-être quand je décidais de harceler un ex –, cette fois ne ferait pas exception. Il suffisait de passer à autre chose, ce n'était pas si compliqué.

Je me levai en quatrième vitesse et fonçai à la salle de bains. J'avais de la comptabilité à faire, des chorégraphies à travailler, des cours à préparer, puis à donner. Il n'y avait aucune place dans mon programme de la journée pour la rumination !

Après un rapide brossage de dents et une douche express, j'enfilai au hasard les premiers vêtements propres qui me tombaient sous la main. Puis je dévalai en trombe l'escalier, l'estomac déjà gargouillant…

J'avais beau avoir pris la veille un dîner passablement conséquent, j'étais affamée. En outre, une délicieuse odeur de fromage et de pommes de terre flottait dans la maison.

Bosser le ventre vide n'étant guère recommandé – enfin, ce n'était pas comme si cela faisait partie de mes habitudes, de toute façon –, j'opérai un rapide détour par la cuisine.

Liora était aux fourneaux, un tablier de cuisine à la coupe étonnamment sophistiquée sur le dos. Elle tournait une spatule en bois dans une casserole, le four devant elle allumé, tandis que des emballages divers et variés étaient éparpillés un peu partout sur le plan de travail.

— Mais qu'est-ce que tu fabriques ?

Je n'avais pas vu ma sœur préparer quoi que ce soit de plus élaboré que des pâtes pour les enfants ou des haricots verts pour elle depuis son emménagement au manoir.

— Ah, te voilà ! s'exclama-t-elle sans se retourner, concentrée sur sa tâche. Assieds-toi, j'ai fait le déjeuner. Je m'entraîne pour le repas du réveillon. Ce ne sera pas tout à fait comme avant. Tu sais, en général, les parents de David, ses oncles et ses cousins venaient à la maison avec leurs enfants, et nous passions les fêtes tous ensemble. Mais bon, je tiens à ce que nous fassions Noël comme il se doit. Je veux que Camille, Hugo et Zoé soient heureux. Cette année ne doit pas faire exception, tu comprends ?

— Oui, bien sûr.

J'obtempérai et me glissai à table, sans chercher à la contredire. Elle avait décidé de quitter le père de ses enfants, leur vie à tous en avait été bouleversée. Malgré tout, elle tenait à ce que cette période soit aussi enjouée qu'avant, c'était naturel...

— Je me chargerai de tout, reprit-elle en sortant deux assiettes du placard. Tu n'auras absolument rien à faire. Je te demande juste de me dire si tu aimes ce que j'ai préparé. David ne voulait pas entendre parler d'aligot, lui qui déteste le fromage.

Je n'allais certainement pas me plaindre de servir de cobaye pour ce genre de plat – même si, en vérité, c'était loin d'être idéal avant d'aller danser…

Je passai le reste de la journée absorbée par mon travail, ne m'autorisant pas une seconde de repos – beaucoup trop propice au retour des pensées parasites. Je n'avais pas oublié toutefois qu'Adriel allait venir pour conduire sa fille à son cours particulier du mardi. Mais j'avais décidé de ne pas y songer, voilà tout.

Il arriva avec un peu d'avance, comme à son habitude. Je fus étonnée de le voir entrer dans le couloir en tenant la main d'Émilie dans la sienne. C'était comme si cette espèce de distance étrange que j'avais cru détecter la première fois que je les avais vus passer cette porte avait tout bonnement disparu…

L'enfant rayonnait de bonheur, un sourire ravi sur ses lèvres. Elle se résolut toutefois à lâcher les doigts de son père pour se précipiter vers Zoé, qui l'attendait devant les vestiaires – où Liora était encore en train de se changer. Ma sœur avait proposé de me seconder et de donner cette leçon privée avec moi ce soir, ce que je m'étais empressée d'accepter.

Nous patientâmes en silence, puis mon regard finit par croiser celui d'Adriel… Et mon cœur rata un battement. Subitement, j'eus l'impression que tous les murs que j'avais tenté de bâtir entre nous s'effondraient les uns après les autres…

Il ne semblait pas en colère, ni amer, seulement triste, mais pas tout à fait de la même façon que d'ordinaire. À en juger par les cernes sombres qui soulignaient ses yeux et accentuaient davantage encore leur pâleur, lui aussi avait peu dormi la nuit dernière.

Je luttai pour me détourner, consciente que cet échange silencieux durait beaucoup trop longtemps pour ne pas devenir significatif, quand Émilie et ma nièce sortirent des vestiaires en courant comme deux boulets de canon, poussant des exclamations aiguës.

— Papa, papa ! appela Émilie, se mettant tout à coup à sautiller sur place. La maman de Zoé veut nous inviter à dîner avec grand-mère pour le réveillon de Noël ! Dis que tu es d'accord, s'il te plaît !

— Ouais, s'il vous plaît monsieur ! renchérit Zoé, usant de son regard de Chat Botté le plus convaincant.

Euh... Ma sœur avait fait quoi ?

Là-dessus, Liora remonta le couloir jusqu'à notre hauteur, m'ignorant superbement, semblant presque fière d'elle.

— Pardon, s'excusa-t-elle, tendant la main à Adriel pour la lui serrer. Comme vous le savez, je suis la maman de Zoé et la sœur de la professeure de danse de votre fille. Les enfants parlaient de leur déception à la perspective de ne rien faire de spécial pour Noël, alors j'ai eu l'idée de proposer cette invitation. Zoé et Émilie s'entendent tellement bien, je suis sûre que nous nous verrons souvent maintenant qu'elles sont devenues les meilleures amies du monde. Après tout, quoi de plus approprié que cette fête pour nous réunir et faire connaissance autour d'un bon repas ?

Incapable d'articuler le moindre mot, je ne pus qu'assister à la scène, muette comme une carpe.

Adriel s'éclaircit la gorge, des plis de circonspection sur le front.

— Eh bien, je... je ne sais pas trop, c'est...

— Allez, papa ! insista Émilie, saisissant son bras pour appuyer sa demande. Grand-mère sera ravie de voir du monde et d'avoir l'occasion de sortir un peu, ça arrive si peu souvent. Et puis, je serai avec ma copine. Cela me ferait tellement plaisir...

Il se tourna vers moi et m'interrogea du regard, comme si j'étais la seule habilitée à prendre cette décision.

Bordel, je crois que je vais tuer Liora...

— C'est une excellente idée, mentis-je, marmonnant entre mes dents serrées. En effet, vous n'avez qu'à venir pour le réveillon avec Émilie et sa grand-mère, Liora et moi serons très heureuses de vous recevoir.

Adriel fronça les sourcils, pas dupe pour deux sous. Toutefois, sa fille lui pressait toujours le bras, une expression suppliante sur le visage. Un bref coup d'œil dans sa direction eut finalement raison d'Adriel...

— Bon, dans ce cas, c'est d'accord, céda-t-il, manifestement incapable de résister à une demande aussi pressante de la part d'Émilie.

— Yes ! s'écrièrent en chœur les fillettes, se tapant dans la main comme pour se féliciter de leur coup.

40

Romy

Cela faisait maintenant trois jours que je n'adressais quasiment plus la parole à Liora. Camper sur mes positions et m'obliger à lui faire la tête me brisait le cœur un peu plus chaque fois que nous nous croisions à la maison ou à l'école, mais c'était ainsi. Je lui en voulais énormément pour ce qu'elle avait fait.

Me forcer la main de la sorte et oser inviter chez nous, pour Noël, un homme qu'il m'était pénible de revoir – pour de nombreuses raisons dont la plupart n'avaient pu échapper à ma sœur – représentait à mes yeux une véritable trahison.

Elle s'était mêlée de choses qui ne la regardaient pas, avait pris des décisions qui ne lui appartenaient pas. Pour tout cela, il était hors de question que je me contente de passer l'éponge. Je ne comprenais d'ailleurs toujours pas pourquoi elle avait fait un truc pareil...

En outre, elle n'avait même pas cherché à s'en expliquer. Depuis ce mardi soir devant la salle de danse avec Adriel, elle s'employait à faire comme si de rien n'était, feignant de ne pas remarquer mon mutisme et ma mauvaise humeur – ce qui, à mon sens, aggravait sérieusement son cas...

Plus remontée que jamais – l'échéance se rapprochant dangereusement –, je jetai un coup d'œil à mon reflet dans le miroir. Le regard noir que me renvoya mon double spéculaire me fit froid dans le dos. J'avais l'air prête à écharper toute personne désireuse de m'adresser la parole. Pas vraiment l'idéal pour un premier Noël au manoir en famille...

J'avais sorti de mon placard une vieille robe démodée, achetée une dizaine d'années plus tôt pour je ne savais plus quelle occasion. En coton bleu marine, la coupe était sobre et plutôt droite. L'ourlet descendait jusqu'à mi-cuisse, et le décolleté en V laissait voir juste ce qu'il fallait de peau. Le charme du vêtement résidait dans sa couche supérieure, composée de dentelle d'une même teinte, formant de longues manches resserrées aux poignets.

J'ignorais pour quelle raison j'avais cru bon de souligner mes paupières de crayon noir, d'enduire mes cils de mascara et de rehausser mes pommettes d'un peu de fard couleur pêche.

— C'est Noël après tout, justifiai-je à haute voix, tâchant de convaincre mon reflet.

Il était temps que je fasse des efforts. En vérité, je ne voulais pas gâcher la soirée de Liora. Elle s'était donné énormément de mal pour tout préparer, et j'avais mis un point d'honneur à ne surtout pas l'aider – ni en cuisine ni avec ses trois monstres surexcités à la perspective de pouvoir déballer des tas de cadeaux dans seulement quelques heures...

En vérité, je comprenais quand même un peu pourquoi elle avait invité des étrangers à notre réveillon. Elle rêvait d'une belle soirée, avec du monde et des enfants insouciants jouant partout autour de nous. Peut-être était-ce égoïste de ma part de ne songer qu'à mon propre bien-être ? Après tout, Émilie était devenue la meilleure amie de Zoé. Sans doute était-il donc bienvenu que les petites soient réunies pour Noël. L'une avait vu ses parents se séparer récemment et l'autre avait perdu sa maman quelques années plus tôt. Passer ce genre de moment ensemble leur ferait probablement beaucoup de bien à toutes deux...

Je descendis l'escalier prudemment, étonnée de n'entendre quasiment aucun bruit. J'avais imaginé mes neveux intenables à l'approche de cette soirée, mais finalement, tous trois étaient installés devant la télévision, hypnotisés par un énième visionnage du *Roi Lion*, sages comme des images. Je ne savais pas ce que leur avait dit ma sœur pour les tenir aussi calmes et silencieux, mais c'était diablement efficace !

Je trouvai cette dernière dans la cuisine, comme attendu, s'activant autour de divers plats. Plus surprenant cependant, Liora semblait parler toute seule...

— Bon, je te la passe, OK ? l'entendis-je murmurer.

Elle pivota dans ma direction et lâcha la poignée d'une casserole pour saisir le téléphone qu'elle maintenait coincé entre son épaule et sa mâchoire – que je n'avais pu apercevoir à cause de ses cheveux.

— À qui tu parles ? m'enquis-je juste avant qu'elle me tende le combiné.

— C'est Leslie. Elle veut te parler.

Je fronçai les sourcils, prise au dépourvu. Si mon amie avait cherché à me joindre, pourquoi n'avait-elle pas plutôt appelé sur mon portable ?

J'attrapai l'objet avec circonspection, interrogeant Liora du regard. Mais celle-ci se détourna sans que je puisse deviner à sa moue si elle était fâchée ou embarrassée.

— Allô ?

— Salut, la Pelleteuse ! me répondit d'une voix enjouée mon amie. Alors comme ça, tu as suivi mon plan concernant Monsieur Balai dans le cul ?

— Je vois, Liora a tout cafté, pour changer…

Je jetai un coup d'œil dans sa direction, mais elle était apparemment résolue à me tourner le dos.

— Encore heureux ! s'exclama Leslie d'un ton contrarié. Pourquoi tu ne m'as rien dit ?

— Peut-être parce que tu es actuellement à l'autre bout du monde et que je n'allais pas te déranger pour si peu. Ton super stratagème a capoté, de toute façon. C'était une voie sans issue, donc pas besoin d'épiloguer outre mesure.

Mon amie poussa un petit grognement mi-mécontent, mi-perplexe à l'autre bout du fil.

— Ma belle, commença-t-elle d'une voix devenue grave. Il faut absolument que tu lâches prise. Les décisions que l'on prend à la suite de certains coups du destin ne devraient jamais durer toute la vie. Parce qu'il existe toujours des exceptions à la règle, et que quand on en croise une, décider de l'ignorer est la pire des conneries.

— Tu… tu ne sais pas de quoi tu parles, Leslie, marmonnai-je, la gorge absurdement serrée.

— Bien sûr que si. Il y a quelque chose entre ce type et toi, et maintenant que c'est acté, tu préfères t'enfuir plutôt que de découvrir ce que c'est. Tu vas rater le train si tu restes sur le quai à regarder les autres monter dans les leurs. Et ces voyages-là, ceux qui ont le pouvoir d'éveiller en toi de véritables sentiments, ils sont rares, crois-en mon expérience, si tu ne veux pas te référer à la tienne. Vraiment très, très rares…

En dehors des questions féministes et politiques, nos discussions avec Leslie étaient rarement très sérieuses. En général, nous nous voyions surtout pour sortir et passer du bon temps. Nous abordions rarement le sujet de nos souffrances personnelles les plus profondes. C'était d'ailleurs la première fois qu'elle me tenait un tel discours – ce qui me déstabilisait d'autant plus…

— Je… Hmm, je vais y réfléchir, bredouillai-je. C'est promis.

Tout à coup, la sonnerie de la porte d'entrée retentit, me faisant tressaillir. Zoé passa devant moi au pas de course et, malgré les efforts de Liora pour se débarrasser de son tablier, la dépassa pour aller ouvrir elle-même.

— Euh, je suis désolée, il faut que je raccroche, m'empressai-je de conclure. Je te souhaite de passer un joyeux Noël, Patmol. Profite bien de ton nouveau jules et du soleil.

— Joyeux Noël, pauvre cloche ! Et n'oublie pas : peu importe où te mènera ce fichu wagon, saute dedans, bordel !

Je coupai la communication avec le sourire aux lèvres, les mots de Leslie m'amusant autant qu'ils me poussaient à réfléchir. Lorsque je me tournai, ce fut pour croiser le regard d'hiver d'Adriel, magnifique dans un de ses costumes bleu marine...

Et merde, mais pourquoi avais-je choisi précisément une robe de la même couleur ? L'univers tentait-il de me faire passer un message ou était-ce mon subconscient – ou bien encore n'était-ce qu'un de ces fichus hasards qui vous donnent l'air particulièrement stupide ?

— Allez-y, entrez, pria Liora depuis le vestibule, incitant nos invités à me rejoindre à l'entrée du salon.

— Bonsoir, Romy, me salua Adriel avec une petite grimace, conscient que cette soirée ensemble n'était pas de mon fait.

Là-dessus, il me donna une bouteille de champagne ainsi qu'une boîte de pâtisseries provenant de chez Pierre Hermé, comme s'il ne s'agissait que de quelques broutilles.

Un peu décontenancée et ne sachant quoi dire, je me hâtai de déposer le tout sur le comptoir de la cuisine.

— Bonjour, Romy ! répéta Émilie en passant à toute allure derrière moi, tirée en avant par ma nièce – sans doute pressée de montrer sa chambre à sa nouvelle grande copine.

— Mademoiselle Debussier, ajouta une voix inconnue.

Alors seulement je me rappelai qu'Adriel et Émilie ne venaient pas seuls. La grand-mère de la fillette les accompagnait également.

Je me tournai pour me retrouver face à une femme brune d'environ soixante-dix ans, vêtue d'une robe noire – sobre et classique mais terriblement chic – et coiffée d'un chignon. Elle me tendit la main. Je la lui serrai, un peu impressionnée, sans trop savoir pourquoi...

— Bonsoir, madame, bredouillai-je, de plus en plus mal à l'aise.

Maintenant je comprenais de qui Adriel tenait ses yeux si clairs – ainsi que son attitude un brin guindée...

— Oh, appelez-moi Maud, ce sera plus simple, dit-elle, retenant mes doigts encore quelques secondes. Et voilà donc la fameuse professeure d'Émilie. Je suis enchantée de pouvoir enfin vous rencontrer en chair et en os, j'ai tellement entendu parler de vous. Depuis que ma petite-fille a commencé à suivre vos cours, elle n'a plus que vous, la danse et son amie Zoé à la bouche.

— Ah oui ? J'espère dans ce cas que cette nouvelle passion est une bonne chose.

— Cela va sans dire, intervint Adriel. Émilie a énormément gagné en assurance grâce à ses premières leçons.

— Il est vrai que j'ai rarement vu ma petite-fille aussi... énergique, commenta Maud, étouffant un petit rire discret du dos de la main, sa remarque étant à mi-chemin entre l'amusement et le blâme.

— Enthousiaste, dirais-je plutôt, rectifia Adriel avec une certaine fermeté. Ou encore pleine de vie, comme devraient l'être tous les enfants. C'est à Romy que nous devons ces changements.

Mes lèvres s'étirèrent de plaisir malgré moi devant ce beau compliment. J'étais vraiment touchée qu'Adriel m'attribue tous les bénéfices de l'évolution de sa fille.

Son regard de ciel froid s'accrocha au mien, à la fois plein de gratitude et de regrets. Et je sentis le feu me monter aux joues – une habitude désormais dès lors que je me tenais près de cet homme...

— Merci, mais il ne faut pas oublier la compagnie de cette mini-tornade qu'est ma nièce, répliquai-je dans un froncement de sourcils embarrassé.

J'étais en train de chercher un moyen de me détourner, hypnotisée que j'étais par les yeux merveilleux d'Adriel et toutes ces émotions bouleversantes qu'ils m'inspiraient, lorsque Liora – qui avait dû aller ranger les affaires de nos invités dans l'un des bureaux du rez-de-chaussée – vint se mêler à nous.

— Asseyez-vous au salon, je vous en prie, nous invita-t-elle, roulant des yeux comme pour me reprocher de ne pas l'avoir proposé avant...

Entre-temps, Camille et Hugo s'étaient détournés de la télé pour se mettre à jouer ensemble non loin du sapin, indifférents à nos invités. Liora fit rapidement les présentations mais n'obligea pas pour autant ses deux petits diables à venir les saluer – ce qui, j'imaginais, devait probablement passer pour de l'impolitesse aux yeux de Maud...

— J'espère que nous ne dérangeons pas, s'inquiéta cette dernière une fois assise sur le canapé. En règle générale, nous n'avons guère coutume de nous imposer de cette façon.

— Voyons, personne ne s'est imposé, corrigea ma cadette en servant le champagne offert par Adriel. C'était mon idée de vous inviter, et c'est un vrai plaisir de recevoir du monde pour Noël. Et puis Zoé est si contente de passer cette soirée avec sa meilleure copine...

— Émilie s'en réjouissait également, répondit Adriel, baissant un peu la voix pour ensuite ajouter : Ce n'est pas si souvent qu'elle a l'occasion de s'amuser avec des amies de son âge. Je ne pouvais pas lui refuser cela.

À nouveau, il se tourna vers moi, comme pour m'expliquer sa décision et justifier sa présence. Mais il n'en avait pas besoin. Tout cela, je l'avais compris, évidemment. Même s'il avait du mal à établir le contact avec elle, son enfant passait avant toute autre chose – ce qui, curieusement, ne le rendait que plus attirant encore à mes yeux...

Gênée d'avoir soudain de telles pensées, je me retournai, espérant voir Émilie et Zoé revenir de leur tour à l'étage. Mais personne n'était en vue, ni dans l'escalier ni dans le couloir.

La poisse, je n'avais aucune échappatoire !

41

Romy

Étonnamment, la soirée fut très agréable. Adriel et Maud étaient d'excellente compagnie, et les discussions s'enchaînèrent à bâtons rompus entre nous quatre. Liora s'absenta un moment pendant le repas afin de coucher Camille – qui commençait à piquer du nez sur sa chaise haute – et Hugo – malgré les protestations de celui-ci, estimant qu'il était injuste que Zoé puisse rester éveillée et pas lui. Pour une fois, Liora tint bon et ne céda rien au garçon, justifiant ce choix par le fait que Zoé avait désormais l'âge d'aller au lit en même temps que les adultes – même si, en vérité, elle était surtout la seule de la fratrie à être au courant que le père Noël n'existait pas...

Je me retrouvai donc seule plusieurs minutes durant avec Adriel, sa mère, Émilie et Zoé – revenues de leur périple à l'étage après de nombreux appels. Mais il n'y eut pour autant aucun blanc embarrassant, Adriel s'efforçant de tenir la conversation.

— Émilie m'a appris qu'un spectacle de fin d'année est prévu pour le mois de juin, c'est bien cela ? Elle m'a également dit que tu avais accepté qu'elle y participe avec Zoé.

— Évidemment, acquiesçai-je. La participation de chaque élève désireux de prendre part à l'événement est la bienvenue. Émilie étant particulièrement douée, elle n'a eu aucune difficulté à assimiler le début de la première chorégraphie qu'avaient déjà appris les autres enfants du groupe.

— C'est formidable, approuva Maud en adressant un coup d'œil ravi à l'intéressée. J'ai vraiment hâte de voir ma petite-fille sur scène. D'ailleurs, ne pourrait-on pas assister à l'un de ses cours ?

Les yeux d'Émilie se mirent à pétiller, et ses joues à rosir comme elle semblait éprouver autant de plaisir que de gêne au fait que la discussion se concentre ainsi sur elle.

— Je pense qu'il vaut mieux lui laisser le temps de se familiariser vraiment avec la salle et la discipline, avisa Adriel. Attendons quelques mois qu'Émilie ait pu prendre ses marques. Qu'en dis-tu, princesse ?

Émilie serra les lèvres, sa déception m'apparaissant flagrante.

— Oui, papa. Tu as raison.

— Mais non, contestai-je spontanément. Enfin voyons, tu es déjà très à l'aise pendant les cours, tu as fait tellement de progrès en plus. Venez dès la prochaine leçon, je suis certaine qu'Émilie sera fière de vous montrer tous les pas qu'elle a appris.

Maud haussa les sourcils, un peu décontenancée par mon intervention, mais avant qu'elle ait pu dire quoi que ce soit, la fillette se décida enfin à admettre :

— C'est vrai, j'adorerais que vous veniez assister tous les deux au cours de mardi. Si vous en avez envie et que ça ne vous ennuie pas, bien sûr...

— Au contraire, princesse, déclara Adriel. Ta grand-mère et moi viendrons te voir, c'est promis.

Je ne savais si c'était à cause du champagne – puis du vin servi à table –, mais plus les heures passaient et plus je me sentais bizarre. J'étais heureuse et ravie de voir ma sœur comblée de recevoir au manoir, comme si cela lui permettait de renouer avec sa vie d'avant, mais sans homme à ses côtés pour critiquer tout ce qu'elle faisait. J'étais aussi un peu maussade, malgré le bon repas préparé par Liora, l'alcool et les magnifiques décorations de Noël peignant de mille couleurs le séjour...

J'ignorais d'où me venait cette inexplicable et curieuse émotion s'apparentant à de la nostalgie, sans en être néanmoins. Souvent, lorsque j'observais Adriel, j'avais cette espèce de pincement au cœur, à la fois doux et amer.

Je devinais qu'il n'était pas spécialement à l'aise, étant donné l'étrangeté de la situation. Pourtant, cela ne l'empêchait pas de déployer des trésors d'efforts afin d'être le plus agréable et loquace possible. Je ne savais pas d'où cette idée me venait, mais j'avais la sensation de posséder la capacité innée de pouvoir lire en lui comme dans un livre ouvert...

En était-il de même de son côté ? Parvenait-il à déceler mes émotions comme j'arrivais à identifier les siennes ?

Au final, il n'avait plus rien à voir avec l'homme froid, morose et hautain que j'avais surpris chez lui un matin d'hiver. Il était différent, sans avoir changé tout à fait.

Au bout du compte, Liora avait certainement bien fait de se payer le culot de les inviter, lui et ses proches. La présence de nos convives nous permettait d'échapper pour un moment au quotidien, nous empêchant de ressasser nos problèmes respectifs – ce qui n'aurait peut-être pas été le cas si nous n'avions été qu'entre nous, Liora, les trois gnomes et moi…

À cet instant, je n'éprouvais ni sensation de vide ni solitude. J'étais moi-même, je ne me forçais pas à être plus aimable ou à paraître plus forte que je n'étais. Adriel connaissait déjà mes failles, il était donc inutile que je joue quelque jeu que ce soit. En fait, c'était comme si sa proximité m'aidait à me débarrasser de cet absurde carcan que je portais en permanence. Une douleur que j'étais la seule à m'infliger, ce dont j'avais à présent conscience…

Et puis, il y avait ses sourires – discrets, légèrement teintés de tristesse, et pourtant bel et bien sincères. Ils me réchauffaient le cœur mieux que n'importe quoi d'autre…

— Romy ?

La voix de ma sœur m'arracha soudain à mes pensées.

— Quoi ? Qu'y a-t-il ?

— La bûche, voyons. Tu veux bien aller la chercher pendant que je m'occupe du reste, s'il te plaît ? Je l'ai laissée dans le frigo de la cave. Il n'y avait plus de place dans celui de la cuisine…

— Ah oui, évidemment.

Je me levai aussitôt, battant des paupières pour m'obliger à réintégrer la réalité.

Le froid du sous-sol acheva de dissiper mes rêveries. Je savais parfaitement pourquoi j'éprouvais tout cela. Et j'avais beau tenter de les chasser de mon esprit, les mots de Leslie semblaient s'y être inscrits au fer rouge, impossibles à ignorer plus longtemps…

Peut-être commençais-je à regretter ma décision. Peut-être...

Seulement, cela ne changeait strictement rien à l'affaire.

En outre, Adriel n'avait pas cherché à me joindre depuis notre rupture – si tant est que l'on puisse appeler cela ainsi. J'avais pensé qu'il persévérerait, essaierait de me convaincre avec force discours sensés et argumentés, puisqu'il prétendait avoir de puissants sentiments pour moi.

Mais non... Je n'avais reçu ni texto gêné d'avoir dû accepter l'invitation de ma sœur pour Noël, ni mots doux. Juste un cuisant silence et la distance...

En même temps, pouvais-je vraiment lui en vouloir de respecter mon choix ? Il était probablement un peu vieux jeu sur les bords, mais il n'était pas ce genre de types – de ceux qui sont incapables d'accepter un refus et qui pensent qu'un homme viril se doit d'insister jusqu'à ce que la femme lui cède.

Tant pis...

De toute façon, qu'aurais-je fait s'il avait tenté quoi que ce soit ? Mes positions demeuraient identiques au soir où je l'avais abandonné, seul dans son immense appartement froid et impersonnel...

Je récupérai le dessert dans le frigidaire, puis me dépêchai de remonter au rez-de-chaussée. Je n'avais que trop tardé, et tout le monde allait se demander ce que je fabriquais.

Je me rendis à la cuisine, supposant que Liora préférerait placer la bûche dans un véritable plat avant de la servir – plutôt que de la déposer sur la table dans son emballage, comme moi-même je l'aurais spontanément fait.

Ma sœur s'excusa auprès de nos convives et me rejoignit aussitôt, se dépêchant de sortir notre plus belle vaisselle du placard, ainsi que je l'avais prévu.

— Je reviens, je dois passer à la salle de bains, l'avertis-je. Ne m'attendez pas pour commencer le dessert, d'accord ? Je ne serai pas longue, de toute façon.

J'avais besoin de m'isoler, même si j'ignorais pour quelle raison. Trop d'émotions peut-être...

Je m'attendais à ce que Liora me demande pourquoi, ou au moins si je me sentais bien, mais ce ne fut pas le cas. À la place, elle haussa les sourcils et opina d'un signe de tête entendu.

Déstabilisée, je m'éloignai pour remonter le couloir.

Liora était-elle fâchée contre moi ? Peut-être qu'à force de lui faire la tête je ne m'étais pas avisée que, en réalité, c'était elle qui me snobait...

J'avançai à travers le corridor à pas lents, de plus en plus perplexe. La porte de la salle de bains était à demi ouverte, et de la lumière filtrait par l'entrebâillement. Je compris pourquoi ma sœur avait eu cette réaction étrange lorsque j'aperçus Adriel, seul dans la pièce carrelée de faïence rose – ma mère n'avait pas toujours eu très bon goût –, occupé à se laver les mains.

Il jeta un coup d'œil sur le côté et me remarqua à son tour. Le coin de sa lèvre se retroussa légèrement, comme par réflexe, puis retomba finalement, cette horrible distance s'installant de nouveau entre nous. Incapable de faire demi-tour, je m'appuyai d'une épaule contre le chambranle, croisant les bras pour essayer de me redonner un peu de contenance.

Adriel s'essuya les doigts sur la serviette – tout aussi rose et vieillotte que le reste de la décoration de cette salle de bains – près du lavabo. Puis il demanda, comme ça, sans aucun autre préambule :

— Tu vas bien, Romy ?

Ses yeux se posèrent sur moi, m'étudiant intensément, et des plis d'inquiétude se dessinèrent sur son front – parce qu'il connaissait parfaitement la réponse. Pour lui aussi, j'étais un livre. Un récit illustré dont il était le seul à pouvoir parcourir les pages à l'envi...

— Oui, évidemment. C'est Noël après tout, ma période préférée de l'année.

J'essayai de plaquer un sourire poli sur mon visage, mais Adriel ne fut pas dupe, et ses sourcils se froncèrent davantage.

— En fait, non, reconnus-je dans un souffle.

Attirée malgré moi, incapable de résister, j'entrai dans la pièce et m'approchai de lui. Puis je posai la paume sur son torse, juste entre ses pectoraux. Je n'avais aucune idée de ce que je faisais. Plusieurs alarmes venaient de se déclencher dans ma tête, assourdissantes, m'empêchant de réfléchir...

Adriel saisit presque aussitôt mon poignet et, plutôt que de le repousser ainsi qu'il aurait dû, se mit à caresser ma peau sous la manche de dentelle de ma robe.

— On ne peut pas se voir comme ça et être seulement amis, ce n'est pas possible, murmurai-je. C'est beaucoup trop pénible pour moi...

— Je suis bien d'accord, chuchota-t-il en s'inclinant vers moi, son haleine brûlante effleurant mon front. Ça l'est pour moi également.

— Je suis tellement désolée, m'excusai-je, sans vraiment savoir pourquoi je le faisais...

Je renversai la tête en arrière, l'invitant à m'embrasser. Il se pencha davantage, ses lèvres tout près des miennes et, prolongeant l'attente, susurra :

— Moi aussi, mais mes sentiments pour toi demeurent inchangés. Je veux toujours une véritable relation, pas d'entre-deux ni de compromis illusoires. Parce que, depuis que je t'ai rencontrée, je n'ai plus peur de l'avenir. J'ai envie de vivre pleinement le présent et de profiter de tout ce qui m'est offert, même si cela doit n'être qu'éphémère. Tu as peut-être des doutes quant à tes capacités à t'engager, mais en ce qui me concerne, j'ai assez d'assurance pour deux. Quoi qu'il arrive, je ne crains pas de souffrir, Romy, sache-le.

Cela, je voulais bien le croire. Après tout, il avait traversé l'enfer. Qu'aurais-je pu lui infliger de pire que ce qu'il avait déjà vécu avec sa première femme ?

En outre, Leslie avait raison, comment pouvait-on organiser toute son existence en fonction de décisions prises dans un moment de rage et de désespoir ? C'était absurde...

Le vide que je ressentais depuis si longtemps n'était dû qu'à moi-même. Je m'étais enfermée dans un carcan de solitude, ne laissant personne m'approcher réellement. Même avec ma meilleure amie, je ne m'autorisais pas à être celle que j'étais en réalité, avec mes failles et tous mes paradoxes. Je m'étais donné une ligne de conduite et j'avais tout fait pour m'y tenir, quoi qu'il m'en coûte. Mais je m'étais perdue en chemin...

Et Adriel m'avait montré l'issue de ce fichu labyrinthe dans lequel je m'étais laissé piéger. J'avais été son déclic, et il avait été le mien. Rejeter tout ce qu'il pouvait encore m'apporter était complètement stupide.

Je pris une profonde bouffée d'air, puis comblai le peu de distance séparant nos lèvres dans un baiser passionné. Un baiser auquel je m'appliquai à lui donner le goût de mes promesses, la douceur de mes sentiments et la fougue du désir qui m'habitait.

Nous avions tant de choses à vivre ensemble. Je voulais découvrir cela plus que tout...

Adriel s'empara de ma nuque d'une main ferme, orientant ma tête afin d'approfondir son exploration de ma bouche, et posa l'autre sur ma taille, déployant ses doigts le long de mes côtes. Tout mon corps s'enflamma à son contact, réagissant au quart de tour.

Soudain, je n'avais plus le moindre doute. Personne, jamais, n'avait éveillé un tel déluge d'émotions et de sensations en moi. Il était fait pour moi, et j'étais faite pour lui, j'en avais l'intime conviction. Lutter contre de telles puissances était de la pure folie...

Et si j'étais parfois un peu dingue sur les bords, je n'étais pas encore totalement démente. Moi aussi, je voulais vivre.

Entre ses bras, c'était comme si je respirais de nouveau... Rien ne pouvait justifier de rejeter ce genre d'opportunité, de celles qui ne se présentent qu'une fois dans toute une existence.

Je m'écartai légèrement, rompant notre baiser. Haletant, Adriel plongea dans le mien un regard inquiet, l'air aux abois, craignant sans doute un énième revirement de ma part.

Alors je me dépêchai de lui expliquer, bafouillant dans ma précipitation :

— Je… je… Moi aussi, je veux une véritable relation. Je n'ai plus peur. Enfin, moins… Je veux que l'on essaie pour de vrai, cette fois, sans fausses excuses ni prétextes à deux balles. J'aimerais que tu m'accordes une seconde chance.

Un magnifique sourire étira ses lèvres, révélant des dents blanches parfaitement alignées, conférant un charme fou à son visage – une expression à laquelle plus jamais je ne pourrais résister. Il appuya son front contre le mien et enserra ma taille entre ses mains.

— Tout ce que tu voudras, Romy, acquiesça-t-il, scellant d'un nouveau baiser, plus lent et tendre, notre promesse.

— On devrait… on devrait y retourner, soupirai-je lorsqu'il s'éloigna de moi, tâchant d'apaiser le brasier qu'il venait d'allumer aux creux de mon ventre. Sinon, ta mère va finir par se douter de quelque chose…

— Oh, je crois que c'est déjà le cas, grimaça-t-il, l'air embarrassé. Elle a multiplié les sous-entendus toute la soirée et n'a cessé de nous observer…

— Mince…

Cela ne m'étonnait pas tant que ça, en fin de compte. Maud avait bien dû se rendre compte que sa petite-fille n'était pas la seule à avoir changé. En outre, Adriel m'avait tutoyée toute la soirée, ce qui – si je m'en référais à ce que je savais de lui – ne devait pas être très courant…

J'ouvris la porte de la salle de bains et m'engageai dans le couloir, Adriel sur les talons, nos doigts encore entrelacés, comme aimantés malgré nous. Puis je m'arrêtai à mi-parcours en apercevant la silhouette d'Émilie au bout du corridor.

— Papa, on va bientôt ouvrir les cadeaux, commença-t-elle avant de s'interrompre, remarquant la façon dont nous nous tenions.

Je m'écartai d'un pas et adressai un regard interrogateur à Adriel. Celui-ci haussa les épaules, paraissant beaucoup moins gêné que je ne l'aurais cru.

— Mais vous... bafouilla Émilie en écarquillant les yeux. Vous êtes...

— Oui, ton papa et moi nous fréquentons. J'espère que cela ne te pose pas de problème, Émilie ?

Le visage de la fillette s'illumina à cette annonce.

— Alors ça, c'est un super cadeau de Noël ! s'exclama-t-elle en posant la paume sur sa poitrine, émue. Oh, c'est génial, mon papa et la tante de Zoé, ou plutôt ma prof préférée !

Adriel lâcha un petit rire, et je l'imitai, soulagée et heureuse que sa fille prenne aussi bien la nouvelle.

Il me tendit de nouveau la main, et je la saisis, confiante, prête à assumer ce que désormais nous étions l'un pour l'autre.

Épilogue

Adriel

Une année plus tard, à quelques heures près...

Je m'éveillai peu à peu, tiré d'un agréable sommeil par d'étranges démangeaisons me piquant les narines. Lorsque j'ouvris les yeux, ce fut pour voir Romy penchée au-dessus de moi. De longues mèches de ses cheveux étaient coincées entre ses doigts, et elle en faisait glisser l'extrémité sur mon visage, me chatouillant volontairement le nez.

— Ah, enfin ! se réjouit-elle, ses traits si harmonieux s'éclairant d'une tendre expression, entre douceur et amusement. Tu as le sommeil de plus en plus lourd, c'est dingue...

Pour me venger, j'enroulai un bras autour de son buste et la forçai à rouler avec moi sur le côté. Un petit cri surpris lui échappa, puis elle éclata de rire.

— Nous n'avons pas le temps de flâner, ce matin ! rappela-t-elle en tentant – très mollement – de me repousser. Nous avons un dîner de réveillon à préparer, tu te souviens ?

— Hmm, comme si je pouvais oublier… Je ne savais même pas qu'une maison pouvait être affublée d'autant de décorations de Noël.

Cette année, Romy n'avait pas lésiné sur les moyens et avait même racheté pléthore de guirlandes et de boules multicolores afin d'en mettre absolument partout dans le manoir. Je la soupçonnais de vouloir impressionner sa sœur, qui avait déménagé depuis plusieurs mois pour s'installer dans un appartement à Clamart avec ses trois enfants.

Ce soir, Leslie – la meilleure amie haute en couleur de Romy –, Liora, accompagnée de Hugo, Camille et Zoé, ainsi que de son nouveau petit ami, devaient venir. Ma mère avait également accepté de se joindre à nous pour la deuxième année consécutive. Romy n'ayant pas vraiment l'habitude de recevoir du monde, je supposais qu'elle était un peu nerveuse à l'approche du dîner.

— Et encore, je n'étais pas à fond, repartit-elle en se relevant. La prochaine fois, je ferai encore mieux.

Si tant est que ce soit possible…

Je la taquinai, mais en vérité, cette période de l'année était devenue ma préférée également.

Depuis le précédent réveillon, ma vie s'était vue totalement bouleversée, et j'adorais cela. Romy était arrivée dans mon existence comme une tempête, mais j'avais appris à aimer ses imprévisibles bourrasques, à me délecter de toutes ses surprises, chaque jour différentes. Elle était mon second souffle, l'élan qui m'avait poussé en avant – avec brusquerie peut-être, mais surtout avec une redoutable efficacité.

— Et puis, je voudrais t'offrir mon cadeau maintenant, expliqua-t-elle en se penchant vers la table de chevet. C'est très personnel, alors je préfère te le donner en privé. Et je n'en pouvais plus d'attendre que tu te réveilles...

Je me redressai en position assise, très intrigué, tandis qu'elle ouvrait le tiroir du petit meuble pour en sortir une mystérieuse boîte. Elle se retourna et coinça une mèche de ses cheveux bruns derrière son oreille, comme elle le faisait toujours lorsqu'elle était un peu anxieuse. Je saisis l'objet qu'elle me tendait sans trop savoir à quoi m'attendre. J'étais pressé de découvrir ce qui se cachait à l'intérieur de ce paquet, mais je pris tout de même un instant pour admirer cette merveilleuse jeune femme que le destin avait eu la bonté de placer sur ma route.

Elle était si belle ainsi, avec un fin débardeur de coton gris sur le dos et une culotte toute simple. Ses cuisses aux muscles fuselés me faisaient toujours le même effet, me donnant l'irrépressible envie de les sentir s'enrouler autour de moi...

— Tu ne l'ouvres pas ? m'interrogea-t-elle, les yeux brillants d'impatience. Tu sais que le cadeau se trouve à l'intérieur, n'est-ce pas ?

— Vraiment ?

Devant son empressement, je m'exécutai et retirai le couvercle de la boîte. Je découvris alors une clé, assez grosse et ancienne, entourée d'un petit ruban mauve.

— Qu'est-ce que... Hmm, qu'est-ce que ça signifie ? bredouillai-je, craignant de mal comprendre.

— Ben, j'avais un double de chez toi, même si tu l'ignorais, et maintenant, tu en auras un de chez moi.

Ou… ou de chez nous. Ça, c'est à toi d'en décider. Enfin, à toi et à Émilie, bien sûr. Il faudra que tu en discutes avec elle d'abord, j'imagine. Je n'attends pas de réponse tout de suite. Tu auras tout le temps dont tu as besoin pour prendre ta décision…

— Non…

— OK… Pas de souci, hein. On avait dit aucune pression, de toute façon…

— Attends, je voulais seulement dire que je n'ai pas besoin de temps. C'est oui. Je sais déjà qu'Émilie adore le manoir, tout autant que moi. Donc c'est oui, évidemment !

Les épaules de Romy s'affaissèrent et elle poussa un vif soupir de soulagement. Après quoi, elle essuya une petite larme au coin de son œil et se jeta ensuite à mon cou.

— Je t'aime, ma tempête de printemps, marmonnai-je. J'ai vraiment hâte de venir vivre ici avec toi.

— Moi aussi, je t'aime tant… Qui aurait cru qu'une tornade de printemps tomberait folle amoureuse de l'hiver en personne ?

Composition
NORD COMPO

Achevé d'imprimer à Barcelone
par CPI BLACK PRINT
le 13 septembre 2021

Dépôt légal : septembre 2021
EAN 9782290262542
OTP L21EDDN001057N001

ÉDITIONS J'AI LU
87, quai Panhard-et-Levassor, 75013 Paris
Diffusion France et étranger : Flammarion